여행으로 손자녀 키우기

황혼육아

P. 프로방스

황혼육아

초판인쇄	2018년 10월 16일
초판발행	2018년 10월 22일
지은이	이점우
발행인	조현수
펴낸곳	도서출판 프로방스
마케팅	최관호 최문섭
IT 마케팅	신성웅
편집교열	맹인남
디자인 디렉터	오종국 Design CREO
ADD	경기도 고양시 일산동구 백석2동 1301-2 넥스빌오피스텔 704호
전화	031-925-5366~7
팩스	031-925-5368
이메일	provence70@naver.com
등록번호	제2016-000126호
등록	2016년 06월 23일
ISBN	979-11-88204-73-1 03810

정가 17,800원

여행으로 손자녀 키우기
황혼육아

글_이점우 사진_김진규

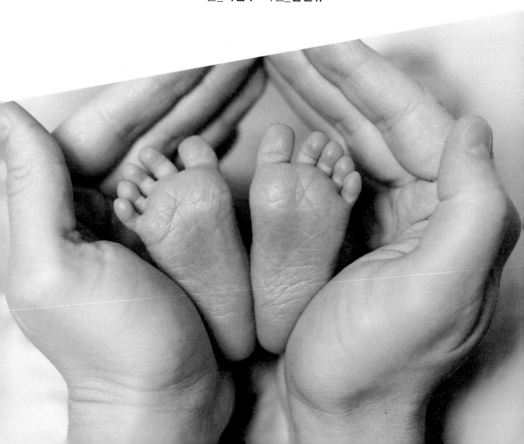

"어릴 때 여행 경험이 학교생활의 바탕이 된다"

미서부 모하비(Mojave) 사막의 햇볕이 따갑다. 바람도 그늘도 없다. 열기가 오른 모랫길 걷기가 힘들다. 7살 어린 것이 걷기를 포기할까 봐 "야! 씩씩하다! 대단해!" 뒤에서 추임세를 넣었더니 앞장선 외손자의 발걸음이 가볍다.

손자는 5살 때쯤부터 사막을 보고 싶다 했다. 그림 동화책에서 낙타가 다니는 광활한 풍경에 감동을 받은 듯하다. 마침 40여 일간 쿠바와 미 서부 캐니언 여행을 마치고 라스베이거스에서 귀국하는 날이다. 비행기가 밤늦게 출발하기에 자투리 시간을 활용하여 손자에게 사막 체험의 기회를 주려고, 조금 무리한 계획을 잡았다. 우리는 새벽에 모하비 국립 보호구역을 향해 달렸다.

공원 입구 관리소 마당에서 준비해온 아침을 간단히 먹었다. 구름

한 점 없는 사막의 햇살은 아침부터 따갑다. 미 서부 인디언 거주지를 거쳐, 모뉴먼트 밸리까지 다녀오면서 보아온 유사한 풍경이다. 낙타가 없는 따가운 모랫길이라 손자는 걷기 힘들다고 짜증을 낼 법도 하다. 그런데 숨 막히는 열기 속에서 어린 것이 씩씩하다. '바로 이거야!' 세 살 버릇 여든 간다는 속담을 믿고, 32개월 때부터 여행을 다닌 덕분이 아닌가 싶었다.

많은 교육사상가들은 영유아기 경험의 중요성을 강조한다. 흔히 '어린 것이 무엇을 알아서...' 또는 '여행으로 다녀온 곳을 기억도 못하는데....' 라고 말한다. 하지만 아이들은 매 순간 보고, 듣고, 느끼는 그 자체를 무의식에 각인하며 성장한다. 이것이 경험으로 쌓여 일생을 살아가는 삶의 원동력으로 발휘될 것이라 나는 믿는다.

새벽부터 서둔 일정이다. 힘들지 않느냐고 물으니 손자는 말한다.
"재미있는 것이 있을 것 같아 참고 있어요!"
뭔가를 얻기 위해 이겨내겠다는 뜻이다. 내가 듣고 싶은 말을 꼭 집어 말한다. 어린 손자에게 무슨 말로 '의지' 라는 덕목을 어떻게 가르칠 수 있단 말인가? 뒤따르던 할아버지는 어린아이가 더위를 먹는다고 걱정을 하며 "돌아서자!"한다.
"이거 보세요. 할아버지! 작은 도마뱀이 사막에 살고 있어요. 모래

색이예요!"

오히려 할아버지를 이끌며 참고 즐겨보라 한다.

정상은 겹겹의 모래언덕 저 멀리에 있다. 나는 손자를 생각하고 가까운 사구 능선을 목표지점으로 잡았다. 예상보다 짧아진 거리에 힘을 받은 듯, 손자는 놀이처럼 깡충깡충 앞서 뛰어간다.

손자가 보여주는 말과 행동은 나를 기운 나게 만들었다. 큰 것을 얻은 기분이다. 그동안 다닌 여행의 가치를 보았다. 순간 더위가 싹 달아났다. 그리고 보람으로 새 힘이 솟는다.

손자는 모래 미끄럼 타기에 재미를 붙였다. 신나게 내려와서 다시 기어오르기를 반복한다.

손자는 모래 미끄럼 타기에 재미를 붙였다. 신나게 내려와서 다시 기어오르기를 반복한다. 언덕 위에 서서는 두 팔을 높이 들고 "야호!" 외친다. 구름 한 점 없는 파란 하늘이다. 끝없는 모래 능선의 지평선 위에 손자가 우뚝 섰다. 쨍쨍 태양 아래 정적이 감돈다. 올려다보니 손자의 선 모습은 한 장의 예술 작품이다. '언제 저렇게 컸지?......' 코끝이 찡하다. 갓난이를 받아 키운 몇 해가 한순간 스친다.

이제는 앞장서서 잘 걷고, 상대방의 마음을 읽고 말을 하며 희·노·애·락의 감정 표현도 능숙하다. 한 사람으로 살아가는데 필요한 능력과 태도를 갖춘 아이다. 결코 어리다고 볼 수 없다. 지난날 내 자식을 키울 때 보지 못하고 느낄 틈 없이 흘러버린 것들을 손자의 자람을 통해 보이고 느껴지며 나날이 성장하는 그 모습에 나는 감탄한다.
"할머니 보세요!"
딸을 뒤에서 밀고 모래 언덕을 내려오며 큰 소리로 나를 부른다. 제 어미를 재미있게 해주려 사력을 다한다. 손자의 모습에서 나는 세상이 돌아가는 이치를 보았다.

짧지만 긴 여운을 남긴 사막체험은 즐거웠다. 돌아서 나오며 손자는 보호색의 도마뱀, 불모지 모래땅에서 살아가는 선인장과 풀 등, 작은 생명체들을 카메라에 담으며 힘들겠다고 안쓰러워한다.

공원 관리인이 더위 속에서 꼬마가 사막체험을 잘 했다며 손자에게 '주니어 파크레인저' 명찰을 달아줬다.

사막의 모래 미끄럼 타기 놀이로 어미를 즐겁게 해주려 사력을 다하는 손자.

공원 사무실에 들어서니 관리인이 더위 속에서 꼬마가 사막체험을 잘 했다며 손자에게 '어린이 공원 관리인' 명찰을 달아준다. 힘든 것을 이겨내고 받은 것이라, 아주 좋아라한다. 이 또한 큰 배움이다.

귀국 당일 하루 낮 시간을 알뜰히 사용했다. 쇼핑을 포기하고 손자와의 짧은 사막체험은 나에게도 더없이 좋은 여행의 마무리가 되었다.

손자는 32개월 때 70일간의 유럽 첫 여행을 다녀왔다. 공부도 복습을 해야 학습의 성과를 얻는다. 그 후 나는 손자를 데리고 하와이 섬 5개를 돌며 캠핑을 하고 이를 '복습 여행'이라 한다. 그리고 에펠탑을 위시하여 인상 깊은 유럽의 곳곳을 떠올리며 다시 보고 싶다고 손자는 말했다. 마침 기한이 찬 비행기 마일리지를 이용할 수 있어 손자가 원하는 프랑스와 영국 여러 곳을 포함한 2차 유럽 여행을 했다. 이른 '심화 여행'이라 한다. 또 5살 때 사촌 누나 둘과 함께 '발전 여행'으로 하와이 초등학교 부속 유치원에서 2달간 외국 친구와 어울렸고, 6살 때 '견문 여행'으로 미 서부와 쿠바를 구경하고 사막체험을 했다.

손자는 '여행의 맛'을 제법 아는 듯하다. 나는 이 기운을 놓칠세라 손자 손녀 셋을 데리고 또다시 하와이를 찾았다. 아이들은 작년에 사권 친구들을 다시 만나 즐겁게 학교생활을 한다. 손자의 세 번째 하와이 여행을 '생활 여행'이라 한다.

이렇게 글을 쓰다 보니 어린 것을 데리고 매년, 그것도 간 곳을 또? 풍족하고 여유 있는 생활로 비칠 것 같다. 결코 아니다. 길은 찾으면 보이고, 의욕과 도전은 방법을 제시한다.

지난날, 자식들이 한창 공부하고 경제적인 여유가 없던 나의 중년 시절, 사방의 어둠을 헤쳐 나오는 심정으로 배낭여행을 시작했다. 때문에 경비를 최대한 줄이는 여행으로 20Kg이 넘는 배낭을 지고 용감하게 나섰다. 어언 28년, 나는 세계를 한 바퀴 돌았다. 체험과 극기에 가까운 배낭여행을 하는 동안 나는 터득했다.
'최소의 경비로 최대의 효과'
'여행은 종합학습이다'
'감동은 준비에 비례한다.'
'걷는 만큼 보인다.'

'여행은 과정이며 새로움의 만남이다.'
'여행은 마약과 같다.' 등의 슬로건을 만들며 세계의 오지를 찾고 세상을 구경했다. 되돌아보면 불가능한 상황에서 여행을 할 수 있었던 것은 바로 '여행 통장'의 힘이다. 처음 여행을 시작할 때 만든 이 통장은 마술과 같아서 지금도 여행을 계속하게 만든다.

　내 나이 70을 넘기 터라 삶을 정리할 시점이다. 그런데 사막체험에서 보여준 손자의 행동은 꺼질 듯 남은 내 열정을 일깨워 뭔가 다시 할 수 있는 힘을 준다. 늙음은 사라지는 것이 아닌 살아온 날들을 음미하고 남은 날을 멋지게 보낼 준비기임을 깨닫게 한다. 모하비 사막에서 손자는 나에게 큰 선물을 안겼다.
　'그렇다! 앞선 책의 후속을 쓰자!'

　2014년 손자와 유럽여행을 다녀온 이야기를 묶어 '그 끝에는 내가 있었다.'라는 책을 만들었다. 어린 손자와의 여행이라 떠나기 전 많은 걱정을 했다. 하지만 놀랍게도 여행 중반을 지나면서 손자는 뜻 맞는 여행 동지로 발전했다. 지쳐가는 나에게 힘을 주고 포기하고픈 나태함을 날려버렸다. 무엇보다 24시간 손자와 함께하는 딸의 모습에서 나는 내 젊은 시절을 보았다. 손자를 위해 떠난 여행이 결국 나를 돌아보는 기회가 되어 책명으로 표현되었다. 사실 손자의 여행이야기로 꾸며진 책이다.
　이제, 30년 가까운 배낭여행의 노하우로 손자녀와 함께한 여행 이야기, 갓난 외손자를 받아 키워 온 육아. 두 손녀를 돌보게 된 사연과 현재의 내 역할 그리고 34년간의 초등학교 교사로 자식 셋을 키우며 겪은 시행착오를 진솔하게 쓴다면 황혼육아로 고민하는 분들에게 나의 경험을 나눌 수 있지 않을까? 용기를 냈다.

'할머니 힘내세요.' 손자는 무언으로 나를 격려한다. 더 바란다면 뒤늦게 아동학을 전공한 이론을 내 경험에 더하고 교육학을 가르친 남편의 의견을 합쳐 영유아기의 양육환경이 초등학교 생활에 미치는 생각들도 담고 싶다.

해 질 녘 태양은 아름다움을 연출한다. 살아온 지혜를 새싹 같은 손자 손녀 돌봄에 활용하여 한 그루의 나무로 자라는 모습을 지켜보는 할미가 되고 싶다. 이 일은 저녁놀의 황홀한 아름다움에 비길 만하다. 저마다 오늘이 생애 가장 젊은 날이다. 용기를 갖고 손자 손녀와 함께 여행을 떠나본다면 이 또한 황혼의 삶을 보람으로 영글게 한다.

외손자가 유치원에 다닐 때 이 글을 시작했다.
'이게 책이 될까?'
망설이다 해를 넘겼다.

입학한 올 3월
손자는 신나게 학교에 다닌다.

친구가 많아서 좋고

선생님과 함께하는 공부가 재미있어 나날이 즐겁다.

3월 초, 학부모 면담시간

"손이 안 가는 아이입니다." 선생님 말씀에 용기를 냈다.

접어두었던 글을 다시 쓰면서 지난 교단생활을 더듬는다.

'어떤 학생이 예뻤지?

그야 손이 안 가는 아이였지!'

사막에서 보여준 손자의 의지

학교생활에서 저력으로 피어나기를....

2018년 9월

저자 이점우

Contents | 차례

CHAPTER

01

황혼육아

황혼육아가 늘어나자
초등학교에서 조부모회를 조직한다는
신문기사를 읽었다. 할머니뿐만 아니다.
할아버지도 손자녀의 교육에 관심을 갖고
적극 참여하는 요즘세태다.

01
—

나의 황혼육아

아뿔싸! 그때는 몰랐네.

사회 변화로 황혼육아가 대세이다. 맞벌이 세대가 늘어나고 외둥이 자녀가 증가한다. 이는 젊은 세대의 삶이 녹녹치 않음을 뜻하고, 자녀 양육의 어려움과 하나 자식을 잘 키우려는 높은 교육열을 나타낸다.

나보다 먼저 손자녀를 돌본 내 친구들 중에는 자신의 경험에 비추어 나더러 손자를 키우지 말라 당부하는 사람도 있다. 나도 공감한다.

나이가 듦은 육체적, 정신적 쇠약을 수반하다. 이는 어쩔 수 없다. 하지만 살아온 경험은 젊은이 못지않게 풍부하다. 저마다 삶의 고비를 넘어온 인생이다. 살아오며 터득한 지혜와 지난날의 안타까운 후회를 안고 있다. 이것을 사장하기는 아깝지 않은가? 교육학자 듀이는

21

지식은 경험의 누적이라 했다. 이 말을 빌리면 노인은 지식이 많은 자이다. 그것도 삶에서 터득한 실재적 지혜이다. 저녁놀이 아름답듯 인생의 황혼기에 각자 살아온 경험을 되살려 손자녀를 돌본다면, 이 또한 값지고 생산적인 일임이 분명하다.

나는 내 자식의 어려움을 외면하기보다 주어진 상황에서 최선책을 찾는 것이 오히려 내 마음이 편하다. 마지못해 하는 일은 효과도 없다. 내 일이 아니라고 생각하면 짐처럼 느껴진다. 피할 수 없으면 즐기라는 말이 있다.

나는 여행을 좋아한다. 그리고 34년간 초등학교에서 학생들을 가르친 경험도 있다. 뿐만 아니라 뒤늦게 배운 아동학으로 나의 시행착오를 되돌아보았다. 이러한 경험을 바탕으로, 내 자식에게 놓친 것을 손자녀 돌봄으로 만회할 수 있는 기회라 생각한다.

내가 사는 구청에서 조부모 대상 손자녀 양육 강좌를 개설했다. 주 1회 5번 참가로 수료증을 받았다. 시설 좋은 강당에서 음료수와 떡을 간식으로 먹으며 아동학 교수의 강의를 들었다. 손자를 잘 키워보려 나는 열심히 메모하며 들었다. 내가 자식을 키웠을 때를 돌이켜보며 지금의 나라 발전 혜택을 누리고 있음에 감사했다.

[위] 학교 사택에서 연년생인 딸과
큰 아들의 어릴 때 모습

[아래] 학교운동에서 한가롭게
딸과 함께

보육기관이 전무했던 1970년대 초 맞벌이 부모를 둔 내 아들, 딸에게 나는 엄마의 역할을 제대로 할 수 없었다. 전국에 공업단지가 조성되던 시절이라 나를 도와줄 일손들은 거의 공장으로 흡수되었다. 부끄럽지만 당시 100일이 채 되지 않은 아기를 방안에 뉘어 두고 문을 잠그고 출근을 한 적도 있었고, 아픈 아이를 혼자 둘 수 없어 교실의 교탁 아래 뉘어 놓고 수업도 했다. 젖먹이가 기어 나오지 못하게 큰 플라스틱 큰 통에 막내를 넣고 어린 딸에게 동생을 돌보라 맡기기도 했다. 자식 셋을 낳아 기르면서 교사로서 근무하기는 그 시절 아주 힘들었다.

당시 '우리도 한 번 잘 살아보세!' 새마을 노래가 아침마다 시골 동네에 울러 퍼지고, 흑백 TV에는 수출이 늘어난다는 뉴스가 연일 보도되었다. 나라 발전의 기운에 힘입어 내 살림도 늘었다. "우리 조금만 참자!" 나는 든든한 부모가 될 자신이 있었다. 엄마로서 최선을 다하니 너희들도 지금의 고생을 참아 달라는 부탁이었다. 어린 자식을 앞에 두고 나 자신에게 건 최면이었고, 고생을 이겨내겠다는 나의 다짐이었다. 당시의 힘든 생활은 훗날 내 자식들의 공부를 밀어주기 위한 준비라고 굳게 믿었다.

아뿔싸! 이게 내 한이 될 줄을 꿈에도 몰랐다. 어린 자식의 하루하루는 성장인 동시 그네들의 한 번 뿐이 인생이고, 내가 놓친 하루의 젊음은 다시 되돌아갈 수 없다 것을 그때는 가벼이 생각했다.

혼자 뻗대며 울었던 딸이 제 동생을 돌보며 때로는 엄마 같이 두 동생에게 어린 누나의 역할을 잘 했다.

중년을 넘긴 나이에 교단을 떠나 뒤늦게 공부하며 나는 자연주의 루소 사상을 접했다. 그는 부모들에게 경고했다.

"내 말을 믿어도 좋다! 부모가 되어 자식을 키움에 어느 한순간이라도 소홀히 한다면 이다음 피눈물을 흘릴 것이다"

이 말은 내 가슴을 콕콕 찔렀다.

정작 밀어주려 할 때 자식은 힘을 발휘하지 못했다. 매 순간의 경험이 학습이었던 영유아기를 놓쳤기 때문이다. 아이 인생의 기초를 다지는 시기에, 나는 아이의 입장이 아닌, 부모인 내 관점에서 세상을 바라봤던 어리석음이 있었다는 것을 뒤늦게 깨닫고 가슴을 쳤다.

산촌 조부모의 손자녀 사랑

IMF 여파가 짙게 깔린 2002년 나는 충북 제천의 산골학교에 복직을 했다. 내 학급 아이들 중 40%가 농사를 짓는 할머니 할아버지 밑에서 학교에 다녔다. 직장을 잃고 이혼을 한 아빠가 딸 은지를 산골 본가에 맡겼다. 대전에서 전학을 온 첫날 은지는 눈망울이 똘망똘망한 도시 아이답게 단정한 옷차림에 자신감에 차있었다. 교사인 나에게 착 달라붙어 묻지도 않은 가정사를 조잘거린다.

"선생님, 제 꿈은 어서 자라서 돈을 버는 거예요"

엄마가 돈을 다 가지고 나갔기에 아빠와 살 집이 없다는 것이다. 옥탑 방을 얻어 아빠와 함께 사는 것이 꿈이라 했다. 너무나 현실적인 아이의 꿈 이야기기에 멍했다. 밝은 은지가 점점 말 수가 줄어들며 헝클어진 머리에 옷매무새가 달라졌다. 96세인 왕 할머니와 70이 넘은 조부모 모두 건강이 좋지 않아 은지를 제대로 돌보지 못했다. 은지는 교사의 칭찬도 친구가 내미는 손도 마다했다. 자신이 처한 환경에 짓눌려 어린 것이 희망의 끈을 놓았다.

하루는 은지 할아버지가 오셨다. 탁아시설에 보내라는 친척들의 말을 엿들은 은지는 조부모와도 떨어지게 될까 봐 사람들을 경계한다는 것이다. 할아버지는 하교 시간, 꼭 교문에서 기다리며 어린 손녀 생각에 가슴이 미어진다고 하셨다.

은지뿐 만이 아니었다. 깊은 산속 여기저기 화전 밭을 일궈 담배와 고추 농사를 짓는 조부모와 살고 있는 아이들이 몇 명 있었다. 하교 지도로 스쿨버스를 타고 아이들은 데려다줄 때면, 산등성 외딴 집에서 할머니가 달려 나왔다. 얼굴에 웃음 가득, 차에서 내린 손자를 품에 안고 들어가는 뒷모습에 가슴이 찡했다.

온통 산과 하늘, 적막한 고요뿐이다. 학교에 와야 친구를 만나고 장터 가게 구경을 하는 아이들이다. 학교는 그들에게 문화와 사회생활의 유일한 창구다. 나는 이 아이들에게 무엇을? 어떻게? 가르침을 생각했다.

장날이면 잠시 학교에 들러 손자의 학교생활을 걱정하는 할머니의 손자 사랑을 나는 보았다. 힘든 농사일로 허리는 굽었다. 마디 억센 손에 얼음과자를 들고 손자를 쳐다보는 할머니 눈에는 자애로움이 가득하다. 당신의 힘들고 노쇠한 건강은 아랑곳 하지 않고 기뻐하는 손자 모습에 희망을 안고 돌아선다. 젊어서는 자식 뒷바라지에 청춘을 보낸 분이다. 노년에 또다시 조손가정으로 손자녀 양육에 메였다. 중년기 나를 찾겠다며 발버둥 친 내가 얼마나 호사스러운 항변이었는지 깨달았다.

효과적인 황혼육아

다양한 삶의 형태가 공존하는 사회다. 요즘 대세인 황혼육아도 자식을 대신하여 손자녀를 기르는 할머니가 있는가 하면 맞벌이 아들, 딸을 돕는 보조 양육자 역할을 하는 할머니, 주 중에 돌봐주고 주말에는 해방되는 주말 노부부 할머니 등 가정환경에 따라 그 양상은 다르다. 하지만 공통점은 있다. 노년기에 접어든 체력 저하로 생기는 건강 문제다. 손자녀를 돌보느라 쉬어야 할 때 쉬지 못하고, 살면서 맺어온 인연과의 만남도 포기한다. 나름의 사회활동을 접으며 '내 인생……' 살아온 날을 더듬는다.

에릭슨을 말했다. 살면서 그동안 기울인 노력에 만족감을 갖지 못하고 헛살았다 싶은 노년기의 절망감은 인생의 마지막 단계를 침체기로 보내게 된다고 했다. 여태껏 고생한 인생이다. 억울해서 신세한탄으로 주저앉을 수 없다. 인생의 끝자락에서 새싹 같은 손자녀와 함께하는 일은 그 어떤 일보다 생산적이다.

'내 새끼를 돌보는 것은 나 이상 잘 할 수 있는 사람은 없어!'

생각을 바꾸는 거다. 그리고 방법을 찾으면 길은 보인다. 주어진 역할이 있음은 축복이다. 정신적 위안은 육체의 노쇠를 떨친다. 저조한 기분에서 벗어나야 삶이 충만하다. 그래야 손자녀를 제대로 돌보는 힘 있는 할미가 된다.

양육의 책임은 어디까지나 부모 즉 자식의 몫이다. 자식은 연로한 부모에게 도움을 청한 입장이다. 이에는 지킬 도의적 의무와 예절이 있다. 아이의 성장을 운운하며 조부모의 경험적 생각을 시대착오적 고집으로 여긴다면 갈등을 초래한다.

믿고 맡겨야 한다. 역지사지로 상대방의 입장에서 바라보아야 불만을 잠재운다. 그리고 보상이 따라야 한다. 물질적인 것만이 아니다. 감사와 존경을 표현하는 자식의 마음이다. 이는 사그라드는 조부모의 에너지를 충전시켜 그 역할에 힘을 발휘케 한다.

가장 가까운 사이일수록 섭섭함이 짙은 것이 인지상정이다. '등잔 밑이 어둡다' 는 속담의 이치다. 맡기는 자식이나 도와주는 부모는 이를 명심해야 황혼육아의 모두가 Win – Win 한다.

주체는 아이들이다. 조부모와 부모의 양육 방법의 관점이 다르고 훈육 태도가 상충하면 아이들은 혼란스럽다. 사공이 많으면 배가 산으로 오른다. 조부모와 부모 관계가 편안해야 아이는 바로 성장한다. 함께 의논하고 합의하여 일관성 있는 양육을 펼쳐야 아이의 발달에 긍정적인 영향을 준다.

조부모와 손자 사이에는 몇 가지 특성이 있다.

첫째는 긴장감이 없다. 양육의 권위와 책임을 갖는 부모와는 달리,

조부모는 한 발 떨어져 객관적으로 손자녀를 바라보며 여유를 갖는다. 그리고 내 새끼라는 본능적 사랑은 손자녀의 허물을 덮고, 원하는 것을 들어주어 심리적으로 안정감을 주게 되어 가깝다. 조부모의 사랑은 손자녀로 하여금 안착된 정서를 갖게 한다.

둘째, 혈연으로 맺어진 사이다. 자신의 부모를 키워낸 할머니는 살아있는 역사다. 빛바랜 사진 속에는 할머니의 젊음과 부모의 어린 시절이 함께 있다. 이를 자각하는 손자녀는 자연스럽게 자신의 미래를 그려보게 된다. 조부모는 가족문화의 뿌리를 가르치는 산 역사가이다.

셋째, 할머니는 훌륭한 유아교사의 역할을 한다. 함께 놀며 일상생활 습관을 놀이처럼 이끌어준다. 호랑이 담배 피우는 전래동화에는 지혜가 담겼다. 우주의 이치와 자연의 섭리, 인간사 지켜야 할 사람의 도리와 어울려 살아가는 즐거움 등을 그 속에 담아서 들려준다. 이는 폭 넓은 사고와 상상력을 자극하는 동시 생활의 길잡이로 교육적 효과를 얻는다.

넷째, 조부모는 훌륭한 멘토다. 생활 경험이 풍부한 할미다. 인생의 고비를 넘어 살아왔다. 자식을 키우며 겪은 시행착오를 잊지 않았다. 그 후회의 바른 길이 훤히 보인다. 이러한 삶의 경험들을 바탕으로 하여 딱딱한 이론이 아닌 스토리텔링으로 메시지를 전한다면 누구도 할 수 없는 방법으로 많은 것을 가르칠 수 있는 능력가이다. 할미의 멘토는 조부모의 사랑인 동시 지혜의 말이다.

황혼육아가 늘어나자 초등학교에서 조부모회를 조직했다는 신문기사를 읽었다. 할머니뿐만 아니다. 할아버지도 손자녀의 교육에 관심을 갖고 적극 참여하는 요즘세태다. 단순한 돌봄과 양육이 아닌 교육을 생각하고 손자녀의 학교생활과 학력에 관심을 둔다. 부모를 제쳐둔 조부모의 지나친 교육열이 손자녀 학습에 걸림돌이 될 수 있다.

세상사 지나치면 모자람만 못하다. 적정선을 찾아야 한다. 교육은 쉽고 자연스러워야 한다. 아이의 흥미와 필요에 의한 동기유발이 선행되어야 자발적인 자세로 공부한다.

지금의 세태에 휩쓸리지 않는 온고지신의 조부모 사랑을 실천함이 어떨까?

푸근한 조부모의 사랑은 불가능을 가능케 하고, 어려운 것을 쉽게 풀 수 있다. 이것이 요즘 시대에 걸맞은 올바른 조부모의 역할이다.

캐리어를 끌고 다니는 손녀 둘

딸 둘을 키우는 큰아들을 보니 지난날 내가 범한 우를 답습한다. 아들 내외는 장사에 메어 바쁘다. 자식을 돌볼 틈이 없다. 큰 손녀가 초등학교에 입학한 후 나는 일주일에 한번 아들 집을 찾았다. 학생이 된 손녀에게 배움이 무엇인지, 학교생활을 어떻게 해야 하는지 이야기를 나누었다.

초등학교 교사의 눈으로 손녀를 바라보았다. 학년이 올라갈수록 평균에 미치기도 어렵게 보였다. 일상생활 습관과 공부는 시켜서가 아니라 자각으로 행동해야 한다. 이것이 참 공부라고 멘토로 누누이 일러주었건만 왜 이럴까? 걱정하는 나에게 아들은 말한다.

"건강하게 자라는 것만으로도 감사할 일이지요"

나를 위로한다. 때때로 교사의 이력으로 욕심이 발동했다. 아이가 처한 환경을 고려하기보다 결과에 기준을 두고 다그치지 않은가? 뻔히 효과 없음을 안다. 방법의 졸렬함을 인정한다. 그러면서 '불가항력이구나.' 교육의 어려움을 토한다.

나는 내 자식의 영유아기를 놓쳤고, 손녀는 바쁜 부모 밑에서 제대로 돌봄을 받지 못한다. 손녀를 나무라기보다 서글픈 내 마음의 표출이다.

작은 손녀의 입학을 앞두고 나는 큰 결단을 내렸다. 지하철 여섯 정거장 떨어져 살고 있는 아들 집에서, 손녀 둘을 내 집으로 데려 오기로 마음을 먹었다. 아이들에게 가정 사정을 이해시키며 의사를 물었다.

"2년간 할머니 집에서 공부하고, 중학교는 우리 집에서 다닐게요."

큰 손녀가 말했다. 작은 손녀는 언니 따라 하겠다고 한다. 5학년인 큰 손녀는 전학을 시키고 둘째는 처음부터 입학을 했다.

3월 2일 입학식 날, 6학년 손을 잡고 강당으로 들어오는 작은 손녀가 울고 있다. 나는 가슴이 내려앉았다. 엄마를 떨어진다는 슬픔이다. 애처로워 가슴이 아팠지만 내 손녀가 입학식 날 저런 모습이.... 교장 선생님의 축하 말씀도 내 귀에는 들리지 않았다.

"주말에는 엄마 아빠한테 가고 주 중에만 할머니 집에서 학교에 다니는 여행이라 생각하면 어떻겠니?"

달랬다.

1학년 손녀는 맞벌이 부모를 돕는 방과 후 돌봄이 교실을 이용한다. 그곳 도담반에서 오후 5시까지 지낸다. 간식을 먹고 다양한 활동의 프로그램도 한다. 하교는 큰 손녀인 언니가 데리고 온다.

이렇게 손녀 둘의 지하철 여행은 시작되었다. 금요일 수업을 마치면 캐리어를 끌고 엄마 아빠가 있는 집으로 가서 일요일 오후 늦게 다시 온다.

나도 내 일을 하는 바쁜 할미다. 대학교 평생교육원에서 강의를 하고 있다. 손녀로 인해 내 일에 지장을 받게 되면 오래 견디지 못할 것이 뻔하다. 어려움과 불편을 가능 한 축소해야 했다.

아들과 며느리도 자식을 키우는 부모로서 저들의 역할은 해야 한다. 캐리어에는 손녀 둘이 일주일동안 갈아입을 옷과 먹을 밑반찬을

금요일 오후, 제 집으로 가는 손녀 둘의 모습

넣고 다닌다.

처음에는 지하철을 타고 다니는 아이들을 걱정한 할아버지가 함께 했다. 이 또한 어느 정도 익숙해진 다음부터 안전에 조심하라 단단히 일러주니 둘이서도 잘 다닌다. 손녀들은 수영을 좋아한다. 바쁜 부모 밑에서는 배울 생각을 할 수 없었다. 할아버지가 시간 맞춰 데리고 다닌다. 아주 재미있어 하며 날로 수영 실력이 쑥쑥 는다.

3월 중순을 넘어 손녀들의 학부모 상담을 갔다. 큰 손녀는 예절이 바르고 적응을 잘 한다며 선생님이 나를 안심시킨다. 작은 손녀 선생님은 바른 자세로 착실하다고 한다. 글자를 완전히 깨치지 못하고 입학을 한 손녀인지라 학교생활에 기가 죽을까 봐 걱정을 했다. 하나씩 배워가는 재미를 갖는다는 선생님의 말씀에 큰 위안을 얻었다.

1학기를 마칠 즈음 큰 손녀는 환한 얼굴로 말했다.

"할머니 전학을 잘 왔어요. 학교도 가깝고 밤늦게 돌아오는 엄마 아빠를 기다리지 않아서 좋아요"

큰 손녀는 중학교도 이곳에서 다니고 싶다고 말한다. 일요일 오후 늦게 무거운 가방을 끌고 와서는 "우리 집보다 할머니 집에서 공부가 더 잘 돼요."

책상 앞에 앉는다.

참 다행이다. 아이들은 적응을 잘 하고, 아들내외도 자식 둘만 집에 남겨둔 걱정에서 해방되어, 하는 일에 정신을 모은다. 나 또한 내 자식을 돕는 일이다. 힘은 들지만 내 새끼 손녀 둘을 멀리 두고 걱정하는 것보다, 눈앞에 두고 내 손으로 거두니 마음이 편하다.

이제 주말에 가고 없으면 허전하고 돌아오면 반갑다. 덤으로 며느리가 보내는 밑반찬은 우리 집 상차림을 푸짐하게 한다.

젊은 시절로 되돌아간 나

직장에 다니는 딸은 같은 아파트 단지 내 가깝게 살았다. 나는 외손자가 태어나마자 돌보았다. 이유식을 배우려 다니며 튼튼하게 키우려 애를 썼다. 나도 내 일이 있는 할미인지라 첫돌을 막 지낸 외손자를 어린이집 종일반에 보냈다. 유치원에 올라가서는 종일반이 끝난 후에는 시간 연장 돌봄이 활동까지 했다. 손자의 귀가 시간은 오후 8시 경이다. 직장을 다니며 자식을 키워야 하는 딸의 사정은 지난날 나와 별반 다르지 않다.

손녀 둘을 데리고 오면서 외손자도 합쳤다. 두 집 살림을 합치니 복잡하지만 경제적이고 손자 돌봄에 일관성이 있다.

나는 젊은 시절로 되돌아갔다. 외손자와 친 손녀 둘, 아이 셋의 보호자 역할을 한다. 등교 준비로 아침 시간은 정신이 없다. 유치원과 학교로 보낸 후 한숨을 돌리고 그제야 아침밥을 먹는다. 아이들의 하교 시간에 맞춰 저녁때 나들이에서 허둥대면 돌아온다. 가능한 부모와 떨어진 공백을 메우려 내 나름 노력한다. 그 뿐인가? 학부모 상담과 공개수업, 교통지도 등 학교 행사에도 참가한다. 손자를 키우지 말라고 충고를 한 내 친구가 나를 보면 할 말을 잊는다.

이 모든 일은 나 혼자서는 불가능하다. 남편이 손자녀 양육에 일조를 한다. 수영복을 챙겨 손녀 둘을 수영장에 데리고 다니고, 내가 없을 때 내 역할을 대신한다.

남편 또한 많은 회한을 안고 있다. 자식들이 어렸을 때 남편은 다시 공부를 시작했다. 가장으로 직장과 학업을 병행하니 항상 바쁜 생활이었다. 자식들이 한창 자라는 시기 남편은 자신의 공부에 파묻혀 아

보다 건강하게 키우고 싶은 간절함에 열심히 참여한 이유식 강의

이들과 함께 하지 못했다. 앞만 보고 내 달리던 시절, 가족과 떨어져 공부만 한 적도 있다. 이런 삶의 과정을 겪은 우리 부부는 조금이나마 힘이 있을 때 할미 할비의 역할을 해야 한다고 생각한다. 손자녀 돌봄을 위해 우리 부부는 상부상조하며 지난날 못다 한 역할을 만회하려 한다.

세상 사 공짜 없다.

친손녀 둘은 영아기를 시골에서 보냈다. 내 손이 닿지 않았다. 이와 달리 외손자는 이웃에서 갓난이 때부터 돌보면서 단순한 양육만이 아닌 교육까지 생각했다. 구청에서 실시하는 이유식 만들기와 조부모 교육 강의를 들었다. 그리고 내 또래 할머니들의 이야기에 귀를 기울이며 정보를 얻으려 했다.

하지만 나는 내 자식 키울 때와 달리 어디까지나 보조 양육자이다. 흘러간 세월만큼 떨어진 체력과 정신력을 인정해야 한다. 옳다고 생각한 방법은 아집의 잔소리로 들릴 수 있음을 감안하고, 내 자식 키우며 겪었던 시행착오를 양육의 노하우로 삼겠다는 야무진 자신감은 시대에 맞지 않은 생각이라 지적을 받을 수 있음을 염두에 두었다.

느지막에 손자녀를 돌보는 것은 힘들고 어려운 일임은 분명하다. 그렇다고 외면할 수 없는 처지다. 내 살아온 세월이 아까워 두 손을 들고 포기하기도 싫다. 하루에도 몇 번씩 할미로써 내 말과 행동, 역할 수행에 자찬과 반성, 후회를 반복한다. 분명한 것은 오늘이 내 인생 가장 젊은 날이다. 아직 손자 손녀를 돌볼 수 있는 힘이 있음에 감사한다. 그리고 보다 효과적인 방법을 찾으려 한다.

철없던 시절 '삶이 어렵다' 는 어른들의 말씀에 '왜 일까? 열심히 살면 될 텐데....' 생각했었다. 70을 넘긴 나이가 되고 보니 인생은 그저 살아지는 것이 아니다. 크고 작은 사건의 연속으로 아등바등 사는 것이 인생이다. 나 또한 그 굴곡진 삶을 살아왔다. '인생은 고해' 라는 말이 딱 들어맞음에 절감한다.

'어르신' 부르는 호칭 또한 나는 부끄러웠다. 어른 대접받을 자격이 있나? 자신이 없었다. 그러던 내가 언제부터인가 생각을 바꿨다. 삶의 고비를 넘어 오늘에 살고 있는 것만으로도 존경받을 만하지 않은가? 특별히 잘 한 것은 없지만 수많은 좌절의 순간을 딛고 일어났다. 터질 듯한 가슴을 누르고, 죽고 싶은 심정을 삼키며, 꿋꿋이 살아 냈다. 그 과정 터득한 것이 '세상 사 공짜 없다'는 인과법칙이다. '그래, 이것이 인생이야!' 이제는 여유를 갖고 내 아들딸의 삶을 바라본다.

손자녀 돌봄도 공짜가 아니다. 요즘 소원해지기 쉬운 부모-자식 관계에서 손자녀를 매개로 아들, 딸과 일상의 이야기를 주고받는다. 그뿐만 아니라 커가는 손자녀의 모습에서 즐거움도 얻는다. 늙어 가는 우리 부부는 손자녀 돌봄으로 새 힘을 얻는다. 지는 해가 저녁놀의 아름다움을 연출하듯, 나의 황혼육아가 손자녀에게 도움이 되어 앞날을 살아가는 힘을 줄 수 있기를 나는 간절히 바란다.

조부모 교육 수료증을 받는 날, 내 나름 정리하며 새겨보았다.

첫째가 건강이다. 육체의 고통은 참을 수는 있지만 숨길 수는 없다. 몸이 아픈 할머니가 밝은 표정으로 손자와 상호작용하기 어렵다. 활력적이고 씩씩한 할머니의 에너지는 아이로 하여금 적극적인 행동을 하게 한다. 꾸준한 운동과 균형 잡힌 식사가 중요하다.

둘째, 쓸 만큼의 노후 자금이 필요하다. 노인의 주머니에 돈 떨어지면 어깨가 축 처진다는 말이 있다. 눈치가 빠한 아이들이다. 자식에게 용돈을 바라는 힘없는 할머니가 아닌 내 주머니의 돈으로 손자에게 용돈을 주는 당당한 할머니가 멋있는 세상이다. 부모를 봉양하고 자식으로부터는 독립해야 하는 나는 샌드위치 세대다. 더 늦기 전 노후를 대비한 경제 관리는 노년생활을 위한 필수조건이다.

셋째, 손자녀 돌봄에 올인은 금물이다. 해준 만큼 바라는 것은 인지상정(人之常情)이다. '내가 어떻게 했는데...' 노인의 넋두리는 공허한 메아리다. 취미나 모임으로 여가를 가져야 한다. 여유는 긍정적인 사고를 동반하고 즐거운 생활로 유도한다. '무슨 요일 하루는 나의 날'로 공포하고 자신을 위해 시간을 보낼 수 있어야 한다. 서로 원망하지 않고 자식과 오래토록 Win – Win 관계를 위해 지금의 생활을 조율해야 한다.

넷째, 아이와 놀 때는 적극적으로 활동한다. 앉아서 읽어 주는 동화책보다 머플러라도 둘러쓰고 "나는 신데렐라다!" 극화로 들려주는 할머니 동화에 아이들은 환호한다. 아이의 상상력을 자극한다. 작은 것 별스럽지 않은 것에도 아이들은 쉽게 감동하고 즐거워한다. 그래서 아이들이다. 주위에 살펴보며 놀이에 이용할 것들이 의외로 많다. 빈 박스 포장지도 좋은 자료가 되고 과일을 싼 비닐과 계란 판도 만들기 자료다. 적극적이고 활력적인 할머니 눈에는 보인다. 신나는 장난감을 찾고 현실의 이야기를 재미있게 꾸미는 것은 손자녀를 돌보는 할머니의 연구 과제다.

다섯째, 눈높이를 같이 한 놀이가 더 재미있다. 할머니가 신이 나야 함께 하는 손자녀의 반응이 뜨겁다. 감정의 공유는 이심전심의 정을 쌓는다. 할머니와 쌓은 정은 만병통치약과 같아서, 손자녀가 자라서 겪게 되는 크고 작은 문제를 손쉽게 해결하는 힘이 된다.

여섯째, 솜털 같은 포근함을 지닌 할머니가 최고다. 어디까지나 조부모는 양육의 조력자이다. 엄마 아빠에게 혼이 나도, 기댈 곳이 있다는 안도감을 주는 할머니는 따뜻한 정을 알게 한다. 날아온 공이 푹신한 솜 속으로 쏙 들어가듯, 손자의 잘못을 감싸주되 단호함을 잃지 않는 할머니는 절제된 사랑의 실천가이다.

강의 내용을 요약하며 나를 돌아보았다. 가장 중요한 여섯째 항목에 자신이 없다. 나는 포근한 할머니의 이미지와는 거리가 있다. 교사로서 지적하고 가르치는데 이력이 붙었다. 일종의 직업병이다. 애써

부드럽게 하지만 받아들이는 아이들이 먼저 안다. '잊지 말자!' 다짐하지만 손자녀 셋을 돌보는 벅참에 때때로 내 한계는 드러난다. 언제쯤 내가 나를 흡족하게 생각하게 될까?

외손자와의 여행 시도

주말을 제외하고 외손자는 낮 시간을 거의 밖에서 지낸다. 하루에 고작 2~3시간 정도 가족과 함께 한다. 그것도 깨어서 제 어미인 딸과 만나는 시간은 2시간을 넘지 못한다. 중요한 영유아기를 그저 흘러버리지 않나? 걱정을 했다. 그래서 틈만 나면 가까운 한강변에 데리고 나가기도 하고, 가벼운 여행으로 손자의 질적인 양육에 노력했다.

딸은 더 늦기 전에 제 아들과 함께 하는 효과적인 시간을 갖길 원했다. 조금은 무리하게 시간을 만들어 나더러 외국으로 여행을 가자고 했다. 남편과 단둘이 떠난 여행도 현지에서 일어나는 문제와 서로의 의견 차이로 힘이 드는데, 어린 손자와의 긴 여행에서 그 어려움과 고생을 예상할 수 있다. 나는 펄쩍 뛰며 반대했다.

"후회를 남기지 않게 해 주세요" 딸은 우리 부부의 나이를 생각한다. 나는 후회라는 말에 두 손을 들었다. 많은 후회를 안고 있는 나다. 딸에게 그 무거운 후회를 안겨줄 수 없다. '그렇지! 세 살 버릇 여든까지 간다는 속담처럼 손자는 지금 인생의 주춧돌을 놓는 시기다. 지금의 여행 경험이 훗날 가래로도 못 막을 것을 작은 호미 정도로 방비할 수 있다면….'

나는 몇 날을 곰곰이 생각하며 딸의 의향을 짚어 보았다. 제 자식 욕심만이 아니다. 우리 부부는 30년 가까운 세월 배낭을 메고 세계의 오지를 찾아다녔다. 그러다 보니 세상구경을 거의 다 하고 유럽만 남은 상태다. 손자와 유럽여행을 함으로써 '세계 일주'라는 대 단원을 끝낼 수 있다. 딸은 그 꿈을 이뤄 주려는 것이다. 하지만 나는 다르다. 내 여행은 언제든지 할 수 있다. 손자의 영유아기를 놓치고 싶지 않았다.

딸은 내 여행 패턴을 잘 안다. 최소의 경비로 최대의 효과를 얻는 극기와 같은 체험여행이다. 이미 고생을 감수하고 여행을 제안했다. 제 아들에게도 체험 위주의 여행을 시켜주려는 의도이다.

손자는 한창 언어가 늘고 자아가 눈을 떠 매사에 '내가 할 거야!' 자신감을 보인다. 서툰 걸음으로 속력도 내려 한다. 배낭여행이기에 손자의 페이스에 따를 수 있다. 무엇보다 여행을 하는 동안 아이에게 올인 하게 된다. 손자의 눈높이에서 즉각적인 반응으로 상호작용을 한

[위] 여행의 일원으로 제 몫을
톡톡히 하는 손자

[아래] "와, 크다!"
타고 갈 비행기를 바라보며 한껏
기대에 부푼 손자

다면 이 이상 값진 시간은 없다. 손자의 일생에 단 한 번뿐인 절호의
찬스이다.

나는 용기를 냈다. '손자를 위한 여행'으로 주제를 잡았다. 그리고
사전조사로 계획을 세워 70일간의 일정표를 만들었다. 이는 어디까
지나 계획일 뿐, 현지의 볼거리는 손자에게 초점을 맞추고, 손자의 건
강과 흥미에 따라 조율하기로 했다.

2014년 6월 손자 32개월 때 떠난 비행기 속에서 남편은 나의 다짐
을 일깨운다. 이번 여행은 우리 부부의 여행이 아닌 손자를 위한 여행
임을 잊지 말라 한다. 내 욕심을 자제하라는 뜻이다.

손자와의 유럽여행은 예상외의 효과를 얻었다. 이것이 계기가 되어
딸은 틈만 나면 제 아들을 데리고 우리나라 여러 곳을 찾았다. 손자
또한 점점 여행 맛을 알아갔다.
"또 떠나자" 여행을 가자고 때때로 조른다.
나는 그 후 손자와 여러 번의 배낭여행을 다녀오게 되었다.

02
—

세 살 버릇 여든까지

명령과 복종의 관계

인간의 탄생은 신비롭다. 아빠로부터 하루 수백만 형제 정충 중 가장 강하고 행운을 지닌 한 마리의 정자가 매달 1회 배란되는 엄마의 하나 난자와 24시간 내 만나야 한다. 그리고 랑데뷰 된 순간 수정 세포는 한 치의 오차 없이 착착 수억 년의 진화 과정을 단 38주 동안 엄마의 자궁 내에서 한 사람으로 발달한다. 그리고 인류 조상의 누적된 지혜를 DNA로 물려 받고 태어난 우리 개개인이다. 어찌 인간의 존엄성과 무한의 능력을 운운하지 않을 수 있겠는가.

태어난 아기는 곧바로 생존본능으로 엄마의 모성애를 자극하며 사회적 상호작용을 시작한다. 매 순간이 성장이고 학습이다. 능력은 지

넸으되 아직은 무력한 존재다. 긴 인생의 시작 단계라 그 성장은 급등기다.

방긋방긋 웃음, 보드라운 피부, 완전히 의존해야 하는 존재, 나의 분신 새 생명이다. 자식인 아기에게 향하는 부모의 보호본능은 자연 발생적이다. 부모는 나날이 변화를 보이는 아기의 행동에 놀람을 금치 못한다. 좀 더 편하게, 좋게, 잘 해주고 싶은 마음은 부모의 인지상정이다. 어리고 귀엽다. 객관성을 두고 멀리 내다보기도 어렵다. 무한의 능력을 소유한 존엄한 존재로 세상을 살아갈 독립된 개체로 인정하기는 더더욱 쉽지 않다. 하지만 아이는 매 순간 살아갈 기술을 배우고 익히며 학습을 한다. 인생의 기초를 놓으며, 방향을 잡고, 습관의 기틀을 잡아가는 중요한 시기다.

태어난 신생아는 부모의 돌봄 없이는 생존할 수 없다. 때문에 보호본능을 불러일으키는 기술을 선천적으로 지니고 태어난다. 배가 고프지도 않고 아프지도 불편하지도 않은 상태에서 우는 아이의 울음은 부모에게 안아달라는 명령이다. 울어서 죽는 법은 없다. "이 명령에 의연하게 대처하는 부모가 되라" 루소는 말한다. 그 순간의 떼씀이 통하지 않는다는 것을 알게 해 주는 것이 바로 복종이란 의미를 가르치는 것이라 했다. 이때의 복종은 앞으로 살아가는데 필요한 도덕성의 기초가 된다.

출생하여 방긋방긋, 어느 날 뒤 짚는 재주로 놀람을 안겨주고, 힘자랑을 하며, 아장아장 첫 걸음을 시작하더니 사촌누나들과 함께했다. 여행을 시작한 손자는 당당하게 비행기를 타고 내리며 유치원 달리기에 자신감을 보였다.

귀엽고 어린 자식이라 손쉽게 안고 달랜다. 이 작은 행동은 아기로 하여금 명령의 맛을 알게 하고 떼쓰기 행동을 습관으로 다지게 한다. 자아가 눈을 떠 매사를 자신의 뜻대로만 할 때, 부모는 급기야 "왜 이래?" 말을 듣지 않는다며 야단친다. 이미 명령의 맛을 알아버린 어린 자식과 힘겨루기를 시작한다. 그리고 자식 키우기 쉽지 않다고 하소연을 한다.

루소는 명쾌하게 풀었다. 눈을 뜬 자아로 의사를 표명하면 그때부터 부모는 아이의 명령에 복종하라 한다. 혼자의 힘으로 세상을 살아갈 아이다. 아장아장 행동반경이 넓어지면 호기심도 많아진다.

"안 돼!" 아니다. 위험함을 제거해 주고 오감을 통해 하나씩 체험토록 기회를 주어야 한다. 그리고 지켜보며 생각하고 행동하도록 도와준다. 어설프게 보이는 아이의 행동은 앞날을 살아갈 지·덕·체의 기초를 배우는 중요한 학습으로 이를 익히는 공부다. 아이의 명령에 복종하는 부모의 자세는 이처럼 중요하다. 부모가 자식의 삶을 대신 살아 줄 수 없다. 아이로 하여금 이것저것 경험을 쌓으며 스스로 알아가는 즐거움을 주게 되면 이는 탐구하는 자세를 가르치는 것이다. 나아가 훗날 스스로 공부하는 아이로 키운다. 아파봐야 조심하고 큰 사고를 미연에 방지한다. 아기는 일생을 살아갈 중요한 공부를 하는데 부모는 내 새끼 다치고 아플세라 덥석 안아주고 유모차에 태운다.

세상사 꼭 필요하고 중요한 것은 타이밍이 있으되 귀한 것도 아니고 결코 어렵지 않다. 누구에게나 주어지고 손쉽게 할 수 있는 것들이다. 이는 하느님의 사랑이고 공평함이다. 그래서 쉽게 때를 놓치고 흘러버린 뒤 힘들어하며 후회로 깨닫는 게 인생사다. 자식 키움이 바로 이에 적용된다. 자식은 마냥 어리지도 않고, 귀엽게만 느껴지지 않을 때가 온다.

루소는 시기적절하게 명령과 복종의 관계를 바로 세우는 것이 쉽고 자연스럽게 자식을 키우는 기틀이라 했다. 영유아기 자력으로 행동하는 아기의 경험은 지적인 발달과 신체적 성장을 도모한다. 부모의 입장에서는 중요하고 어려운 것을 쉽고 자연스럽게 가르치는 것이다.

소가 뒷걸음을 치다 쥐를 잡는다는 옛말이 있다. 어쩔 수 없는 처지에서 행한 나의 가슴 아픔 양육이 루소의 이론에 딱 들어맞았던 적이 있다.

딸을 낳고 30일간의 산휴를 끝내고 출근을 했다. 학교 내 사택에 살았다. 일손을 구하지 못해 아랫목에 아기를 혼자 뉘어두고 출근을 했다.

한참 수업을 하고 있는데 이웃집 사모님이 화단 쪽 창문을 똑똑 두드리며 급히 나를 부른다.

"아기가 계속 우는데 방문이 잠겨 안아 줄 수가 없어요."

가슴이 철렁 내려앉았다. 무안함과 서러움이 한꺼번에 몰려왔다. 그 순간 오기가 발동했다. 계속 아기를 봐 주려면 이 열쇠를 가져가시고, 불쌍해서 안아줄 생각이면 그냥 두라며 열쇠를 창턱에 얹어 두고 수업을 했다. 사모님은 놀란 표정으로 그대로 돌아섰다. 창턱에 놓인 열쇠를 바라보며 괜한 오기를 부렸음을 곧 후회했다.

나도 모르게 나온 표독한 말이었다. 학급 아이들 앞이다. 나는 태연을 가장하고 오전 수업을 마쳤다.

점심시간이 되어 가서 보니 억장이 무너져 내렸다. 3월 초 연탄아궁이 방 윗목은 냉기다. 발버둥으로 기저귀는 벗겨지고 포대기에서 빠져나온 아기는 홀랑 벗은 아랫도리로 윗목 벽에 머리가 부딪쳐 더 이상 올라갈 수 없는 상황에서 파랗게 떨고 있었다. 조막만 한 발뒤꿈치는 빨갛게 멍이 들었다. 뻗대어 울며 배고픔을 하소연한 모습이 적나라하다.

나도 엄마다. 아기의 불쌍함과 내 서러움을 삼키며 '우리 참자!' 넋두리로 젖을 먹여 재웠다. 기운이 빠진 탓인지 그날 오후 아기는 뉘어 놓은 대로 잤다.

그 다음날도 달라진 것 없어 문을 잠그고 출근을 했다. 그런데 신기한 일이 벌어졌다. 아기는 울지 않았다. 아침에 뉘어 놓은 상태로 자고 있거나 때로는 눈을 떠 매달아 놓은 모빌을 보며 혼자 놀았다.

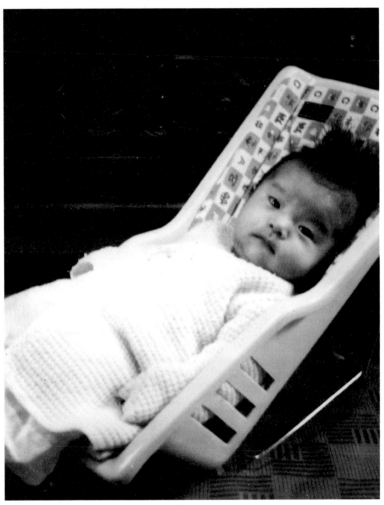

아플 때 혼자 둘 수 없어 나폴레옹 침대에 뉘어 교실에 데리고 다닌 딸.

"어!"

놀람은 신기함으로 감탄했다. 주변에서 제 어미의 사정을 알아주는 아이라 했다.

이에 맛을 들인 나는 자식 셋을 키우면 밤잠을 설친 적이 없다. 다음날의 출근을 생각하고 밤 10시경 젖을 먹여 재웠다. 그리고 칭얼거림에 반응을 보이지 않았다. 아기는 곧 밤잠을 제대로 잘 자는 습관을 잡았다. 되돌아보면 그나마 교직을 계속할 수 있었던 것은 내 나름의 양육방법으로 수월함을 찾은 덕분이다.

뒤늦게 아동학 공부로 이론을 접하면서 그 이유를 알았다. 그리고 얻은 만큼 놓친 것도 많았음을 깨달았다. 민감하게 반응을 하지 못한 엄마 역할은 후회를 넘어 회한으로 내 가슴에 남았다. 영아기의 명령과 복종의 관계, 엄마와의 상호작용이 양육의 질을 판가름한다는 것을 나는 내 자식을 키우며 깊이 체험했다.

출생은 이 세상으로 첫 여행이다. 여행지에서 첫 만남은 바로 엄마다. 엄마가 물리는 젖은 생리적인 욕구를 충족시켜 주는 첫 선물인 동시 엄마를 통해 세상을 알아가는 창구다. 정다운 눈 맞춤과 따뜻한 손길을 느끼며 먹은 포만감은 긍정적 자아로 신뢰감을 싹 틔운다. 어머니는 최초의 교사이고, 가정은 첫 학교다. 엄마와의 따뜻한 교감은 긍정적 애착형성으로 일생을 살아가는 삶의 윤활유 심성의 기둥이다.

배변 훈련 또한 생리적 작용이다. 이 시기 발달되는 괄약근은 자력으로 배설을 조절한다. 배변 가리기를 잘 했다며 좋아하는 엄마의 밝은 표정은 아기로 하여금 '바로 이거야!' 자기 힘으로 엄마를 기쁘게 해냈다는 자부심을 갖게 한다. 이 시기 뒤뚱뒤뚱 보행도 시작한다. 혼자서 세상구경이 가능하다. 무엇이든 해 보려는 의지의 자유를 허용받은 아기는 자율성을 싹 틔운다. 부모의 과보호나 지나친 간섭으로 자율성을 경험하지 못하면 훗날 위축되고 수치심을 갖게 된다. 생의

손자에게 우유를 먹이며 내 마음을 전하려 눈을 마주하려 했다.

초기에 갖는 이러한 경험은 무의식에 깔려 평생 삶의 태도와 방법을 좌우하는 원동력이다.

영유아기의 급변한 성장은 인생의 기초를 다진다. 세 살 버릇 여든까지 간다는 말은 이에서 비롯된다.

알아야 면장? 조부모 역할

황혼육아로 손자녀를 돌보게 된 사정은 각기 다르다. 하지만 조부모 양육은 수월하고 재미를 느껴야 한다. 이에 더하여 보람을 갖게 되면 인생의 성공이다. 조부모는 이미 자식을 키운 경험이 있다. 경험은 지식이다. 시행착오를 짚어 후회를 만회할 수 있는 방법도 안다. 조부모는 손자녀를 돌보는데 필요한 지식과 효과적인 육아 노하우를 지녔다.

젖먹이를 돌보는 할머니는 손자녀 성장의 골든타임을 잡아야 한다. 무력한 존재처럼 보이지만 아이는 매 순간 만물의 영장으로 자란다. 신체의 발달은 물론이고 뇌 발달도 일생일대의 급등기다. 이 시기의 놀라운 발달을 총칭하여 흡수기 혹은 민감기로 표현한다.

어린이집이나 유치원에 다니는 손자녀를 돌보는 할머니는 이미 형성된 아이의 기질로 양육에 어려움을 느낄 수도 있다. '아이들은 열두 번 변한다.' 미흡하고 잘못 형성된 기질은 더 늦기 전에 할미의 사랑으로 잡아준다면 이보다 더 값진 일은 없다.

초등학생 손자녀를 돌보는 할머니는 감동으로 이끌어야 한다. 아이의 요구가 무엇인지 파악하고 지지할 때 손자녀와의 소통이 원활하다. 지적인 호기심이 왕성한 시기다. 아이의 눈높이에 맞춘 상호작용은 물론이고, 손자녀 말에 경청하고 공감하며 수용하는 할머니는 아이의 마음을 열게 한다.

원인 없는 결과는 없다. 세상의 이치다. 손자녀의 문제행동 또한 양육 과정에서 놓쳤거나 잘못된 양육방법에서 기인된다. 아이의 특성을 이해하고, 존중하며, 성향을 수용하고, 불안과 불만을 제거해 주는 할머니는 명의와 같다. 아이의 발달단계를 고려하고 눈높이를 같이 한 민감한 반응이 조부모 양육의 최선책이다. 손자녀와 상호 호혜적 관계를 이룰 때, 조부모는 돌봄에 재미와 보람을 갖게 되고, 손자녀는 바른 인성으로 제 능력을 발휘하며 자란다.

경험에 이론을 접목하면 손자녀의 행동을 보다 쉽게 이해할 수 있다. 그리고 대응 방법을 찾게 된다.

고개도 가누지 못하던 아기가 영유아기를 지나며 자기 힘으로 걷게 된다. 얼마나 큰 변화이고 발전인가. 아기는 신체발달로 습득된 운동기능을 통해 인지와 정서, 사회성 발달로 세상을 알아간다.

나날이 성장하는 아이의 모습은 경이롭다. 대근육 발달은 운동 기술로 이어져 행동반경을 넓혀가며 경험을 확대한다. 잡기와 같이 손과 팔을 조절하는 소근육 발달은 행동능력을 발휘케 하여 사물을 탐색한다. 따라서 두뇌와 신경계는 성인 수준 50% 이상 발달한다. 신경 세포를 연결하는 정보의 통로 시냅스 형성은 최고조에 달한다. 신체 성장과 함께 발달하는 운동능력은 오감을 통한 지각 발달로 이어져 인지발달에 영향을 미친다.

나는 영유아기의 신체발달을 비옥한 토양에 비유한다. 토양이 비옥 해야 어린 묘목은 잘 자란다. 토양의 준비는 이 시기 양육자의 역할이 다. 조부모가 이 시기의 중요성을 감안하고 양육을 한다면 손자녀 일 생에 더없이 큰 선물을 하는 셈이다.

영양은 신체발달에 필수다. 균형 잡힌 식사지도는 조부모 역할에서 최우선이다. 적절한 놀잇감으로 적극적으로 함께 노는 신체활동 또한 이 시기 발달 과업을 이룩한다.

훗날 몰입하여 공부하는 손자녀 모습은 기특하고 예쁘다. 그런 손 자녀의 모습을 그려보며 아이의 일생에서 잠시 지나가는 시기를 제대로 잡아주는 조부모는 값진 재산을 물려주는 셈이다.

헬렌 켈러는 감각으로 높은 지적 발달을 했다. 태어나는 순간 반사 행동으로 세상과 소통하고, 만지고 보고 듣는 오감의 훈련을 통해 사물의 특징을 깨달으며 지적 활동을 펼쳤다. 설리번의 교육 방법이다.

인지발달 이론의 대가인 피아제는 자신의 자식 셋 자라는 모습을 관찰하고 나날이 발달하는 지적 성장을 적절한 용어로 단계별로 설명했다. 지적발달의 시작은 감각활동이다. 이를 통해 내적인 작용으로 얻어지는 것이다. 때문에 아이의 눈높이에서 사소한 관심과 배려를 놓치지 않고 호응하고 반응하며 체험토록 하는 것이다. 자식을 키워 본 조부모가 가장 잘 할 수 있는 일이다. 할미의 사랑은 손자녀의 지적 발달을 이끌 수 있는 묘약이다.

나는 자연의 섭리에 빗대어 생각한다. 매서운 북풍이 물러나면 찬 기운 속에서도 파릇파릇 새싹은 돋는다. 연약한 풀잎이 언 땅을 뚫고 올라온다. 자연의 힘이다. 때맞춰 꽃망울을 터트려 봄을 장식하고 여름의 신록을 준비를 한다. 이 또한 자연의 섭리다. 아이들의 놀라운 지적발달의 변화도 이와 같다. 어려서 무엇을 알겠냐? 싶지만 매 순간 자연의 이치와 섭리에 따르는 아이의 성장은 학습이다.

딸랑이는 잡고 흔드는 놀이는 협응력의 발전이고, 심한 낯가림은 사고 활동의 변별력이다. 엄마가 자리를 비워도 오겠거니 참고 기다리며, 자신이 타인과 다름을 알아가며, 엄마를 기쁘게 하는 방법이나 떼를 쓰면 얻게 되는 것들도 알아간다. 이 모두가 인지의 발달 영향이다. 큰 배움이고 발전이다.

이 시기 바람직한 조부모의 역할은 놀이처럼 재미있는 환경을 제공한다. '안돼!' 아니다. 새로움을 접하게 하고, 힌트로 암시 주고, 잘하면 격려로 의욕을 북돋운다. 안전을 고려한 허용으로 아이 뒤를 따르며 적극적인 탐색 경험을 지지한다. 스스로 발견하고 환호할 때 아낌없는 조부모의 칭찬은 손자녀의 인지를 최고조로 발달시킨다.

우리 속담에 말에 관한 것이 가장 많다. '말 한마디로 천 냥 빚을 갚는다.'는 것은 말로 불가능을 가능케 하고, '발 없는 말 천리 간다.' 것은 말조심을 의미한다.

말은 정신활동의 도구이며 인간 생활에 필수적인 요소이다. 자신의 생각과 감정을 타인에게 전달하고 사회생활을 무리 없이 할 수 있는 힘이며 학습의 도구이다. 또한 언어발달은 인지발달을 촉진하는 상호 호혜적 관계이다. 이처럼 중요한 언어발달은 영유아기에 거의 완성되는 중요한 발달과업 중 하나다.

이 중요한 언어는 관찰과 모방으로 배운다. 언어적 상호작용을 더 많이 경험함으로써 언어 기술을 발달시킨다. 때문에 양질의 언어적 경험은 중요하다. 할머니와의 언어적 상호작용을 통해 손자녀는 민감하게 언어를 체득한다.

손자녀와 장난감을 갖고 놀면서 사용하는 말이나 일상생활 속에서 주고받는 할미의 말은 좋은 언어 학습의 모델이다. 흥미 있는 이야기를 들려주며 "왜 이럴까?" "어떻게 할까?" 등의 질문으로 문제를 해결할 수 있게 유도하고, 생각의 오류를 찾게 한다. "이럴 때 어떻게?" 할머니의 질문은 손자녀로 하여금 융통성 있는 전략과 새로운 아이디어를 생각하게 만든다. 나아가 추론 기술을 가르친다.

조금만 관심을 기울이면 말할 때는 차례를 지키고, 남의 말에 끼어들지 않고, 듣는 사람의 흥미와 공감을 얻는 말하기 기술을 자연스럽게 가르칠 수 있다. 우리 생활과 뗄 수 없는 말, 천 냥의 빚도 갚을 수 있는 값지고도 중요한 말하기 기술을 할머니는 놀이로 자연스럽게 가르친다. 이는 훌륭한 교사의 역할이고, 훗날 손자녀가 남과의 대화에 밀리지 않는 자신감을 갖게 한다.

루소는 흥미와 필요에 따라 행동하는 것이 아이의 본성이라 했다. 무한의 잠재력을 지닌 존재로 아이들은 저마다 자기완성의 의지를 지니고 태어난다. 때문에 본성에 따른 조부모의 양육은 쉽고 자연스럽게 신체와 인지, 언어의 발달과업을 도와 이후 발달의 초석을 마련한다. 이게 바로 할미의 사랑이다.

즐겁고 보람된 조부모 양육

황혼육아는 육체적으로 힘들다. 거기다 말을 잘 듣지 않은 손자녀라면 돌보기 쉽지 않다. 그렇다고 그만 둘 수 없는 상황에서는 심신이 고달프다. 이는 조부모 자신은 물론 새싹 같은 손자녀 양육에도 부정적인 영향을 주게 된다.

양육하기 힘든 원인은 복합적이다. 하지만 대체적으로 영아 초기에 잘 못 형성된 기질과 정서, 애착에 기인된 경우가 많다.

많은 학자들은 아이의 기질은 일방적이지 않다고 한다. 까다로운 아이는 엄마를 힘들게 한다. 힘든 양육으로 우울감에 빠진 엄마는 아이에게 부정적인 반응을 보이게 된다. 아기와 엄마의 주고받는 상호 작용은 연결고리를 만든다. 반대로 웃음과 귀여움으로 엄마의 애정을 이끌어 내는 아이는 엄마를 수월하게 해주어 긍정적 자극과 반응을 받는다. 기질은 아이와 양육자 간에 주고받는 양방향 태도에서 길러진다.

손자녀의 순간 기질은 조부모에게 양육의 즐거움과 보람을 주기도 하고 까다로운 기질은 힘듦과 고생으로 속을 태우게 만든다. 부정적

기질로 조부모가 힘들어하면 아이는 더욱더 날뛰거나 위축된다. 아이의 탓으로 돌리지 말고 할미의 사랑으로 "그렇겠구나!" 손자녀의 기질을 일단 인정하고 수용한다. 그리고 감정을 타당하게 표출하는 방법을 모델링으로 보여준다면 손자녀의 기질을 바람직한 방향으로 이끌 수 있다.

첫째, 아이의 개성에 관심을 보이고 존중한다. 무엇을 원하는지 그 요구에 민감하게 반응한다. 사람은 인정받고 요구를 들어줄 때 자신을 돌아본다. 그리고 잘 못을 스스로 자제한다. 어린 아이들도 예외가 아니다.

둘째, 무엇을 두려워하고 싫어하는지 파악한다. 관심을 갖고 부정적인 행동을 일시에 고치려 서둘지 않는다. 아이가 두려워하는 상황을 함께하며 서서히 그 두려움이 별것이 아님을 알게 해준다. 그리고 싫어하는 것이 타당하다면 과감히 없애주고, 그렇지 않을 경우 싫어하는 그 생각을 바꾸는 방법을 함께 의논한다. 아이의 마음을 움직이는 것은 할미의 사랑이고 인내다.

셋째, "또 그랬니?" 부정적인 기질에 꼬리표를 붙이지 않는다. 이는 힐책이고 경멸이다. 기질은 양방향이다. 어른의 양육태도에 기인한 것이기에 아이 탓만은 아니다. 비난과 힐책이 아닌 있는 그대로를 인정해 주는 것부터 시작해야 하나씩 고쳐나간다.

정서적으로 안정감을 보이는 손자녀 돌보기는 수월하다. 정서적 반응은 감정적인 행동이다. 소유물을 빼앗기며 싸움이 일어나고, 뜻한 바가 어긋나면 화를 낸다. 욕구가 좌절되고, 신체활동을 제한받고, 부모의 무관심에 분노를 느끼며 떼를 쓰고 운다. 심하며 바닥에 뒹굴고 숨을 몰아쉬기도 한다. 부정적인 정서로 조부모를 힘들게 하는 손자녀 행동에 야단치는 방법은 졸렬하다. 이를 역으로 어떻게 해결해야 하는지 그 방법을 가르치는 찬스로 활용한다.

아이의 말에 경청하고 공감하며, 감정을 어떻게 표현하는 것이 효과적인지 할머니가 시범을 보인다. 사회규범에 맞춘 행동과 언어로 감정을 표현하며 올바른 정서 표현을 어떻게 하는 것인지 보여준다. 더 늦기 전에 자신의 정서를 조절할 줄 알아야 인기 있는 아이로 대접받고, 타인으로부터 인정받아 원만한 학교생활을 하는 손자녀로 자란다.

애착형성이 순조로운 손자녀 양육은 즐겁다. 애착이란 정서적 유대감이다. 생리적 욕구를 만족시켜주는 엄마의 젖과 모성애는 아기에게 안정감과 신뢰감으로 애착을 형성한다. 이 시기 뿌리내린 애착은 영아기의 사회성 발달에 중요하다. 애착형성의 결정적 시기는 생후 1년에서 2년 사이다.

조부모의 양육 또한 손자녀와 애착을 형성한다. 요구에 민감하게 반응하고, 아이의 특성을 이해하며, 행동 성향을 수용하고, 일관성 있는 상호작용으로 바람직한 애착을 형성한다. 긴 일생에서 보면 짧은 기간에 형성되는 타인의 정서를 잘 알고 또래와 원만하게 생활하는 원동력이다.

할머니와 손자녀는 혈연으로 맺어진 사이다. '내 새끼' 라는 애칭 속에는 그 어떤 허물도 감싸고 불만을 제거하고 보호하겠다는 할머니의 각오가 함축된다. 손자녀에게 할머니는 안전 기지다. 이 안전 기지는 호기심과 탐색 활동을 펼치는 발판이 된다. 그리고 친구와 교사로부터 좋은 평가를 받는 사회성 기술의 원동력이다. 할머니의 포근한 사랑은 손자녀의 문제행동을 고치는 특효약이다.

저절로 컸다?

성장 후, 스스로 공부하고 적극적인 자세로 기죽지 않고 자기 일을 잘 하는 자식을 둔 부모는 "저절로 컸다."라고 말한다. 결코 아니다. 결정적 시기를 놓치지 않고 자연스럽게 아이와 눈높이를 같이 한 상호작용의 결과이고 보상이다.

아이는 항상 성장하며 발달한다. 발달은 변화이다. 이 변화를 바람직하게 이끈 양육은 앞날을 생각하며 현재를 놓치지 않았다. 우리는 생명과 직결된 공기의 중요성을 매 순간 잊고 살 듯, 인생의 기초를 다지는 영유아기를 쉽게 생각한다. 아직 어리고 귀여운 아기다. 귀여움에 취해 발달 과업을 놓치기 쉽다. 매 순간 성장하는 아이에 초점을 두기보다 부모 입장의 현실적인 일과 욕심으로 영유아기의 중요한 시기를 흘러버린다.

또한 내 속에서 태어난 자식이기에 부모 욕심이 발동한다. 부모욕심은 자연발생적이다. 이는 세상을 굴러가게 하는 힘인 동시, 부모의 양육과 자식의 성장을 어렵게 만드는 괴물이다. 아이의 능력을 고려하기보다 남보다 앞서길 바라고, 옆집 아이가 한글과 숫자를 깨치면 그것에 기준을 두고 아이의 능력을 고려하지 않고 지시와 명령으로 가르치며 조기교육에 열을 올린다. 그리고는 부모 노릇이 힘들다며 방법적 미숙보다 아이를 탓하는 마음이 앞서니 괴물이 아닐 수 없다.

아이들의 인지구조는 받아들일 수 있는 것을 제한한다. 이미 알고 있는 것을 토대로 새로운 정보를 받아들일지를 결정한다. 때문에 발달 수준에 맞는 경험의 누적이 올바른 부모의 역할이다. 이를 망각하게 만드는 것 또한 지나친 부모 욕심이다.

동서양의 많은 학자들은 일생일대의 급속한 발달 시기인 3세 이전에 인성은 형성되고 5세경에 거의 완성한다고 주장한다. 세 살 버릇 여든 간다는 우리나라 속담도 이에 속한다.

나는 갓 태어난 외손자의 첫 여행을 맞이한 할미다. 걸음마기 손자가 세상을 알아가는 것을 지켜보았다. 내 자식에게 놓친 것을 거울삼아 잘 키워보려 애도 썼다. 그런데 항상 미흡함을 느낀다.

손자가 32개월이 될 즈음 70일간 유럽 여행을 다녀왔다. 일상을 떠난 여행지에서 손자에게 올인하여 민감하게 반응하고 상호작용을 보다 손쉽고 효과적으로 하기 위함이었다.

손자는 한창 언어가 발달하고 운동기능이 왕성할 때였다. 여행을 하는 동안 하루가 다르게 놀라운 손자의 행동은 신비롭기까지 했다. 여행은 새로운 만남의 연속이다. 매일 펼쳐지는 새로운 자연과 관광지에서 일어나는 사건, 보이는 모든 것이 손자에게 좋은 체험이었다. 집에서 흘러버렸던 것들이 보였다. 24시간 손자와 함께 하며 그동안 놓친 것을 만회하려 했다.

떠나기 전 걱정은 기우였고 예상했던 효과보다 더 큰 보람을 얻었다. 손자의 일생에 다시없는 기회를 잘 활용했다. 손자의 여행 경험이 무의식에 잠재되어 저력으로 발휘되리라 나는 믿는다.

나의 최초 여행

나의 외할아버지 기일은 음력 6월 보름이다. 어릴 적 나는 이날을 손꼽아 기다렸다. 엄마 따라 외가에 가는 날로 명절만큼이나 나에게는 큰 즐거움을 주는 나들이였다.

희미한 기억으로 보아 아마 5살 정도다. 엄마는 나와 남동생 둘을 데리고 오후 늦게 집을 나섰다. 눈치로 보아 아버지는 늦었으니 다음 날 떠나라 말리셨다. 하루라도 일찍 친정에 가고픈 엄마는 우겨서 우리를 데리고 막차를 탔다. 부산에서 밀양 파서까지 직행이 없던 시절 진영에서 버스를 갈아 탈 때 비가 내리기 시작했다. 들길을 달리던 버스가 도중에서 고장이 났다. 빗줄기는 굵어졌다. 사방이 어둠에 잠긴 허허벌판에 버스는 섰다. 버스에 탔던 사람들이 하나 둘 내려 마을을 향해 걸어갔다. 엄마는 머리에 보따리를 이고 막내 동생을 업었다. 그리고 나와 남동생의 손을 잡고 빗속을 걸었다.

우리를 앞서 걸어간 사람들이 저 멀리서 소리쳤다.

"따라오고 있나요?"

엄마는 응답했다. 점점 그 소리가 희미해지더니 들리지 않았다.

어둠 속에 거센 빗줄기는 머리에서 줄줄 흘러내렸다. 논에는 와글와글 개구리 울음소리가 들판을 채웠다. 나와 동생은 신작로의 웅덩이에 넘어졌다.

"이를 어째..."

다급한 엄마의 목소리와 빗소리뿐 캄캄한 세상은 적막했다. 엄마는 저 멀리 비치는 불빛을 도깨비라며 나와 동생의 발걸음을 재촉했다. 나는 도깨비도, 어둠도 무섭지 않았다. 머리에서 흘러내리는 빗물도 싫지 않았다. 개구리 소리는 합창처럼 들렸다. 엄마 손을 꼭 잡고 있었기에 그 무엇도 두렵지 않고 웅덩이에 넘어져도 놀이처럼 재미있었다. 나는 신비하고 편안한 기분에 취했다. 얼마를 걸었을까?

동네 어귀 첫 집 마당에 들어서니 백열등 아래 긴 담배 댓을 문 할머니가 마루에 앉아있다. 우리 모양새를 보더니 혀를 차시며 저녁밥을 내 오셨다. 우리는 댓돌에 서서 먹었다. 그리고 동네 어느 집으로 안내되었다.

그곳에는 앞서 도착한 사람들이 모여 있었다. 전깃불이 환한 방안 풍경은 조금 전과 딴 세상이다. 어른들은 우리를 반기며 자리를 내주었다. 나와 동생은 젖은 옷을 벗고 엄마 무릎을 베고 누워 어른들을 올려다보았다. 따뜻하고 포근했다. 도란도란 어른들의 이야기 소리를 자장가 삼아 나는 잠이 들었다.

다음 날 아침 마당에 나서니 청명한 하늘이다. 간밤의 어둠과 그 거센 빗줄기는 온데간데없다. 밝은 햇살에 눈이 부시다. 감나무 잎들은 반들거리고 가지 사이로 아침 햇살이 쏟아진다. 작은 주먹 크기의 감 열매가 가지에 따닥따닥 붙어 바람에 일렁인다. 하룻밤 사이 벌어진 일들이 아득했다.

내가 기억하는 최초의 여행이다.

나는 마음이 울적하고 복잡할 때면 깊은 산속을 찾기 좋아한다. 문명의 이기가 닿지 않은 자연 속에서 편안해진다. 산이 날 에워싸고 어둠이 가득한 한 밤, 개구리 울음 소리가 들리면 어릴 적 그 밤의 추억에 잠긴다.

어둠이 서서히 걷히고 새벽을 깨우는 닭들의 울음소리가 멀리 또 가까이에서 약속이나 한 듯 주고받으면 가슴을 짓 누른 아픔과 근심은 엷어지고 다리에 힘이 생긴다.

나는 밤길 걷기도 좋아한다. 칠흑 같은 어둠은 두려움이 아닌 고요함이다. 내 엄마도 산속 망자의 동네에 누워 계신다. 어둠 속의 산속 무덤도 겁나지 않다.

"편히 쉬세요."

고개 숙여 인사를 한다. 그리고 부탁까지 한다.

"살아생전 가장 후회되는 일이 무엇이었나요? 일러주시면 고쳐 살고 싶어요."

내 손을 잡고 걸었던 엄마를 생각한다.

이런 나를 별스럽다고 한다. 이 말은 양면성을 지녔다. 좋을 때 들으면 나다움을 인정받는 기분이고 언짢을 때는 무모하다는 비난의 말로 들린다. 칭찬과 비난을 받는 원인을 내 어린 시절 최초의 여행 경험에서 찾는다.

삶에 지쳐 힘이 들면 나는 엄마 손을 잡고 걸었던 그날 밤의 풍경을 그리워한다. 그런 분위기 속에서 안정감을 찾고 새 힘을 얻는다. 어린 시절 나의 최초 여행은 내 가슴속에 영원히 살아 샘물처럼 솟는다. 그때 잡은 엄마 손은 언제나 나를 받쳐주는 힘이다.

손자 인생의 저축금

나는 32개월 된 손자를 데리고 여행을 떠날 때 많이 망설였다.

'혹 아프지나 않을까?'

'음식이 손자 입에 맞지 않으면 어떻게 하지?'

영유아기의 경험이 중요하다고 믿지만 어린 손자와의 여행에서 불확실한 상황은 한두 가지가 아니다. 하지만 손자에게 두 번 다시없는 기회라는 생각에는 변함이 없었다.

여행은 일상을 떠난 여유로움을 준다. 잡다한 일에서 벗어나 손자의 말에 귀를 기울인다. 집에서 흘러버리기 쉬운 아이의 말과 행동을 놓치지 않고 즉각적인 반응으로 질적인 상호작용을 한다. 이것은 미래를 위한 투자라 생각했다.

여행은 새로움을 찾아가는 과정의 연속이다. 손자는 오감을 통해 하나씩 알아가는 시기다. 매일 볼거리가 바뀌는 여행은 손자에게 흥미와 관심을 불러일으킨다.

그리고 몸으로 부딪치는 체험이다. 체험은 느낌과 생각을 일깨운다. 목적지를 찾아가는 과정에서 겪는 어려움과 즐거움, 신나는 순간들을 머리와 가슴에 차곡히 쌓는다.

여행으로 겪는 다양한 경험은 감각기인 손자에게 매일의 학습이다. 힘든 것을 참고 이겨내는 인내와 끈기를 무의식에 심게 된다. 여행은 영유아기의 양육 효과를 극대화할 수 있다.

나는 용기를 냈다. 그리고 돈과 시간, 노력에 비해 얻어지는 효과적인 면을 면밀히 따져보며 손자 위주의 관광지와 볼거리로 일정표를 짜다 보니 70일의 장기 여행이다.

아무리 좋은 여행도 집 떠나면 고생이다. 어린 손자와 함께 하는 여행은 더더욱 어려움이 따른다. 국내 여행이라면 일정을 접고 돌아오면 된다. 비행기를 타고 외국으로 간다. 일정을 단축하고 돌아오기도 어렵다.

하지만 얻는 것이 많고 그 시기는 지금뿐이기에 머뭇거릴 이유가 없었다. 나는 그간의 여행 노하우를 발휘하여 사전 준비를 철저히 했다.

주위에서 더러는 "어린 것이 뭘 알아서... 기억도 못 하는데...." 걱정을 한다. 어른들 가는 여행에 어린 것을 데리고 가서 고생을 시키고 돈만 들지 않겠느냐는 뜻이다. 내 생각은 다르다. 기억을 못 하기에 더더욱 적기라 말한다.

사람의 행동은 무의식에서 나온다고 프로이트는 말했다. 손자는 어릴 때 한 여행을 기억하지 못한다. 하지만 손자가 여행 중 겪은 다양한 경험을 사라지는 것이 아닌 모두 무의식에 쌓인다. 여행지에서 무엇을 보았다고 기억하는 것은 중요치 않다. 매일 목적지를 찾아가는 과정에서 겪는 다양한 경험을 나는 가치롭게 생각한다.

힘든 것을 참는 순간의 느낌과 생각, 고생을 이겨내고 도달했을 때 갖는 성취감, 가는 도중 보고, 듣고, 알게 된 것들을 함께 하는 엄마와 이야기를 나누며 '그렇구나!' '재밌다!' '신난다!' '와, 좋다!' 느낌을 갖는다. 더 바란다면 "내가 해냈어!" 들뜬 기분에 소리치는 상기된 손자의 모습을 보는 것이다.

이러한 감정은 영원히 사라지지 않는다. 무의식에 남아 자연스럽게 손자의 행동으로 표출된다. 이게 저력이다. 나는 어린 시절 무의식에 쌓는 경험을 '인생의 저축금' 이라 한다.

CHAPTER

02

손자녀와 여행

나는 황혼기에 손자와 손녀들과
여행을 한다. 내가 좋아하고 잘 할 수 있는 여행으로
손자의 영유기를 제대로 보내며
그 시기의 발달과업을 자연스럽게
습득토록 돕고 싶었다.

01

여행의 속성과 방법

인생은 장타

나더러 여행의 달인이라 한다. 이 말에 수긍을 하지 않는다. 단지 겉보기일 뿐이다. 능통하지 않은 외국어 실력, 적은 경비, 지칠 줄 모르는 체력 덕분에 붙어진 듯하다. 할 말은 있다. 그만큼의 노력이 따른다. 유유히 떠다니는 백조는 물속에서 쉼 없이 다리를 움직인다. 내 여행도 이와 같다.

"매번 여행을 갈 수 있어 좋겠다!"

부러워도 한다. 더러는 멋지다고도 말한다. 젊어서는 이런 소리를 어불성설이라 목에 힘주어 반박했다. 하지만 지금은 고개를 끄덕인다. 왜냐면 70을 넘긴 나이에 손자, 손녀를 데리고 추위를 피해 70일 간 하와이에서 지내고, 5대륙의 끝점을 찍고, 각 대륙을 횡단하며 내 나름 세계 일주를 했다. 그 어떤 말도 변명으로 들리기 때문이다. 아직 튼튼한 다리, 떨리는 감정, 무엇을? 어떻게? 내 수준에서 생각하는 힘도 있다. 더 바라면 과욕이다.

나는 여행을 시작하면서 여행 통장을 만들었다. 이 통장은 액수의 많고 적음 떠나 내 생활의 길잡이가 되었다. 일상생활에서 지출의 필요성을 따지고, 푼돈에 의미를 두었다. 작은 돈은 씨앗이 되어 목돈의 잔고로 모였다. 또 여행지에서 다음 여행을 계획하고 최대로 절약하고 남은 돈을 다시 여행 통장에 넣었다. 생활에 여윳돈이 있으면 '자가발전 기금'이라며 뭇 돈을 떼어 여행 통장에 저축한다. 그리고 식구들에게 동참하라 부탁한다. 남편은 용돈을 아껴서, 딸과 아들은 효도 성격의 금일봉을 여행 통장에 넣어준다. 여행이란 목표가 뚜렷하니 절약에 기울인 노력은 구차함이 아닌, 성취에 다가서는 희열이다.
여기에 더하여 최소의 경비로 최대의 효과를 얻는 여행을 하다 보니, 경비를 절약하는 여행의 노하우를 얻었다. 여행지에서 경비 절약은 궁핍이 아니다. 진국 같은 체험여행을 하게 만든다.
되돌아보면 여행을 계속할 수 있는 여건은 바로 여행 통장이었다. 이 통장은 항상 여행을 계획하고 언제든지 떠날 수 있게 하는 힘이다.

나는 중년기를 보내며 여행을 시작했다. 짓눌린 감정을 털어내고 본연의 나를 세우려 했다. 자식들이 어렸을 때 최선을 다하면 훗날 바람을 이룰 수 있다고 믿었다. 앞만 보고 열심히 살았다. 어려움은 고생이 아닌 희망이었다.

자식의 공부가 뜻대로 되지 않았던 나의 중년기, 후회로 가득 찬 내 마음은 헛살았다 싶었다. 자식의 영유아기를 놓침으로 뒤늦게 기울인 노력은 쌓일 듯 무너져 내렸다. 급하니 쫓기고 쫓기니 원망을 하게 된다.

어느 날 남편은 애써 가르치는 나에게 단호하게 말했다.
"스스로 하도록 지켜보는 것이 교육이다"
졸렬한 내 방법과 태도를 지적했다. 인성까지 그르치면 답이 없으니 간섭을 말고 맡겨라 했다. 움켜준 모래가 빠져나간 빈손처럼 그간의 고생에 대한 보람 없는 내 삶이 허허했다.

교사이며 엄마인 나는 자식 욕심에 눈이 멀었다. 내 학급에서 가장 태도가 바르고 우수한 아이와 내 자식을 나란히 놓고 비교하다 보니 다그치게 되었다. 의도는 공부를 가르치려 한 것이 아니다. 스스로 공부하는 바른 학습 습관을 길러주는 것이 목적이었다. 타율이 들어가니 그게 잘 되지 않았다. 방법적 미숙함을 알면서도 내려놓지 못했다.

'내가 선생인데...'

그러면서 자식 키우기 어렵다는 학부모의 심정을 이해했다. 남편의 말처럼 공부는 스스로 해야 한다는 것, 공부보다 중요한 것이 인성이라는 것을 뻔히 안다. 매일 내 학급의 아이들에게서 보고 있지 않은가?

나는 한발 물러서 자식을 바라보았다. 영유기를 어떻게 지냈는가? 그때 나의 역할은? 기껏 참아 달라 애원하고 부탁한 것 밖에 없지 않은가. 자식도 나도 힘들기는 매한가지였음을 반성했다. 그리고 자식에게 미안하다고 고백했다.

그동안 기울인 내 노력은 고무의 탄성 원리다. 힘주어 당긴 고무줄은 끊어지거나 놓으면 늘어난 길이는 도로 제 자리로 되돌아간다. 당긴 상태로 한 쪽을 놓으면 늘어난 길이만큼 반대편 손에 큰 아픔을 주지 않은가? 그렇지! 나는 크게 깨달았다.

강원도 정선 깊은 산속에서 한 밤을 지냈다. 분교장 운동장의 작은 조회대에 누워 밤하늘을 올려다보며 외쳤다.

"나는 왕이다!"

말 같지 않다는 빈정거림이 없다.

"나는 우주다!"

내친김에 소리쳤다. 말은 의미를 전달하는 수단이다. 내 심정을 드러내는 적격의 말을 하고 보니 속이 후련했다. 무수한 별들이 내려앉고, 살랑이는 바람, 졸졸 시냇물, 산이 날 에워싼 자연이 내 말을 받아주었다.

어둠이 포근히 나를 감싸고 토닥거린다.

먼동이 밝아왔다. 헬렌 켈러 3일간의 광명이 떠올랐다. 눈을 뜨고도 바로 보지 못한 나는 장님이다. 자식의 마음을 읽지 못하고 지난 아픔을 부둥켜안고 욕심만 부렸다. 그동안 나는 엄마, 선생님, 아내, 며느리라는 호칭에 따른 역할 뿐이었지 정작 본연의 나를 잊고 살았다.

'나를 찾자!'

털고 일어났다. 차창을 내리고 서울을 향해 고속도로를 달렸다. 상쾌한 바람과 스치는 풍경이 나를 깨운다.

'하고 싶은 여행을 하는 거다'

그날부터 도서관을 찾았다. 책으로 배낭여행 방법을 익혔다. 반복에 반복, 책 속의 지도가 눈에 들어올 즈음 나는 배낭을 메고 떠났다.

중·고등 시절 점찍어 두었던 그랜드캐니언을 찾아 콜로라도 강물에 몸을 담그고, 로키산맥의 빙하 위를 걸었다. 3년간 기른 머리를 땋아 에스키모 여인이 되어 북극권 71도 Top of World 배로를 찾았다.

이글루는 없어도 에스키모 인들과 어울러 춤을 추었다.

'그래 잘 살았어!'

여행 중 만난 자연과 사람들이 나에게 힘을 주었다. 오늘의 내가 있음은 지난날의 노력 덕분임을 크게 깨달았다. 헛 살은 삶이 아니다. 인생은 단타가 아닌 장타임을 그제야 알았다.

여행의 속성

여행은 일상을 떠난다.

잡다한 일에서 해방된 심신은 자유롭다. 그리고 새로운 곳을 찾아다니며 보고, 느끼며 감동한다. 때문에 누구나 여행을 원한다. 하지만 막상 떠나기를 주저한다. 여행은 떠날 수 있는 조건과 준비를 필요하기 때문이다. 할머니가 손자녀를 데리고 떠나는 여행도 이에서 벗어나지 않는다.

여행의 패턴은 다양하다.

개인의 취향에 따라 누구와 어디로 가느냐에 따라 여행지를 선택한다. 미식가는 특별한 음식 맛을 즐기기 위해 곳곳을 누비고. 예술가는 업적을 남긴 위인의 생가를 찾아 그들의 발자취를 더듬는다. 그리고 영원히 잠든 묘지 앞에 선다. 종교적인 사람은 성지를 찾아 신앙심을 추스르고, 사교적인 사람은 가까운 지인과 어울려 친목을 도모하며 여가를 즐긴다. 형제와 떠난 여행은 우애를 다지며 어린 시절 추억에 잠기고, 친구와 단둘 떠난 여행은 가족을 멀리 두고 객관적으로 바라보며 가족 사랑을 음미한다. 딸과 둘이 떠난 여행은 자라고 키우며 지녔던 섭섭함을 털어내고 서로에게 고마움을 전한다. 이때의 따뜻함은 잊을 수 없다. 나처럼 쫓기 듯 숨 가쁘게 사는 사람은 얽매인 긴장감에서 헤어나 자신을 찾으러 떠난다. 가장 보편적인 여행은 가족과 함께이다. 일상을 벗어난 홀가분함으로 가족을 바라보며 평소에 놓치고 못다 한 사랑을 표현하고 보충한다. 나는 나 홀로 여행을 좋아한다. 사색에 잠겨 내가 누구인지를 돌아본다. 그리고 살아온 날을 음미하고 남은 날을 다듬게 하기 때문이다.

여행 방법 또한 다양하다.

무전여행에서 호화 요트 여행까지 각자의 경제적 여건과 취향에 따른다. 나는 손자녀를 데리고 체험에 중점을 두는 배낭여행을 한다. 여행하는 과정에 갖게 되는 생각과 느낌을 풀어서 이야기하고, 사진과 글이 아닌 실물과 현장을 직접 접하는 감동을 통한 느낌으로 깨닫게 함이다.

나는 황혼기에 손자와 손녀들과 여행을 한다.

내가 좋아하고 잘 할 수 있는 여행으로 손자의 영유기를 제대로 보내며 그 시기의 발달과업을 자연스럽게 습득토록 돕고 싶었다. 그리고 손녀들과 정을 쌓으며 바른 생활습관을 체득케 하고 부족함을 메우려는 의지를 갖게 하고 싶었다.

나는 여행을 애찬한다. 하지만 아무리 좋은 여행도 떠나는 순간의 들뜬 기대만큼 만족감을 얻기 어렵다. 제아무리 좋은 숙소도 집보다 편안하지 않다. 계획 따라 이동하니 힘이 드는 게 여행이다. 특히 단체 여행은 팀원과 소통을 필요로 한다. 구성원 모두가 한마음이 될 수 없다. 서로의 눈치를 보고 참아야 한다. '내 돈 내고 웬 고생?' 싶기도 하다.

그러나 그 어떤 여행이라도 돌아와 세월이 흐를수록 새록새록 떠오른다. 보았던 경치, 만났던 사람, 맛있게 먹었던 음식, 크고 작은 사건들이 바로 여행이었구나 생각하게 된다. 그리고 또다시 떠나고 싶은 마음이 고개를 든다.

어린 손자와 손녀들도 이에서 벗어나지 않았다.

"이집트에 가고 싶다" 여행지에서 찍은 사진을 보고 손자는 또 다른 여행지를 그리며 간청한다.

"작년 친구들이 보고 싶어요." 큰 손녀는 지난 여행에서 만났던 사람을 그리워하며 떠나길 원한다.

여행 방법

30년 가까이 배낭을 메고 다니며 내 나름 터득한 여행 방법이 있다.

첫째는 철저한 계획이다.

돈이 없어도 계획은 세울 수 있다. 경제 법칙을 적용한 장·단기 계획이 좋다. 가능하면 힘들고 경비가 많이 드는 곳부터 여행을 한다. 한 살이라도 젊어야 감정이 살아있고 다리에 힘이 있다. 그래야 감동이 크다. 감동은 세월이 흐를수록 새록새록 쌓인다. 일상생활에 이런 감동을 활용할 날들이 많이 남는 것을 나는 여행의 경제법칙이라 한다.

나는 북극 에스키모 마을의 이글루 집에서 잠을 자는 것을 어릴 적부터 그렸다. 그리고 그림책이 아닌 동물들이 어슬렁거리는 아프리카 사바나의 바람을 쐬고 싶었고, 안데스 산속 인디오 처녀들의 민속 옷을 입고도 싶었다. 김찬삼의 여행기 사진첩이 내 꿈을 키웠다.

내 형편에 무리한 경비를 지출해야 하는 곳이라 몇 년간 조사를 했

칠레 본토에서 약 3700km 떨어진 남태평양의 이스트 섬의 모아이상 앞에서.

다. 그리고 배낭을 메고 북극의 에스키모인들 사는 곳을 찾아 백야의 밤을 뜬 눈으로 지냈다. 안데스 산속 민박집에서 겹겹의 치마에 조끼를 받쳐 입고 모자를 쓰니 나는 영락없이 인디오 여인이 되었다. 마을 공회당으로 안내되어 들어서는 순간 무대 위 인디오 악단의 연주는 오래토록 그려온 내 꿈을 현실로 바뀜을 실감케 했다. 나도 모르게 한 손으로 치마를 사뿐히 올려 잡고 또 다른 팔을 높이 들고 리듬에 맞춰 공회당 홀 중심을 향해 나아갔다. 어둠 속에 둘러앉은 많은 관광객들이 박수를 치다가 하나 둘 일어나 춤을 추기 시작했다. 악단의 연주는 더더욱 빨라지고 신이 났다. 많은 사람들이 꼬리를 물고 원을 크게 그리며 신나는 춤판을 벌렸다. 나는 예상치도 못한 춤의 리드가 되었다.

김찬삼 여행기로 꿈을 키웠던 그 곳을 찾아 떠난 여행지. '여행의 경제법칙'에 따라 멀고 경비가 많이 든 곳부터. 그랬던 만큼 큰 감동. 마사이 족과 에스키모인들과 어울려 춤추고, 때묻지 않은 캐나다 록키의 제스퍼와 밴프 국립공원을 두루 찾으며, 북극의 빙하 위에서 아프리카 사바나와 킬리만자로 산에서 가슴을 활짝! 내 인생 값진 투자였다.

다음 날 다시 만나 관광을 시작한 각국의 여행객들은 나더러 "good dancer!"라며 엄지손가락을 치켜세운다. 남들 앞에서 신나게 손뼉 치기도 쑥스러워 한 내가 아닌가? 엉뚱한 행동을 한 내가 나를 이해할 수 없었다. 그날 알았다. 오래토록 그리던 꿈을 이룸은 예상치도 못한 힘을 발휘케 한다는 것을... 그리고 내면을 분출하고 영원히 잊지 못할 감동을 깊이 각인시킴을... 어디서 왔냐는 질문에 나는 당당히 "I am Korean!" 그날 나는 민간 외교 역할을 톡톡히 했다.

새 천년을 맞이하는 세계적 축제의 열기 속에 나는 자축 행사로 2000년 1월 킬리만자로 산에 올랐다. 그때 세렝게티 사바나를 누볐다. 밤중 맹수들의 울부짖는 사바나의 밤공기를 마셨다. 사륜구동 오픈카를 타고 목이 긴 기린의 어슬렁거림, 물소 떼의 박진감 넘치는 이동 모습 등 지금도 그때 떨리던 가슴을 안고 있다. 태양과 이름 모를 풀꽃, 산들거리는 바람, 마사이족과 어깨춤을 추었던 젊은 시절의 감동 속에 나는 살고 있다. 이때 들인 여행경비는 내 인생을 위한 값진 투자였다.

둘째, 최소의 경비로 최대의 효과이다.

여행에서 절약은 궁핍이 아니다. 자동차로 스치는 것들은 걸으면 보인다. 보게 되면 느끼고 감동한다. 레스토랑 음식보다 재래시장 음식이 신선하고 값이 싸다. 사람 사는 냄새까지 곁들인 시장의 음식은 육체와 정신을 살찌운다.

깨끗한 시트, 안락한 숙소는 내 집이 최고다. 집 떠난 여행이다. 편한 것을 찾으려면 떠날 이유 없다.

인터넷이 없던 시절, 발품을 판만큼 값이 싼 숙소를 구한다. 여행경비를 크게 절약할 수 있는 부분이 바로 숙박비다. 가벼운 시트 두 장을 준비하면 어떤 숙소이라도 OK. 근사한 호텔 로비에서 보내는 시간도 여행비에 포함된다.

나는 감동이 깊고 경비가 적게 드는 곳에서는 몇 날을 쉬어가고 관광지로 북적이고 숙소 값이 비싸면 일정을 조율한다. 이게 배낭여행의 장점이고 매력이다.

러시아 모스크바에 들렀을 때 원하는 숙소가 없었다. 한나절을 찾아 헤매어도 힐튼 호텔 간판뿐이다. 호텔의 1일 숙박비가 며칠간 생활비와 맞먹었다. 로비에 문의했다. 민박이나 게스트 하우스 위치를 알며 알려 달라 부탁했다. 작은 지도를 꺼내 표시하고 도로에 나와 친절하게 방향까지 가르쳐 주었다.

어렵게 찾아간 숙소에는 간판이 없다. 문에 작은 팻말이 달랑 붙었다. 내 눈에 보일 리가 없다. 배낭여행객이 많지 않았던 때라 수요와 공급의 균형인가 했다. 비싼 호텔에서 묵었더라면 하루 정도 관광하

모스코바 크렘린 궁 앞의 성 바실리 성당.
붉은 광장에서의 행사로 인한 가설무대를 설치로 광장의 넓이를 가름할 수 없었다.

고 이동했을 것이다. 나는 민박을 잘 구한 덕에 식사를 해결하며 5일
간 머물렀다. 붉은 광장을 비롯하여 모스크바 대학을 찾아 캠퍼스를
거닐고, 곳곳의 러시아 정교회 성당을 구경했다. 발품을 판 만큼의 수
고에 버금가는 감동을 안고 경비를 크게 절약했다.

셋째, 중도에 그만두지 말라.

여행지에서 시간 없고 피곤해서 포기할까? 망설이다 보면 시간은
흘러간다. 여행지에서 시간은 돈이다. 하나라도 더 보면 그만큼의 경
험과 감동을 얻는다. 일행이 쉬는 동안 땀 흘려 다녀온 경치에 긴 여

운을 안는다.

알프스 산자락에 위치한 백조의 성을 찾았다. 성안 구경은 가이드 인솔에 따라 마쳤다. 밖으로 나와 조금 떨어진 계곡 위 마리엔 다리로 갔다. 다리에서 바라보는 백조의 성은 주변 자연과 어울려 디즈니랜드 성의 모델이 될 만큼 아름답다.

좁은 다리에는 사람들로 발 디딜 틈이 없다. 오래 지체할 수가 없었다. 계곡 건너 산위에 오르면... 욕심이 발동했다. 나는 급히 서둘러 작은 산봉우리 정상에 섰다. 겹겹의 알프스 산자락과 성이 어울린 경치가 한눈에 들어왔다. 순간 눈에 보이는 자연은 내 것이다. 나 혼자라 조용하다. 고요함은 희열로 다가왔다. 나는 두 팔을 벌리고 숨을 깊이 들여 마셨다. 마음이 풍요로워지며 그 어떤 감상도 지나치지 않았다. 내가 느낀 행복을 값으로 매길 수 없다. 잔잔한 감동이 가슴에 일렁인다.

'아! 이런 것이 힐링이구나. 이런 감동의 순간들이 있었기에 나는 오늘을 살고 있다!' 2002년 페루의 마추픽추 유적군의 앞산 젊은 봉우리 정상에 올라 안데스 산들을 바라보았을 때의 감동을 다시 맛보았다. 내 삶의 여정에서 만난 감동의 순간들이 삶에 지친 나를 치유해 준다. 오랫동안 그리던 알프스 산자락에서 또 하나의 큰 감동을 얻었다. 땀 흘린 수고보다 얻은 것이 더 컸다.

백조의 성 뒷 산등성이에서 바라본 성채와 알프스 풍경, 그 순간 알프스의 자연은 내 것이었다.

시간이 모자라면 삭둑 자르거나 도중에 그만두어도 크게 탈 날 것이 없는 게 여행이다. 몇 군데를 빠뜨려도 어느 나라 어디를 다녀왔다고 흔히들 말한다.

하지만 여행은 감동이다. 본 것이 있어야 감동하고 그 감동은 가슴에 쌓인다. 이게 바로 여행의 저축금이다. 살아가면서 필요할 때 솔솔 인출하는 모아둔 추억의 재산이다.

넷째, 떠나기 전 사전 조사가 필요하다.

아는 만큼 보인다. 그 나라의 역사를 알면 사회상이 보이고 그곳 사람들의 삶을 느낀다. 또 같은 여행지라도 계절에 따라 느낌이 다르고 함께 하는 사람에 따라 감동이 다르다.

비수기라 꺼리는 인도의 여름 여행을 나는 좋았다. 스콜이 시원히 내린다. 비 그친 하늘은 청명하고 햇살은 빛난다. 매연이 물러간 공기는 잠시나마 상큼하다. 거센 빗줄기는 한낮의 더위를 식히고, 우거진 잎들을 윤나게 한다. 그리고 한순간 내린 비는 홍수처럼 흘러 거리의 오물을 깨끗이 치운다.

바라나시 강폭은 넓다. 강변의 옛 건물 층계에 강물이 찰랑인다. 강과 건물이 꾸미는 강변의 풍경은 베네치아 대 운하 풍경에 못지않다. 강 건너 넓은 들판, 굽어 돌며 흐르는 강줄기, 물속에 담긴 듯한 옛 건물이 어울린 풍경은 한 폭의 그림이다. 사리 입은 여인들이 강물 속에 들어가 기도를 한다.

"강가! 강가"

잠겼다 일어서기를 반복하며 두 손을 합장하여 정성을 들인다. 저 멀리 가트 장에서 연기가 피어오른다. 한 생을 마치고 하늘로 오르는

인도 바라나시 강의 여름과 겨울 차이

영혼들의 춤이다. 해 질녘 강변에 앉았다. 눈앞에 펼쳐진 풍경은 나를 명상으로 이끌어 철학자로 만든다. 딸과 함께 떠난 인도 여행의 추억은 영원히 내 가슴에 남아 훈훈하고 새록새록 생각날 때면 진한 카레 냄새를 풍기는 사람들과 태양과 바람을 느낀다.

몇 년 후 남편과 아들을 데리고 겨울에 다시 바라나시를 찾았다. 강폭은 줄어들고 강물 대신 진흙 벌이 생겼다. 가는 곳마다 먼지가 풀풀 날렸다. 건물은 삐쩍 마른 나뭇잎처럼 진흙 먼지로 덮여 초라했다. 겨울이 성수기라 숙박비도 비싸다.

'여름철에 여행을 하지 않았더라면 어찌 될 뻔했지.'

인도에 대한 나의 인상이 달라졌을 것이다. 지금도 다시 찾고 싶은 여행지를 물으면 여름 철 인도 여행이라 자신 있게 말한다. 그만큼 강렬하게 내 가슴에 깊이 각인된 감동은 사라지지 않는다.

다섯째, 주제를 잡아서 떠난다.

문화유적, 사회상, 자연 풍광, 휴식 어디에 중점을 둔 여행을 할 것인지 미리 정하고 떠난다. 그래야 돌아와 남는 것이 있다. 계획 없이 다녀온 여행은 두리뭉실하게 어딘가 갔다 왔다고 말하는 여행이 된다.

시애틀 유스호스텔에서 젊은 여행객을 만났다. 내가 찾아갈 캐나다 로키의 밴프와 제스퍼 국립공원을 막 다녀 나온 사람이었다. 따끈한 정보를 얻고 싶어 이것저것 물었다.

"잘 모르겠는데... 거기가 어디더라?"

며칠 전 다녀온 지명도 기억을 못 한다. 감동이 없으니 뇌리에 남은
것 없다. 시간과 돈을 낭비했구나 생각했다.

여섯째, 여행 중 만나는 다양한 사람에게서 삶의 지혜를 배운다.

남을 보고 배운다는 말이 있다. 비교가 아니다. 살아온 이야기를 나
누다 보면 자신의 삶을 반추하게 된다. 내가 지닌 좋은 점은 흐뭇함과
자신감을 갖게 하고 나에게 부족한 점은 주고받는 이야기에서 찾아
채운다. 슬프고 답답한 심정은 '그래도 나는 나은 편이네...' 안고 있
는 회한(悔恨)은 위안을 얻는다.

'나는 나야!'

마음이 가볍다. 그래서 여행은 자신을 찾는 과정이라 말한다.

알래스카 북극 배로에서 백야의 북극해를 바라보며 살아온 이야기
를 풀어낸 아줌마가 있다. 찾아 간 식당 주인이다. 20여 년 전 미국으
로 이민을 와서 남의 집일, 세탁 일 등 궂은일들을 다 했다. 에스키모
인들에게 음식을 팔고 배달하면 돈을 벌 수 있다는 정보를 듣고 북극
배로로 왔다.

알래스카의 북위 약 71도에 위치한 배로 해안가에 세워진 고래 뼈 아치 아래서.

허허벌판 툰드라, 북해의 빙하만 둥둥, 겨울에는 영하 30~40도의 추위 속에서 이를 악물고 돈을 벌었다. 그녀는 기구한 운명에 굴하지 않았다. 남편 없이 혼자 자식 셋을 키우며 돈도 벌었다. 라스베이거스에 상점을 낼 만큼 성공도 했다. 그런데 가슴 한곳이 뚫려 휑하니 찬 바람이 숭숭 분다고 한다.

"선생님은 나보다 나아요."

나를 부러워한다. 내 속을 들춰내면 그녀 못지않은데…. 우리는 이야기를 주거니 받거니 한 밤을 뜬 눈으로 보내며 나는 인생을 배웠다.

아줌마의 배려로 스노카를 타고 미군 기지 안 음식 배달에 따라갔다. 북해의 빙하 위에 우리 부부를 세워두고 사진을 찍어주며 나에게 힘을 준다.

"이 순간 이 세상에서 가장 북쪽에 선 사람이에요"

내가 나를 치유할 수 있도록 돕고 싶어 하는 아줌마의 마음을 읽었다.

북극 툰드라의 여름은 눈 녹은 질퍽한 웅덩이와 이끼 같은 작은 풀, 북해를 배경으로 세운 고래 뼈의 아취, 수렵 도구와 수공예의 잔잔한 생활 도구가 전부인 작은 박물관, 사냥한 짐승 고기를 말리는 풍경 외 딱히 볼 것이 없다. 무미건조한 풍광 속에 3일간 머물며 본연의 나를 찾는 힘을 그곳에서 얻었다.

02
___

두 손녀와의 여행

　친 손녀 둘은 나와 떨어져 시골에서 자랐다. 때문에 그들의 영유아기의 성장 과정을 지켜보지도 못했다. 반면, 가까이 살며 내가 키우다시피 한 외손자는 미래를 위한 투자라 생각하고 영유아기에 몇 번의 장기 여행을 다녀왔다. 더 늦기 전에 손녀 둘과의 여행을 계획했다. 2016년 12월 나는 외손자를 끼워 아이 셋을 데리고 방학을 이용한 70일간 하와이 여행을 떠났다.

손녀 둘의 하와이 구경

　5학년인 큰 손녀와 1학년 작은 손녀는 난생처음 제 부모를 떠나 장기간 나와 여행을 했다. 24시간을 함께 하니 바르고 그른 행동들이

초보자 수영 실력에 뜨는 것만으로도 대 발전이라며 신나하는 모습.

보였다. 정리 정돈, 스스로 일어나기, 편한 것만 선호하는 태도 등 고쳐야 할 것이 한 둘이 아니다. 지적하는 말이 상처로 남을까 조심하게 된다. 어떻게 고치지? 습관은 쉽게 고쳐지지 않는다. 여행이지 않은가. '마음을 비우자' 칭찬은 고래도 춤추게 한다.

세계적인 휴양지에 왔다. 일상을 떠난 여유와 휴식이다. 여행 맛으로 마음을 열게 하자! 와이키키 해변에서 아이들은 좋아하는 수영을 원대로 했다.

"서울은 지금 영하 7도라는데 우리는 신나게 수영을 하고 있어요."

춥지 않은 크리스마스가 신기할 따름!
와이키키 해변의 대형호텔과 오하우 섬 주청사 앞에 세워진 크리스마스트리.

"와! 잘 뜬다!"자신감에 신나는 손자. 야자수와 따가운 태양 아래 모래놀이.

작은 손녀가 집 떠난 여행임을 실감한다.

렌터카로 섬을 돌았다. 큰 손녀는 하와이의 이국적인 풍경이 아름답다며 감탄한다. 우리와 다른 문화와 자연환경, 사람들의 생활 모습을 직접 체험하게 된다며 제법 고학년답게 자연과 사람의 관계에 관심을 두고 살핀다.

여행 맛을 아는 것도 큰 공부다. 크리스마스이브 날, 와이키키에 즐비한 호텔 구경을 나섰다. 로비에 꾸며진 각양각색의 대형 크리스마스트리는 아름답다.

"춥지 않은 크리스마스다!"
많은 관광객들 속에서 손녀들이 즐거워하니 내 마음도 가볍다.

하와이 하면 훌라춤이다. 와이키키 해변의 야외무대에서 펼쳐지는 훌라춤은 바다로 떨어지는 석양을 동시에 본다. 붉은 기운이 퍼진 바다와 일렁이는 야자수 잎이 어우러진 이국적인 풍경이다. 와이키키 해변의 활기찬 분위기 속에 손녀들도 들뜬 모습이다.
"여행을 잘 왔어요. 참 재미있어요, 할머니!"
알라모아나 센터 무대에서, 폴리네시안 민속촌에서 몇 번의 훌라춤

알라모아나 쇼핑센터 중앙무대의 훌라춤 공연.
바다로 떨어지는 석양과 민속춤을 동시에 즐기는 와이키키 해변의 야외 공연장.

을 보더니 손녀들의 몸놀림이 제법 유연하다.

이름난 관광지도 찾았다. 파인애플 농장에서 미로 찾기 놀이와 맛
있는 아이스크림을 먹고, 진주만과 펀치 볼 국립 태평양 기념묘지에
서 할아버지가 들려주는 역사 이야기를 듣고, 하나우마 베이의 스노
클링은 색색의 열대어와 헤엄을 쳤다. 우리나라와 다른 해수욕이라며
좋아한다.

트레킹도 했다. 코코 헤드 분화구에 오르고, 정글 같은 숲을 지나
도착한 마노아 폭포, 펼쳐진 태평양을 내려다보며 마카푸우 포인트에
올랐다.

"여기는 하와이다!"

태평양의 바람을 쐬며 감탄한다. 자연발생적인 느낌이고 감동의 표

현이다.

　오하우 섬을 대표하는 다이아몬드 헤드 일출을 보았다. 새벽 5시에 일어나 어둠 속에 줄지어 지그재그 산길을 올라 정상에 섰다. 태평양 바다에 떠오른 태양이 햇살로 퍼지면 하루를 여는 빛의 파노라마를 보는 어린 손자와 손녀는 두 손을 모으고 기도하듯 눈을 감고 고개를 숙인다.

다이아몬드 헤드의 일출
태양이 떠오르는 장엄한 순간, 손녀 둘은 멀리 둔 부모의 안녕을 기원하며 두 손을 모은다.
분화구에서 상큼한 공기를 마시며 더 높이 활짝!

"할머니, 서울에 있는 엄마 아빠를 위해서 기도했어요."

시키지 않아도 멀리 둔 부모에게 감사함을 전한다. 스마트폰으로 순간의 감동을 찍어 서울로 보내기 바쁘다.

다운타운에 위치한 왕궁에서 하와이의 역사를 훑어 본 큰 손녀는 말한다.

"참, 안됐다!

채 100년이 못 된 하와이 역사를 우리나라 반만년 역사와 비교한다. 그리고 미국의 50번째 주가 된 하와이 원주민을 생각한다.

마침 음력 설날, 차이나타운의 거리는 징과 북소리로 요란하다. 사자 춤판이 벌어졌다. 사자가 머리를 흔들며 가게 문 앞에서 춤을 춘다. 주인이 나와 일년의 운수 대통을 빌며 사자 입에 돈을 넣어준다. 곳곳에 폭죽 소리도 요란하다.

'중국답다.'

온통 붉은색을 본 큰 손녀의 말이다.

다민족이 어울려 살아가는 하와이다. 곳곳에서 원주민. 한인 교포, 일본과 중국 민족 등 저마다 자기네 문화를 지키며 살고 있다.

"여기는 미국 같지 않아요"

그렇다. 북적이는 관광지가 아닌 곳에서는 코가 큰 백인들이 많지

하와이 역사 이야기를 듣고 대왕의 동상 앞에 선 아이들.

않다. 서로 다른 민족들이 어울려 살아가는 모습이 보기 좋다 한다.

때로는 하루 종일 걸어야 하는 것이 배낭여행이다. 불편함을 감수해야 하며, 되돌아설 수 없는 상황에서 힘듦을 참아내야 한다. 그리고 앞으로 나가야 하는 게 여행이다. 그 과정 손녀들은 나름 무엇인가를 느낀다. 이러한 여행 경험의 누적은 어려움을 쉽게 포기하지 않는 힘을 갖게 한다. 나는 내 손녀가 여행을 통해 자연스럽게 저력을 키워가길 바란다.

하와이 속의 한국 절

하와이는 연말연시가 성수기이다. 와이키키 해변 근처 호텔에서 아이들은 연말의 분위기를 경험했다. 계획했던 장기 체류의 숙소를 찾아야 했다. 여기저기 민박을 알아보다가 템플스테이가 있음을 알았다. 시내버스를 2번 갈아타고 물어물어 찾았다.

마을과 인접한 골짜기에 위치한 한국 절이다. 넓은 경내에서 멀리 와이키키가 내려다보인다. 조용한 절 분위기에 다른 곳보다 숙소 가격도 적당하다. 아이들에게 의향을 물었다. 큰 손녀는 좋다며 절에서 그림을 그리겠다고 한다.

템플스테이라 3끼 식사가 제공된다. 2층 침대로 도미토리 형식의 방이다. 한 방에 우리 가족이 머물게 되었다. 호텔 같으면 엄두도 못 낼 2달간의 체류를 결정했다.

한국 절이라 신도들의 자녀를 위한 한글교실이 있다. 우리나라의 각 학년 교과서와 전래 동화책도 많다. 미술 도구도 다양하게 준비되어 있다. 하와이 속의 한국이다.

아이들은 동화책도 읽고 교과서로 공부를 한다. 잔디밭에 앉아 그림도 그렸다. 외손자는 야자수 나무에 쏟아지는 햇살을 그리고 하와이라 하고, 높은 빌딩에 눈 내리는 모습을 그리고는 서울의 겨울이라 한다. 두 곳의 날씨를 보고 느낀 대로 그림으로 표현한다. 큰 손녀는 대웅전 단청을 예쁘게 그리고, 작은 손녀는 경내서 바라보는 마을 풍경을 스케치북에 담는다. 아이들과 함께 나는 대웅전 앞 관세음보살상을 스케치했다. "우리 할머니 대단해!" 아이들이 나를 칭찬한다. 맑은 햇살 아래에서 손자 손녀와 그림을 그리고 재미있게 이야기를 나누는 여유로움은 서울의 추위를 피하면서 아이들을 돌보는 일석이조다. 여행의 맛이고 달콤한 휴식이며 효과적인 황혼육아다.

공기가 맑으니 밤하늘에 별들이 총총하다. 보름밤 달빛은 경내를 대낮같이 환히 밝힌다. 여유로운 내 마음도 보름달 못지않다. 보름달이 점점 기울어 하현 반달이 되더니 어느 날 캄캄한 그믐 밤이다. 그 며칠 후 눈썹 같은 초승달이 야자수 잎에 걸렸다.
"달 모양이 날짜를 보낸다."
아이들은 동심으로 시간의 흐름을 자연스럽게 발견한다.

마침 통도사 스님이 겨울을 보내려 오셨다. 우리 위 층에 머무셨다. 아이들을 불러 차도를 가르쳐 주신다. 아이들은 그 답례로 공연을 준비했다. 큰 손녀가 기획하여 두 동생을 가르쳤다. 무용을 짜고, 노래와 연극 연습을 했다. 프로그램을 만들어 스님을 모시고 재롱잔치를 열었다. 참 즐거운 시간이었다.

절 뒤에 높은 산이 있다. 안개가 산허리를 감싸 안고 때때로 오색무지개가 뜬다. 저 멀리 와이키키 해변에는 햇볕이 쨍쨍한데 골짜기의 먹구름은 비를 뿌린다. 아이들은 하와이 날씨가 참 이상하다 한다.

바람이 거세게 불면 하와이는 섬이라 입을 모은다.

경내가 넓어 아이 셋 놀이가 재미있다. 사찰이라 큰 소리는 금물! 어떻게 행동하며 놀아야 하는지 의논하고 잘 논다. 정숙과 인사성을 저절로 배운다.

저녁밥을 먹고 난 후 뒷산으로 산책을 나갔다. 마을 울타리에 매인 염소에게 먹이를 주며 이야기를 건다. 마치 친구를 대하 듯 하루하루 정을 쌓았다. 조용한 사찰에서 자연을 가깝게 느끼니 아이들의 심성도 맑아지는 듯하다. 템플스테이는 자연과 함께 하는 시간이었다.

해외에 있는 한국 절 가운데 가장 큰 하와이 무량사.

무량사 생활. 풍부한 소재로 그림 그리기,
절재와 감사함을 배우는 공양시간, 넓은 경내에서
여유를 즐기는 손자 손녀.

뜻밖의 큰 횡재

아이들은 하와이 구경을 어느 정도 했다. 남은 두 달을 유용하게 보내야 한다. 학교생활을 접할 수 있으면... 알아보니 관광비자로 공립학교는 불가능하다. 사립학교는 학비가 너무 비싸다. 손녀 둘을 YMCA의 방과 후 활동에 신청을 했다. 영어 공부가 목적이 아니다. 놀이와 운동, 만들기 등 다양한 프로그램으로 외국 아이들과 함께 하는 경험을 맛보라 했다.

미국 초등학교는 겨울 방학을 보내고 1월 초 개학을 했다. 절 아래 마을의 초등학교를 찾았다. 사정 이야기를 했더니 운 좋게 우리 아이들을 받아 주었다. 하와이 원주민들이 많이 모여 사는 동네이다. 공립이라 학비는 없다. 제출 서류는 한국에서 예방접종을 한 서류와 미국 의사 소견서가 있는 건강 검진표, 결핵반응 결과, 거주지 서류, 입학 서류를 제출하란다. 뜻밖의 큰 횡재다!

이미 YMCA에 한 달간 수강을 시작하여 다니는 중이었다. 손녀 둘은 YMCA 활동보다 초등학교생활이 더 재미있다고 한다. 학교 수업이 끝나면 나는 손녀 둘을 YMCA에 데리고 다녔다. 아이들 덕분에 나도 YMCA 실버 프로그램 한 달 수강증을 끊었다. 50$ 정도에 수영, 요가, 헬스. 무용 등 난생처음 배워보는 것들이다. 이게 웬 떡인가 싶다. 남편은 지역 센터 무료 수영장에서 운동을 했다.

월 5$로 무제한 버스 승차가 가능한 노인카드. 1회 발급으로 4년간 유효.
도보 25분 정도 떨어진 학교 등굣길은 좋은 운동.

노인 카드를 발급받았다. 이 카드로 우리 부부는 각각 한 달 5$, 큰 손녀는 30$로 무제한 버스를 이용한다. 매번 교통비가 들지 않으니 시간만 나면 오하우 섬 곳곳의 해변을 찾아 즐길 수 있다.

둘 달간 아이들은 돈 한 푼 들지 않고 미국 초등학교생활을 체험했다. 덩달아 우리 부부는 하와이에서 서울의 한 겨울 추위를 보냈다. 아무리 생각해도 큰 횡재임이 분명하다.

등교 길이 즐겁다

외손자가 앞장을 섰다. 두 누나도 질세라 경쟁 아닌 놀이로 등굣길이 즐겁다. 할아버지는 인솔교사다. 큰 손녀는 4학년, 작은 손녀 1학년, 외손자는 유치원에 배정되었다. 쑥색 교복 T를 입고 셋이 나란히

절을 나서면 나는 흐뭇하다.

아이들의 일과는 등교 즉시 강당에서 아침 급식을 먹었다. 급식이 끝나면 각 교실로 간다. 교실 벽에 가방을 걸고 각자 숙제물을 들고 선생님을 기다렸다. 어느 누구 장난을 치거나 소란하지 않다. 선생님이 교실 문을 열면 차례로 문 앞의 책상 위에 과제물을 놓았다. 그리고 칠판 아래 모여 앉아 선생님의 이야기를 들으며 하루의 일과를 시작했다.

내가 했던 일을 객관적으로 바라보며 감탄한다. 아이들의 질서 생활이 돋보였다. 저 학년도 소란함이 없다. 선생님은 학생 지도에 단호함을 보인다. 잘못된 행동은 그 자리에서 즉시 지적하고 충분히 설명을 한 후 다짐을 받는다. 무엇보다 아이들 활동이 활발하다.

교실 분위기도 우리나라와 조금 다르다. 우선 보기에는 복잡하고 산만한 듯하다. 가만히 살펴보니 작품은 모두 아이들 손으로 제작되어 게시하고 학습 자료는 학생들이 손쉽게 이용할 수 있는 위치에 배치하고 보관한다. 교실을 꾸미기보다 아이들 활동에 역점을 두었다.

전교생의 수업이 일제히 같은 시간에 끝났다. 수요일은 1시 30분, 그 외 요일은 2시 15분이다. 아이 셋, 같은 시간에 끝나니 함께 데리고 올 수 있어 좋았다.

선생님은 학생들의 하교 지도를 위해 교실 밖으로 나오는 것을 보

등교 후 수업 시작 전 교실 앞에 앉자 선생님을 기다리는 손자.

지 못했다. 질서의 생활화가 정착된 느낌이고 학생 위주의 교육이다.

행사도 다양하다. 학교의 마스코트 강아지 이름이 퍼그이다. 그 이름을 따서 퍼그 페이 마켓을 열었다. 숙제를 잘 하고, 친구를 돕거나, 발표를 잘 할 때마다 선생님이 종이돈을 주었다. 일종의 칭찬 스티커이다. 작은 손녀는 수학 문제를 다 맞혀 한꺼번에 종이돈 3장을 받았다며 좋아한다.

3달에 한 번씩 식당 앞에 마켓을 열었다. 교장선생님과 교무실에서 일보는 선생님들이 장사를 했다. 인형, 레고, 판박이, 스티커, 연필, 등 여러 가지 학용품들을 팔았다. 아이들은 점심시간이 끝난 후 모은 종이돈으로 원하는 물건을 샀다.

마침 손녀들이 학교에 다니는 동안 장이 섰다. 큰 손녀는 24$의 휴대용 부채를 사고, 작은 손녀는 31$로 판박이를 사고도 돈이 남았다고 좋아한다. 외손자는 돈에 맞춰 레고를 샀다. 재미있고도 유익한 행사다.

　　또 쉐이브 아이스크림 행사도 있다. 가장 더운 날 아이스크림 장사가 학교로 왔다. 아이들은 예고된 5$ 정도의 돈을 가져갔다. 아이스크림은 3$, 4$, 5$ 세 종류이다. 큰 손녀와 외손자는 5$ 쉐이브 아이스크림을 사 먹고, 작은 손녀는 용돈을 아낀다며 참는다. 더위를 감안한 재미있는 행사이고 놀이다. 이 행사의 수입금 일부는 자선단체에 기

더운 날! 신나고 즐거운 아이스크림 먹기 행사.
후원과 기부문화를 가르치고 배우는 교육적 효과를 얻는 기회.

부한다.

뿐만 아니다. 2월 밸런타인데이는 학교에서 초콜릿을 사 먹는다. 이 수입금 또한 기부와 후원을 한다면 내 손녀 손자도 용돈을 가져갔다. 더운 날, 시원한 아이스크림을 맛보고, 세계적 행사 날에는 달콤한 초콜릿을 먹으면서 어릴 때부터 기부문화를 가르치고 배운다.

우리나라의 소풍과 비슷한 체험활동도 했다. 한 달에 한 번 점심이나 간식은 일체 준비를 하지 않았다. 스쿨버스를 타고 자연관찰과 문화행사에 참여하고 돌아왔다. 매달 선생님 날도 있다. 평소에는 아이들 하교 시간에 맞춰 선생님도 퇴근을 한다. 선생님 날에는 교재 연구일이라 한다.

공개수업 참관도 했다. 모든 학년이 같은 주제다. 친환경에 관한 수업을 했다. 학년에 따라 수업내용만 다르다. 40분 단위로 끝나지 않는다. 오전 4시간 활동이 연이어졌다. 학부모는 아이와 함께 등교하여 그날 수업 종료 후 같이 귀가했다.

작은 손녀는 식물의 성장에 필요한 물에 대한 수업이다. 교실 밖에 야채 모종을 심은 상자와 물길을 만들어 놓았다. 이 모두가 조별 활동으로 돌아가며 기록하고 발표했다. 큰 손녀는 동시를 지어 무대에서 발표를 했다. 자작시를 며칠간 외웠다. 발표 당일 선생님은 한 명씩 발표 장면을 촬영한 기록물을 나눠 주었다.

유치원 반인 손자도 같은 시간대에 수업을 공개했다. 물의 순환에 대한 아이들 활동이다. 어린아이들도 4시간 동안 각자의 활동을 하는 것을 보고 놀랐다. 나는 손자와 손녀 교실을 왔다 갔다 열심히 보았다. 그리고 반성과 아쉬움을 느꼈다.

'나도 교사 시절 저렇게 했어야 했는데...'

학부모들이 많이 참석할 수 있는 토요일 행사다. 학부모 회의에 참석도 해보았다. 총회가 아닌 임시 회의로 방과 후 프로그램에 대한 의견을 서로 교환한다. 학부모들은 자연스럽게 자신의 생각을 말하고 선생님은 발표 내용을 칠판에 받아 적어 다시 확인했다. 새로 들어온 학습 자료도 이날 소개를 했다. 최신의 PC와 텔레비전 대형 스크린을 보여주며 설명을 한다. 나는 잘 알아듣지 못했지만 교육의 평준화를 위한 원조가 아닌가 생각되었다.

회의가 끝난 후 부모들은 도서실로 안내되었다. 필요한 책을 가져가라 오픈한다. 여러 곳에서 우편으로 온 것들이다. 독지가들이 희사한 책도 있다. 나는 몇 권의 미국 교과서를 가졌다.

선생님들은 부지런하고 학생들은 규칙과 질서를 기본으로 하는 교육이다. 헤어지는 날 학급 친구들에게 작은 과자봉지를 선물로 준비해 보냈다. 섭섭하다며 안아주는 선생님, 악수를 청하는 친구들! 짧지만 내 손자 손녀에게 좋은 경험이었다.

공개수업. 전 학년 같은 주제로 4시간 연이은 활동. 큰 손녀는 자작 동시 발표, 작은 손녀는 식물과 물의 관계, 손자는 물의 순환에 대한 수업은 알차고 진지했다.

70일간의 하와이 체험여행은 눈 깜짝 사이 지났다. 템플스테이를 떠나는 날 주지 스님과 절 식구들도 아쉬워하며 내년에도 또 만나자고 아이들과 약속을 한다. 예상하지 못했던 초등학교 체험과 템플스테이는 내 가슴을 벅차게 했다.

'두드려라 열릴 것이다.' 성경 말씀을 떠올렸다.

다시 찾은 하와이

"할머니, 하와이에 또 가고 싶어요."

큰 손녀의 희망사항이다. 사귄 친구들도 보고 싶다며 말끝을 흐린다. 공부도 복습이 필요하다. 복습을 해야 배움이 효과적이다. 그것도 잊기 전에.... 여행도 기억이 사라지기 전에 다시 찾게 되면 전에 보이지 않던 것이 보이고 느끼지 못한 감동을 갖게 된다.

'그렇지!'

나는 손녀의 말을 흘러버릴 수가 없었다. 외손자도 복습 여행으로 하와이 섬 5개를 돌며 캠핑하지 않았는가. 나는 손녀 둘을 데리고 다시 하와이 여행을 해야 할 이유를 짚어보았다.

3월 신학기부터 손녀 둘을 데리고 있으면서 여러 가지 걱정을 했다.

'새 학교에 적응을 잘 할까?'

'부모와 떨어져 설음이나 사지 않을까?'

'유치원에 다니는 사촌동생과 한 집에서 사이좋게 지낼까?'

'아이 셋이 북적이면 조용히 공부나 하라고 야단을 치게 되면 어쩌지'

'얻는 것보다 잃는 것이 더 많을 수도 있지 않을까?'

염려로 나는 내심 불안했다. 아이 셋이 잘 어울리고 스스로 제 일을 하는 듯 보이면 '잘 했어! 탁월한 선택이었어!' 자가 자찬하다가도 때때로 '이게 아닌데... ' 어깨에 힘이 빠지는 날도 있었다. 하지만 이미 주어진 일이다.

책상 3개가 더 생기니 집안은 복잡하다. 늘어난 식구 수만큼 일거리도 많다. 나는 아이들과 약속을 했다.

첫째는 정리정돈이다. 가지고 놀던 장난감이나 책이 제 자리에 놓이지 않고 뒹굴면 바로 쓰레기통으로, 입은 옷가지와 책상 정리가 되지 않아도 이 또한 바로 없앤다고 했다.

둘째는 스스로 하기다. 일어나고 잠자고 숙제와 준비물 등 자기가 알아서 해야 할 이유를 설명했다.

셋째는 밥 먹기다. 제시간에 적당량을 맛있게 먹자고 찰떡같이 약속하며 손가락을 걸었다.

아이들도 노력하는 게 보였다. 하지만 등교 후 책상 위가 어지러운 날이 더 많다. 첫술에 배부르랴! 내 말과 행동에 일관성을 지키려 노력하다 보니 학년말이 되었다.

습관은 쉽게 고쳐지지 않는다. 하지만 몇 달간 함께 살며 정을 주고

등하교에 신경을 써 보내고 맞이하니 조금씩 자리를 잡아가는 듯하다. 그런데 긴 겨울방학이다. 손녀들은 방학이 되면 집에 가서 엄마 아빠와 생활을 한다고 기대를 한다. 바쁜 아들 내외 밑에서 어영부영 겨울방학을 보내지 않을까? 조금 잡혀가는 생활태도가 도루묵이 되면 어쩌지... 또 다른 염려가 생겼다.

그렇다고 방학 동안 내가 우리 집에서 온종일 데리고 있을 자신도 없다. 추운 집에서 웅크리고 아이 셋과 북적이다 보면 자연히 큰 소리가 날게 뻔하다. 큰 손녀의 희망사항을 들어준다면 나도 작년처럼 하와이에서 추위를 피할 수 있다. 따뜻하고 상큼한 하와이 날씨는 사람의 마음을 열게 한다.

'아이들과 마음을 터놓고 지난 몇 달간의 생활을 반성하자!'

새 학년의 계획을 세우는 기회로 이용한다면 손녀들의 하와이 2차 여행은 시기적절한 기회다. 나는 하와이 여행을 단행하기로 했다.

작년에 다녔던 학교에 전화로 문의를 했다. 고맙게도 또 오란다. 템플스테이 방도 작년에 사용했던 방을 주겠다고 한다. 학기말 몇 일간의 등교 일을 체험학습으로 신청했다. 그리고 겨울방학식을 마치고 곧장 출발하여 신학기 개학 전 돌아오는 68일간의 하와이 2차 여행을 계획했다.

외손자는 유치원을 졸업한다. 졸업식 날에 맞춰 먼저 귀국하기로 했다. 여행 준비에 바쁜 나를 본 언니가 자신의 손자를 데리고 함께 가고 싶어 했다. 우리는 대식구 팀이 되었다. 2017년 12월 26일 출발했다. 작년에 묵었던 방에서 나는 이 글을 쓴다. 손녀들은 지금 학교에서 수업 중이다.

경험은 지식이란 말이 딱 맞다.

"할머니, 친구들을 알고 있으니, 편하고 작년보다 재미있어요."

첫날 학교에서 돌아온 손녀들이 말한다. 반가운 소리다. 선생님과 친구들이 낯 설지 않고 일과 운영 시스템을 알고 있다. 교칙과 수업의 흐름도 안다. 손자 손녀는 자신감을 보인다. 큰 손녀는 학교에서 돌아오면 조잘거린다.

"작년에는 친구들이 내 영어실력을 모르니까 표정과 몸짓으로 말을 걸었는데, 이제는 쉬운 단어로 천천히 설명을 해요. 그래서 하나씩 알아들을 수 있어 좋아요"

작은 손녀와 외손자도 옆에서 거든다.

"우리는 한국 사람이니 영어를 몰라도 부끄러운 것이 아니지요?"

영어를 모른다고 걱정하는 아이들에게 자신감을 가져라 일러준 내 말을 그대로 따라 한다. 그래도 작년보다 알아듣는 말이 많아 친구들과 노는데 문제가 없다며 '고맙습니다.' '안녕하세요.' 등의 우리말을 외국친구들에게 가르쳐 준다며 자랑을 하고 여유를 보인다.

아이들이 작년보다 훨씬 활발하고 씩씩하다. 그만큼 자신감을 보인다. 재미있게 생활하는 그 자체가 100점이라 했다.

큰 손녀는 제법 느끼는 게 많다. 우리나라와 외국 학교 공부 방법의 차이점을 비교한다. 5학년이지만 수학시간마다 곱셈구구를 먼저 암송하고 시작한다. 이는 알아도 반복으로 다지는 것이라 했다. 9단까지만 아닌 15단까지 만들어 외운다. 같은 유형의 수학 문제를 많이 다루며 틀린 문제는 그 수를 두 배로 늘려 다시 풀게 되고, 모르는 것은 친구끼리 토론하거나 서로가 선생님이 되어 가르친다. 개념이나 공식은 선생님께서 먼저 가르쳐 주는 것이 아니라 학생들 스스로 그 원리를 찾게 한다. 친구끼리 서로 알고 있는 것을 가르쳐 주니 폭넓은 공부가 된다고 했다.

학교에서 돌아온 아이들은 그날 일을 나에게 들려준다. 신나하는 아이들의 이야기를 듣는 것이 내 일이다. 나는 친구관계가 궁금했다.

"아이들이 순두부예요"

큰 손녀의 그럴듯한 비유다. 친구의 실수를 홍보하는 것이 아니라 감싸주고 어떻게 하라며 그 방법을 일러준다. 도와주는 자세란다. 남녀 학생이 같이 어울려 놀면서 서로 친절하다. 학급에서 싸우는 일을 본 적이 없다고 한다.

일종의 칭찬스티커와 같은 종이돈으로 일반가계에서 피자를 먹는 맛!
친구에게 다가가고, 사촌끼리 재미있는 학교생활로 체육활동도 활발.

큰 손녀의 담임은 작년 선생님 그대로다. 이미 손녀의 영어 실력을 알기에 더 발전시켜 주려 애쓰시는 것 같다고 했다. 수업시간 선생님의 설명을 작년에는 1/3 정도 알아들었다면 올해는 2/3 정도란다. 언어가 완벽하게 통하지 않아도 친구들이 도와주기에 공부하는데 크게 지장은 없다며 이곳 학생이 다 된 기분이란다. 하와이 2차 여행은 두 손녀에게 복습 여행임이 분명하다.

야자수 아래서

오후 아이들을 데리고 야자수 아래 앉았다. 하와이에 온 목적과 왜 공부를 해야 하는지 각자의 생각을 이야기하는 시간을 가졌다.
"할머니, 우리에게 멘토를 해 주세요"
큰 손녀가 말한다. 그렇지! 나는 그날 일어난 상황에서 주제를 찾아 멘토를 하기로 했다. 일상을 떠난 홀가분함이다. 이에 하와이 날씨가 한몫을 더한 여유로움으로 아이들은 자신의 생각을 풀어 표현하고 다짐한다.

〈참 공부란?〉

누구나 시켜서 하는 것은 재미가 없다. 스스로 했을 때 신나고 효과적이다. 공부도 같은 이치다. 나는 문답식으로 아이들과 이야기를 풀었다.

　－ 엄마 몰래 왜 스마트폰을 할까?

　－ 재미있으니까요

　－ 스마트폰 대신 공부라는 말을 넣으면?

　－ 그러면 지겹지요.

　－ 왜?

　－ 재미도 없고 어려워서요.

　－ 왜 어렵지?

　－ 몰라서요.

　－ 왜 모르지?

　－ 아이 참!....

뻔히 아는 것을 왜 묻느냐는 뜻이다. 나는 2+4= ?. 문제를 냈다. 아이들은 시시하다며 대답을 피한다.

"이것도 공부다. 이처럼 쉬운 것부터 배우지 않았니?"

잠잠하다. 설득력 있게 내 경우의 이야기로 풀어야겠는데.... 김치가 생각났다. 부끄럽지만 나는 김치를 맛있게 담그지 못한다고 솔직히 말했다. 작은 손녀가 내 말을 받아

"우리 외할머니가 담근 김치는 맛이 있는데...."

내가 담근 김치 맛을 이미 알고 있다는 뜻이다. 식구들이 맛있게 먹

지 않으니 점점 김치 담그기를 싫어하게 되고, 가능한 피하고 싶은 일 중 하나라고 했다. 왜 그럴까? 물었다.

"양념을 잘 못한 탓이 아닐까요?"

"못한다는 생각 때문일 거예요."

아이들은 제법 진지하게 조언을 한다.

"할머니의 김치 담그기와 내 공부하는 자세가 비슷하네요"

큰 손녀가 배시시 웃는다. 1학년 동생 책을 보면 아주 쉬운데 왜 그 때는 어렵게 생각하고 하기 싫어했는지 모르겠다고 말한다.

사람은 저마다 잘 하는 것도 있고 어려워하는 것이 있기 마련이다. 하지만 싫다고 피할 수만은 없다. 나 역시 김치 담그기를 싫어하지만 내 일이기에 해야 한다. 나는 김치 맛 때문에 부끄럽고 난처했던 경 우를 스토리텔링으로 들려주었다. 그리고 자세를 가다듬었다.

학생의 일은 바로 공부다. 학생으로 해야 할 일을 싫다고 피할 수는 없다. 앞으로 오랜 기간 학교에 다녀야 한다. 공부를 싫어하면서 긴 학교생활을 어떻게 할 수 있겠는가? 얼마나 지겨울까? 공부는 2+4= 와 같이 쉬운 것부터 배운다. 배운 공부를 놓치지 않고 노력한 사람은 결코 공부를 어렵다고 생각하지 않는다.

스마트폰의 게임도 처음에는 다룰 수 없었다. 관심을 갖다보니 알게 되고 재미를 느낀다. 재미가 있으니 더 열심히 하게 되고 그 결과 기능이 늘고 스스로 게임을 검색한다. 재미있는 일에 몰입하다 보면 시간 가는 줄을 모른다. 학생이 해야 할 공부를 멀리하고 필요치 않는 것에 열중하니 지켜보는 엄마는 얼마나 답답할까?

"그만하고 공부해라!"

간섭을 할 수밖에 없다. 끝내는 몰래 하는 이유다.

사람은 해야 할 일과 하지 말아야 할 것을 구분하지 못하면 어리석은 사람이고 필요치 않은 것에 끌리어 유혹을 이겨내지 못하면 이는 의지가 약한 자이다.

공부를 어렵게 생각한 이유를 찾아보자 했더니 대뜸 하기 싫은데 억지로 시켜 서란다. 나는 공부를 잘하는 이이들의 특징 몇 가지를 들려주었다.

첫째, 공부를 왜 해야 하는지 알고 한다.

꿈을 가지고 하는 공부는 목표를 달성코자 열심히 하게 된다.

둘째, 스스로 알아서 한다.

공부는 대신해 줄 수 없다. 자신의 몫이다. 시켜서 하는 공부는 효과도 적다.

셋째, 공부를 재미있어 한다.

처음부터 차근차근 익히면 알아가는 재미를 느낀다.

넷째, 자기만의 공부 방법을 지니고 있다.

학습 전략을 세워 효과적인 공부 방법의 노하우를 지녔다.

다섯째, 계획을 세워 시간을 잘 활용한다.

하루 24시간은 활용하기에 따라 24시간보다 많게 또 적게도 된다.

여섯째, 공부는 마라톤이다.

꾸준한 운동으로 체력을 단련해야 42Km 풀코스를 완주한다.

공부도 기초부터 차근차근 다져야 앎을 재미로 저력을 발휘한다.

공부 맛을 아는 학생은 위의 6가지를 실천하는 사람이다. 이것이 참 공부를 하는 자세다.

"할머니, 공부는 미련하게 궁둥이를 무겁게 해야 하지요?"

참 공부가 무엇인지 강조할 때 들려준 말을 기억한다.

"지금도 늦지 않았다."

이 좋은 날씨, 하와이에서 하나씩 고치면 절대 불가능하지 않음을 강조하니 아이들은 눈을 반짝인다.

〈나하고 바꿀래?〉

큰 손녀가 초등학교 2학년 때 일이다.

"할머니는 좋겠다! 공부를 하지 않아도 되고, 숙제도 없으니까"

"그럼, 나하고 바꿀래?"

가만히 생각하던 손녀가 고개를 가로 흔든다.

"바꾸고는 싶은데 할머니 나이가 많아서 싫어요."

여행지 하와이에서 훌쩍 큰 손녀에게 그때의 이야기를 들려주며 지금도 바꾸고 싶은 마음이 있는지 물었다. 여행을 즐기는 할머니가 부러워 20% 정도 바꾸고 싶은 마음이라 한다. 예전과 다른 대답이다. 그만큼 성장한 손녀는 자신의 생각을 풀어낸다.

어렸을 적, 막연히 유치원 선생님이 꿈이었다. 하지만 지금은 가장 하고 싶고 잘 할 수 있는 것을 찾는 중이라 한다. 그러기 위해 일단 공부를 해야 하기에 공부 때문에 할머니와 바꾸려고한 생각은 어리석었다고 말한다.

"동생하고는 바꾸고 싶어요."

재미로 받아넘긴 말속에 진담이 담겼다. 저학년 때 열심히 하지 않아 조금은 후회가 된다며 지금 되돌아보면 어렵지도 않은 곱셈구구를 놓친 다음 수학을 싫어하게 되었다고 안타까운 마음을 솔직하게 털어놓았다.

"바로 그거야! 중학생들이 지금의 너를 얼마나 부러워하겠니?"

지금도 늦지 않았다. 스스로 공부하는 자세로 기초부터 차근차근 살펴보면 얼마든지 만회할 수 있다고 용기를 주었다.

손녀를 앞에 두고 나는 인생을 논한다. 어리고 젊다는 것은 축복이다. 무엇이나 할 수 있는 가능성이 그만큼 많기 때문이다. 엄마 품에 안겨 자란 아기가 지금의 네가 되듯 지금의 시간들이 쌓여 청소년이 되고 또 성인으로 살게 된다고 말했다.

긴 인생에서 보면 초등학교 시기는 아장아장 걸음마를 막 시작한 아기에 비유할 수 있고, 중학생이 되면 자신이 무엇을 잘 할 수 있는지 목표를 찾아서 혼자의 힘으로 성큼성큼 걸어 나아가야 한다. 한 번 지난 시간을 되돌릴 수 없는 법, 새 학기 6학년이 되기 전 하와이에서 지난 학교생활을 돌아보며 부족함을 메우는 절호의 기회로 삼자고 했다.

"그럼, 나는 언니보다 행복하네…"

옆에서 듣고 있던 작은 손녀가 말한다. 외손자가 이에 질세라

"가장 어린 사람은 나야! 내가 더 행복해!"

서로 행복하다는 두 동생에게 큰 손녀는 참 행복은 후회가 없어야 한다며 제법 어른스럽다. 이번 하와이 여행에서 시간은 되돌 수 없음을 인지하고 작은 것이라도 하나씩 실천하는 자세를 갖기 바란다.

〈생각을 바꾸면〉

큰 손녀와 언니의 손자는 같은 5학년이다. 둘이 의논했다며 한글교실에서 1학년부터 6학년 수학 교과서를 챙겨왔다. 1학년 것부터 책장을 넘긴다. 그리고 학습장에 가감산과 곱셈, 나눗셈의 계산문제를 만들어 푼다. 정확성과 속도의 연습이란다.

"너희들 잘 한다!"

저절로 칭찬이 나온다.

"수학을 어렵게 생각하지 않기로 했어요."

큰 손녀의 말이다. 문제를 만들어 풀겠다는 생각 그 자체가 큰 발전이고 노력이다. 아이들은 고개를 끄덕인다.

옳거니! 오늘 주제는 '생각을 바꾸면...' 나는 아이의 마음을 움직이는 멘토를 하고 싶다. 야자수 아래 앉으면 마음이 여유롭고 편안하다. 저절로 아이들과 나의 마음이 통한다. 아이들이 좋아하는 치토스 과자 봉지를 풀고 과일을 곁들인 간식 파티를 열었다. 맛있게 먹으며, 놀이처럼 자신의 생각을 말하는 시간을 갖기로 했다.

우리는 '마음에도 없는 말은 한다.'고 한다. 이는 공허한 헛소리를 뜻한다. 헛소리에는 행동이 따르지 않는다. 그동안 아이들이 푼 계산

문제 연습장을 나는 한 장씩 넘기며 이야기를 풀었다. '못 한다' '어렵다' 가 아닌 '할 수 있다!' 는 생각에서 비롯된 노력의 결과가 바로 이 학습장이며 이는 큰 변화이고 발전이라며 격려했다.

"1학년 수학 책을 자세히 살펴보니 그동안 교과서를 대수롭지 않게 생각하고 잘 살펴보지도 않았다는 것을 알게 되었어요."

"교과서의 그림에 개념이 들어있어요"

"계산문제를 만들어 연습하니 속력이 빨라지고 자신감이 생겨요"

"자신감은 반복 연습으로 얻게 돼요."

아이들은 공부를 어떻게 해야 하는지 방법을 다 알고 있다. 단지 행동이 따르지 못했을 뿐이다. 언니와 오빠의 이야기를 곁에서 듣고 있던 작은 손녀는 말한다.

"2학년에서 배울 곱셈구구를 연습했더니 벌써 2단과 3단을 외울 수 있었어요."

은근히 자신의 노력을 자랑 한다.

"나는 더하기 빼기를 할 수 있고 작은 누나처럼 곱셈구구 2단도 알아요."

손자도 질세라 소리 높여 시키지도 않은 구구셈 2단을 외기 시작한다.

상쾌한 바람, 일렁이는 야자수 잎, 멀리 와이키키 해변을 내려다보며 듣는 아이들의 이야기는 지난날 교실을 연상케 한다. 내 마음을 열고 학생들을 바라보았을 때 감동을 주는 수업을 할 수 있었다. 그 때 가르치는 나도 배우는 학생도 재미있었다. 감동은 자신을 돌아보게 한다. 그리고 스스로 깨닫게 만든다.

'할미로써 아이들에게 감동을 주자!'

하와이 여행은 더없이 유익한 시간이다.

〈착한 심성은 학교생활의 열쇠!〉

"할머니는 어떤 학생을 좋아했나요?"

손녀가 내 얼굴을 빤히 쳐다보며 묻는다.

"그야 나에게 가르치는 재미를 준 학생이지.... "

신학기를 앞둔 시점이다. 손녀가 의도를 갖고 묻는 눈치다. 손녀의 질문은 나를 지난 교단의 추억 속으로 이끈다. 눈을 감으니 내 젊은 교사 시절로 되돌아 간 듯 이야기가 술술 나온다. 나는 교사의 마음으로 아이들에게 내 생각을 들려주었다.

사람은 첫인상이 중요하다. 깊이 각인되기 때문이다. 3월 2일, 신학기 교사와 학생의 첫 만남은 일 년의 학교생활을 좌우한다. 이 날 선생님은 학생들에게 '할 수 있다!' 는 자신감과 신뢰감을 심어주어야 하고, 학생은 선생님에게 발전 가능성을 인정받는다.

신학기 선생님 눈에 가장 먼저 띄는 학생은

첫째, 바른 자세이다. 두 발을 모으고 허리를 곧게 펴서 선생님을 쳐다보며 잘 듣는 학생은 똑똑해 보인다. 그리고 귀엽다. 수업시간 잘 듣는 것만으로도 이미 공부 70%는 달성하고 있다는 증거다.

둘째, 청소시간 맡은 일을 부지런히 하는 학생이다. 누군가가 해야 하는 일이다. 묵묵히 제 일을 잘 하는 아이는 믿음직스럽다.

셋째, 발표를 잘 하는 학생이다. 큰 소리로 똑똑하게 제 생각을 말 하는 아이는 학습 분위기를 살려 선생님을 돕는다. 이런 학생은 자신 감이 있고 스스로 공부를 한다. 발표 준비를 위한 예습과 복습은 바른 학습태도를 보장한다.

넷째, 친구에게 양보하고 배려하는 학생이다. 교실을 작은 사회다. 드러나지 않은 힘의 작용과 알력도 있다. 이 모든 것을 이겨내는 힘은 양보와 배려심이다. 남보다 한 발 뒤에서 묵묵히 지켜보는 아이는 진 정한 용기를 지닌 학생이다. 이런 학생은 앞장서야 할 때와 물러설 때 를 구별하며 지도력을 발휘한다.

나는 새 학년을 맞이할 손자 손녀들에게 선생님을 흐뭇하게 만드는 학생이 되길 부탁했다. 이는 선생님을 돕는 동시 자신의 발전이다. 나의 교사 시절 잊히지 않은 몇몇의 학생 행동을 들려주었다.

2학년까지 공부에 별 흥미를 갖지 못했던 성철이는 비만아였다. 3월 신학기 바른 자세를 강조하기 위해 과학실에 있는 인체 골격 모형도를 미리 교탁에 숨겨두었다가 꺼냈다.
"짠!"
이리저리 흔들었다.
"귀신이다!"

아이들은 소리치면 흥미를 갖고 내가 하는 말에 주의를 집중했다.
나는 바른 자세가 왜 중요한지 또 공부는 듣는 것에서 시작됨을 강조했다. 그날 이후 성철이의 수업 태도는 나날이 반듯해지고 수업 참여가 활발해졌다.
"선생님, 식구들이 저녁에 간식을 맛있게 먹을 때 나는 이불을 뒤짚어 쓰고 참았어요."
오후 6시 이후 일체 음식을 먹지 말고 운동을 하라고 일러준 말을 잘 지켰다. 하루가 다르게 살이 빠지며 가벼움을 느낀 성철이는 학교 생활 전반에 자신감을 보였다.
"공부가 어렵지 않아요!"
자신의 발전을 감지한 성철이는 싱글벙글이다. 발표 준비로 예습을 하고, 배운 것을 놓치지 않으려 복습을 했다. 성적이 쑥쑥 올랐다. 나의 주장 발표 대회에 나가 상을 받았다. 원래 성품이 착한 성철이는 성적이 오르자 더더욱 친구들을 배려했다. 체육시간 씩씩하고 적극적이다. 따라서 인기가 높아지고 친구들에게 인정을 받았다. 매듭의 실마리를 찾으면 줄줄 풀리 듯 성철이의 학교생활은 눈에 띄게 발전하여 2학기 때 반장이 되어 나를 많이 도와주었다.

청소시간만 되면 "선생님, 저 학원에 가야 돼요." 진수는 빗자루를 장난감처럼 휘두르며 이곳저곳 슬쩍 슬쩍 시간만 때운다. 그리고 빗자루를 내동댕이치고 달려 나간다. 진수는 속셈학원에 다니지만 수학 점수는 우리 반에서 중위권을 넘지 못했다.

하지만 성철이는 누가 무엇을 하던 신경을 쓰지 않았다. 의자를 책상 위에 올리고 비질을 한다. 그리고 책상 줄을 나란히 맞춘다. 도망간 친구를 탓하지 않고 묵묵히 비질하는 성철이는 책임감과 성실성이 돋보이는 학생이었다. 가르침 또한 잘 따라 믿음이 갔다. 작은 배려로 큰 것을 얻는 성철이었다.

소극적인 가희는 알면서도 '혹 틀리면...' 망설이다 항상 발표의 기회를 놓쳤다. 그리고 아쉬운 표정으로 하루의 학교생활을 마친다. 사람은 남으로부터 인정받을 때 신나는 법이다. 하루 1회 이상 발표를 해야 하교를 할 수 있는 발표 티켓 규칙을 일러주었다. 일정한 연습의 기간을 거친 후 티켓을 받지 못하면 그날은 남아야 했다. 빈 교실 내 앞에서 발표를 했다. 가희는 첫날 남았다. 모기 소리로 그날 배운 수업 내용을 말했다.

"수업시간 이렇게 하면 문제가 없다!"

그다음 날, 가희는 수업시간에 발표 티켓을 받으려 노력하는 것이 보였다. 나날이 소리가 커지더니 발표에 자신감을 보였다. 1학기가 끝날 즈음 가희는 발표 왕이 되었다. 발표 준비로 예습과 복습을 하다 보니 성적이 쑥쑥! 자신감을 얻은 기희는 친구와 활발하게 어울리면서 학습시간 적극적인 참여로 매사에 자신을 보인다. 아이들은 가희를 체육부장으로 뽑았다. 기희의 두드러진 변화는 교사에게 가르치는 보람을 주었다.

진숙은 고자질을 잘 한다. 습관화가 된 듯 친구의 말에 꼬리를 문다. 그리고 잘 못을 남의 탓으로 돌리는 경향이 있다. 이런 진숙에게 친구가 없다. 하루는 "바보!"라는 소리를 들었다면 울면서 달려왔다. 도덕 시간을 이용하여 친구를 괴롭히는 언어폭력 즉 별명이 주는 상처에 대한 토론을 했다. 아이들은 수업시간의 배움과 실제 행동을 따로 하고 진숙이 기질도 한몫을 하니 진숙이의 고자질을 쉽게 고쳐지지 않았다.

"번번이 선생님에게 울면서 이르는 네 모습을 친구들이 즐기지 않을까?"

기분은 나쁘겠지만 의연한 태도를 보이라 했다. 친구의 "바보"라로 말로 달라지는 것은 없으니 쉽지 않겠지만 웃음으로 대하면 그 놀림은 단 번에 끝낼 수 있다고 일러주었다. 차츰 진숙의 고자질은 줄어들었다. 감정으로 친구에게 이기려 하기보다 대범하게 넘기는 것이 현명하고 똑똑하다는 것을 진숙이는 알아갔다.

세월이 흘러도 언제나 흐뭇한 미소를 머금게 한 학생은 잊혀지지 않고, 성장 후 자신의 꿈을 이뤄 멋진 성인으로 살아가고 있음을 나는 본다.

나는 손녀들에게 위의 4가지 이야기를 들려주며 새 학년이 되는 신학기에 선생님과 친구들로부터 인정받는 학생이 되라 당부했다. 그래야 신나고 재미있는 학교생활을 할 수 있다고 일러주었다.

"우리 선생님은 사람이 먼저 되라 하셨어요."

큰 손녀가 말한다. 옳은 말이다. 교사의 가르침에 변화를 보이는 학생은 기본적으로 착한 심성을 갖춘 아이들이었다. 착한 심성이 바탕을 이룬 학생은 어떤 계기에 공부 맛을 알게 되면 학력은 금방 오르며 스스로 공부를 한다. 하지만 성적이 높다고 우쭐 되며 사회성에 결려를 보이는 학생은 교사의 가르침이 겉돈다. 이런 학생은 학년이 올라갈 수로 친구들의 인정을 받지 못한다.

교사로서 내 경험은 성적이 조금 떨어져도 심성이 바른 학생을 지도하기 쉬웠다. 성적은 마음을 다잡고 자신감을 가지면 쉽게 향상될 수 있다. 하지만 심성은 어릴 때부터 양육경험과 일상생활의 습관으로 다져진 것이라 쉬 고쳐지지 않는다. 바른 인성은 학교생활의 열쇠라며 멘토를 마쳤다.

〈교과서의 중요성〉

아이들은 쉽게 문제집이나 참고서를 이용하여 공부를 한다. 교과서는 그저 주어지는 책으로 보관용 인양 가벼이 여긴다.

사찰 내 한글교실에 학년별 교과서가 있어 참 다행이다. 교과서 몇 권을 가져왔다. 나는 맨 뒷장을 펼쳤다. 교과서를 만든 연구진과 집필진, 심의 진 명단을 세어보게 했다. 전국 대학교 교수님들과 많은 초.중. 고등학교 선생님들이 참여하여 만든 교과서이다. 한 교과목에 많게는 70여 명이 넘는다. 이 많은 학자들이 몇 년간 연구하여 한 권의 교과서를 만들었다고 하니 아이들이 놀란다.

각 페이지의 그림과 사진은 각 단원의 학습내용을 보다 알기 쉽게 안내한다. 때문에 쉽게 책장을 넘길 일이 아니다. 자세히 살펴 공부할 내용과 개념을 교과서에서 찾아야 한다. 또 교과서는 차시별 학습 주제가 분명하다. 무엇을 공부해야 하는 지 알기 쉽게 소개한다.

나는 6학년 1학기 수학 '각기둥과 각뿔' 단원을 펼쳤다. 빵 가게 그림이다. 여러 모양의 케익과 빵을 파는 주인의 모습이 큼직하다. 그림을 보고 각자의 생각을 말해보라 했다.

"아! 이런 거구나!"

교과서 활용법.
찬찬히 살펴보면 교과서의 그림 속에 개념과 원리를 찾을 수 있다. 6학년 1학기 수학 교과서의 '각기둥과 각뿔' 단원은 1학년 책처럼 그림으로 쉽고 재미있게 설명한다. 수학은 생활이다. 많은 학자들의 수고로 만들어진 책이다.

아이들은 그동안 교과서 그림을 대수롭지 않게 여겼단다. 나는 교과서가 문제집이나 참고서와 다른 점을 설명하며 각 과목 특성에 따른 교과서 사용방법을 알려주었다.

국어를 잘 한다는 것을 국어 시험지 100점이 아니다. 일상생활에서 말하기와 듣기, 읽기와 쓰기를 원활히 하는 능력이다. 교과서는 이 영역을 재미있는 예시 문으로 익힐 수 있게 꾸몄다. 교과서로 자신의 생각을 가다듬고 의사를 전달하며 표현하는 방법을 배우고, 여러 장르의 문학성도 키운다. 본문을 잘 읽고 충분히 이해하는 것이 중요하다.

수학책의 삽화는 실생활과 관련된 그림들이다. 생활과 직결된 과목이 수학이기 때문이다. 계산 문제가 어떻게 생활에 적용되는지를 그림으로 알려준다. 풀이 과정을 통해 수리적 판단과 논리적인 사고를 기른다. 수학 문제는 생활을 연상하며 풀어야 한다.

사회 공부는 어떤 사건만이 아닌 그 사건이 일어난 배경과 미치는 영향 또 문제 해결 방법까지 폭넓게 사고하는 과목이다. 교과서의 그림과 전문을 자세히 보게 되면 그 속에서 찾을 수 있다.

과학 또한 생활과 밀접한 교과이다. 과학의 원리는 일상생활의 편리성과 연관된다. 보다 쉽고 재미있게 그림과 사진으로 이해를 도울 수 있게 구성되어 있다.

나는 아이들과 교과서를 한 장씩 넘겨 가면 전문을 몇 쪽 읽었다.

그리고 중요한 부분에 밑줄을 그었다. 색 연필로 꼭 외워야 할 내용과 조사할 내용 등을 구분하고, 더 보충할 문제는 교과서 여백에 간단히 메모를 했다. 이렇게 하는 이유는? 수업시간 선생님의 실명이 귀에 속속 들어오고 또 선생님의 질문에 쉽게 답할 수 있기 때문이다. 교과서를 이용한 예습, 복습의 방법도 알려주었다.

예습은 교과서 전문을 잘 읽고 이해해야 한다. 그다음 배울 내용이 무엇인지 파악하는 정도만 준비해도 된다. 선생님이 어떻게 설명을 하시는지 주의를 집중하여 잘 듣게 된다.

수업시간 교과서를 펼쳐놓고 선생님 설명에서 중요한 내용은 교과서 여백에 간단히 메모를 한다. 이때 자기만의 기호로 표시해도 좋다. 이 메모는 집에 돌아와 복습할 때 수업시간의 상황을 쉽게 떠올리게 하는 단서가 된다.

복습은 예습 시 밑줄을 쳐 둔 부분과 여백의 메모 중심으로 살펴보고, 수업시간 선생님의 모습을 떠올리며 내용을 회상하고 정리한다. 그리고 문제집으로 학습내용의 이해 정도를 파악하는 자기 평가다. 그리고 참고서로 보충한다.

교과서로 공부하는 습관이 형성되면 자신만의 공부 방법을 갖게 된다.

"공부를 스마트폰 게임처럼 하게 된다면?"

"그야 재미있겠지요."

아이들은 답한다.

공부는 미련하게 자신의 노력으로 획득하는 것이다. 좋은 책과 학용품이 많아진 요즘이지만 공부 방법을 예나 지금이나 별반 다르지 않다.

주말에는 일주일 동안 배운 내용을 교과서로 다시 확인하고, 월 말에는 한 달간 배운 내용을 다시 반복하면 시간도 많이 걸리지 않는다. 처음에는 힘이 든다. 하지만 익숙해지면 점차 시간이 단축되면서 자신감이 생긴다.

요즘 교과서가 무거워 교실 사물함에 두고 다닌다. 나는 손녀들에게 무겁지만 꼭 교과서를 가지고 다니라고 부탁한다. 매일 아침 시간표대로 교과서를 챙기는 것부터 그날의 공부는 시작된다고 알려주었다.

여행이라 시간에 쫓기지 않으니 여유롭게 교과서를 펼쳐놓고 아이들과 긴 이야기를 나누었다. 아이들 또한 공부가 아니기에 부담 없이 자신의 생각을 말하고 잘 듣는다.

"할머니, 공부는 반복해야 하는 거지요?" 찰떡같이 알아듣는다.

모든 일에 적용되는 법칙이 있다. 피할 수 없는 일은 빨리 습관화로 형성하는 것이다. 쉽지 않지만 결코 어렵지도 않다. 학생으로 공부하는 것이 바로 이에 해당한다. 결과를 떠나 최선을 다했을 때 후회가 남지 않음도 일러주었다.

오랜 세월 살아오며 터득한 이치를 아직 세상을 살지 않은 어린아이들이 어떻게 이해하고 받아들일까? 하지만 나는 중요하고도 큰일을 해낸 기분이었다.

〈하와이 여행을 하는 목적〉

"하와이에 왜 왔을까?"

큰 손녀는 생활습관을 고쳐 6학년 준비를 잘 하려고 왔고, 작은 손녀는 받아쓰기를 잘 할 준비와 영어를 배우려 왔다고 말한다. 아직 유치원생인 외손자는 학생이 될 준비로 책 읽기와 그림 그리기, 셈 공부를 하겠다고 한다. 아이들 대답은 거울 속의 나를 보는 것 같다. 은연중에 내 바람을 강조한 탓이다.

"계획대로 잘 할 수 있을까?"
"예!"
'못하면 어쩔 건데...'

내 우문에 아이들의 대답 소리가 크다. 나는 "믿는다!"라는 말로 구렁이 담 넘어가듯 얼버무렸다.

아이들은 자신이 무엇을 해야 하며 부족하고 고칠 점도 안다. 무엇보다 여행으로 보다 나은 자신이 되고 싶은 마음이 꿀떡같다. 단지 꾸준히 해내는 힘이 약할 뿐이다.

'주여! 도와주소서. 이 아이들을 잘 이끌 수 있는 지혜를 저에게 주소서!'

경내에 한글교실에는 책걸상이 마련되어 있고 학용품도 많다. 그곳에서 손자는 동화책을 읽으며 글자를 알아가고, 작은 손녀는 1학년 교과서로 배운 공부를 복습한다. 5학년 큰손녀는 6학년 교과서를 혼자 정리한다. 어려워했던 수학은 1학년 것부터 차례로 푼다. 아이들은 자기의 계획을 실천하려 노력한다. 나는 여행을 마치고 돌아가기 전 각자 생각해 보아야 할 점을 알려주며 이곳을 떠나기 전 이야기를 다시 나누자고 했다.

• 하와이 와서 달라진 점이 무엇인가?

• 앞으로 달라져야 할 나의 행동은?

• 새 학년이 되면 무엇을 어떻게 할 것인가?

내 희망사항도 말했다.

'어! 잘 했네!'

'그만하고 쉬어야지!'

'할머니는 너희들을 믿는다.'

집에 돌아가면 이 세 마디만 하고 싶다고 말했다. 아이들은 세 마리 토끼처럼 눈을 반짝인다. 귀여운 내 새끼들!

03
—

외손자와의 여행

외손자가 32개월 때 다녀온 유럽여행은 재미와 효과를 얻었다. 어린 것이 신기하게도 여행 일정을 파악하고 힘들다고 칭얼거리지 않았다. 한창 언어가 발달할 때라 나날이 말이 늘었다. 걸음걸이도 안정감으로 하루가 다르게 잘 걸었다. 나는 손자의 행동 변화를 '신기하다'는 말 외 달리 표현할 수가 없었다.

눈에 보이는 행동만이 아니다. 행동 이면의 것들을 흘러버리거나 무시할 수 없었다. 때문에 내 여행 욕심을 낼 수도 없었고, 내 뜻에 따라라 주장도 못했다. 어설픈 간섭이 손자의 행동에 방해될까봐 조심하게 되었다.

분명한 것은 손자를 키워주는 것이 아니었다. 제대로 자라도록 도와야 했다. 발아한 씨앗의 자람은 농부의 손길에 따라 결실이 달라진다. 여행 중 손자와의 상호작용이 바로 농부의 손길이었다.

손자는 1차 유럽여행으로 세상을 구경했다. 1년 반이 지난 후 하와이 섬 5개를 돌며 캠핑을 하고 YWCA 부속유치원에서 한 달간 체험 활동을 했다. 나는 이를 '복습 여행'이라 한다. 여행 맛을 알게 된 손자는 인상 깊었던 유럽 곳곳을 다시 보고 싶어 했다. 프랑스의 에펠탑과 영국의 버킹엄 궁전 교대식 등을 다시 보여주고 영국 북부 하이랜드와 아일랜드를 아우르는 심화 여행으로 2차 유럽여행을 다녀왔다.

또 사촌누나들과 함께 하와이 초등학교 부속 유치원에서 2달간 외국 친구와 어울리는 발전 여행을 하고, 그랜드 캐니언과 미 서부 그리고 쿠바를 구경했다. 이를 손자의 견문 여행이라 한다. 손자는 누나들보다 하와이 구경을 먼저 했었다. 사촌누나와 함께한 2번째 하와이 여행은 손자에게는 3번째 하와이 여행이 된다. 나는 이를 손자의 생활 여행이라 한다.

세상구경 1차 유럽여행(70일간)

32개월 된 손자를 데리고 여행을 떠난 이유가 있다. 손자는 직장에 다니는 엄마와 하루에 고작 1-2시간 정도 함께 했다. 여행으로 엄마와 24시간 같이 한다면 이 시기 손자에게 이 이상 더 큰 선물은 없다.

영유아기 엄마의 즉각적인 반응은 백지에 그림을 그리듯 손자의 생각을 키운다. 이 얼마나 값진 경험인가. 일생에 단 한 번뿐인 기회이다. 손자는 한창 언어가 발달하고 혼자 걸으려 했다. 자아가 눈을 떠 무엇이든 자신이 잘 할 수 있다고 생각하는 시기였다. 아이의 말에 귀를 기울이고 같은 눈높이에서 즉각 반응을 해 준다면 손자는 얼마나 신이 날까.

여행은 새로운 곳을 찾아다닌다. 어리지만 보고, 듣고, 나름으로 느끼고 감동한다. 그뿐만 아니라 여행은 어려움과 힘듦을 참아야 하는 순간도 있다. 어린 손자도 나름으로 이겨내며 성취감을 맛본다. 이 모든 것들이 차곡차곡 무의식에 잠재되어 샘물처럼 솟아나리라 나는 믿었다. 세 살 버릇 여든 간다.' 는 속담을 믿고 떠난 여행이었다.

외손자와 함께 한 여행은 딸에게 빚진 것을 갚는 기회도 된다. 나 또한 직장 맘이었다. 딸은 어릴 때부터 바쁜 나대신 두 동생을 돌보며 나를 많이 도왔다. 제 힘으로 공부하고 늦게 결혼하여 낳은 아들을 잘 키워보려 애를 쓴다. 손자를 위한 여행이 효과를 얻는다면 딸에게 빚진 것을 갚게 된다.

나는 어린 손자와의 여행이 얼마나 힘들고 어려울지를 미리 예상하고 준비를 철저히 했다. 남편은 손자의 안전, 딸은 여행 가이드, 나는 밥과 빨래 등을 책임지고 경비를 절약하자며 역할을 분담했다. 손자의 먹거리가 중요하다. 누룽지를 20Kg 만들어 7봉지로 나누었다. 뜨거운 물만 부으면 고소한 죽이나 밥이 된다. 고기와 야채를 곁들이면 어디서든 훌륭한 식사다. 여행 일정표를 자세히 짰다. 손자의 흥미와 관심에 초점을 두고 볼거리를 정했다. 큰 도시의 교통편과 숙소를 미리 예약했다.

70일간의 배낭여행이다. 체험에 역점을 두고 유럽 전체를 둘러보는 계획을 짰다. 모스크바 항공으로 영국 런던에 도착하여 관광을 하고 프랑스를 거쳐 서유럽, 북유럽, 동유럽과 남유럽을 거쳐 돌아오는 길에 모스크바와 상트페테르부르크를 구경하는 루터다. 대학생의 배낭여행 일정표이다. 어디까지나 계획이다. 손자의 상태에 따라 가변할 수 있음을 감안한 계획도 별도로 세웠다.

여행 중반을 지나면서 손자는 지쳐가는 우리에게 힘을 주는 뜻 맞는 여행의 동지가 되었다. 내 걱정은 기우였고 오판이었다. 손자는 아침에 일어나면 묻는다.

"오늘은 어디로 가나요, 빨리! 빨리!"

손자의 1차 유럽여행 경로. "꼬마 대장 나가신다. 길을 비켜라!" 뒤에서 노래를 부르면 기저귀를 차고도 씩씩하게 걸었다.

앞장을 서서 가방을 끌었다. 간이 유모차는 낮잠 자는 시간에 이용할 뿐 할아버지가 어깨에 메고 다니는 짐이 되었다.

여행 일정표대로 여행이 잘 진행되어 나는 신이 났다. 32개월 손자를 앞세우고 뒤에서 노래를 부르며 격려하고 힘을 주었다.

"꼬마대장 나가신다. 길을 비켜라!"

곡조를 넣어 부르니 지나가는 사람들이 쳐다본다. 그래도 어떤가? 손자의 일생에 단 한 번의 기회를 제대로 잡고 싶은 할미의 마음인 것을.

첫 여행에서 나는 손자의 용기와 적극성을 보았다. 놀이터만 보이면 달려가 그곳에서 노는 외국 아이들과 어울렸다. 장난감을 주고받으며 표정만으로도 얼마든지 재미있는 놀이를 한다.

흥이 나면 감정을 몸짓으로 표현했다. 그림책에서 본 버킹엄 궁전

교대식의 근위병의 행진 뒤를 따라 두 팔을 힘차게 흔들며 걷고, 원저성의 북적이는 관광 분위기에 기분이 업 된 손자는 갑자기 두 팔로 땅에 짚고 다리는 하늘을 향해 뻗었다. 얼굴에는 함박웃음이다. 지나가는 관광객이 귀엽다고 손뼉을 치니 다양한 몸짓으로 답례를 한다. 생각지도 못한 손자의 행동에 나는 어안이 벙벙하고 할 말을 잊었다. 스웨덴 스톡홀름 기념품 가게에서 해적의 모자와 방패, 칼 장난감 세트를 샀다. 보자기를 허리에 질끈 매고 칼을 꽂았다. 해적 모자에다 가슴 앞에 방패를 세워 들고 걷는 폼이 씩씩하고 늠름하다.

작품 감상도 일품이다. 로댕 기념관 마당에 세워진 생각하는 사람의 조각상을 올려다보고 포즈를 취하고, 암스테르담 인어공주 상 앞에서 작은 기념품을 손바닥에 올려놓고 비교하며 본다. 안데르센 하우스 정원의 무대 공연을 따라 하고 재미있다며 박수를 치고, 연못의 오리 새끼에게 먹이를 준다. 벨기에 브뤼셀의 오줌싸개 동상을 자세히 살피더니 차고 있던 기저귀를 빼라 한다. 그 날부터 오줌 가리기를 했다. 북유럽 핀란드의 로바니에미 산타 마을을 찾았다. 긴 줄의 차례를 기다렸다 만난 산타 할아버지 무릎에 앉아 기념사진을 찍고 악수를 하며 빨간 코 루돌프를 찾는다.

노르웨이의 유명한 조각가 비겔란의 인생 다리의 아기 조각상을 보더니 아랫도리를 홀랑 벗는다. 벌거숭이 아기 조각 옆에서 포즈를 취한다. 지켜보는 관광객들이 손자의 진국같은 작품 감상에 환호했다.

오슬로 시청 정원에 앉아있는 조각상 어깨를 두드리며 "여보세요. 아저씨 나는 한국에서 왔어요."

자신을 소개한다. 손자는 보고 느낌을 행동으로 표현했다. 손자의 작품 감상은 나에게는 신선한 충격이었다.

가는 곳마다 기념품을 하나씩 사 모았다. 값은 5$ 이하, 작고 단단한 것, 한 도시에서 하나. 이 기준에서 맞는 것을 찾으려 기념품 가게마다 들어가 몇 바퀴씩 돌았다. 그리고 들었다 놓기를 반복한다. 이런 손자를 지켜보기에는 인내가 필요했다.

한창 자동차에 관심이 많은 때였다. 독일 BMW 박물관의 다양한 모양의 많은 자동차를 보고 손자는 와! 와! 눈이 휘둥그레졌다. 기념으로 작은 모형차를 고르고 또 고르며 결정을 못 한다.

"이것 어때?"

기다리다 지친 내가 골라주었다. 손자는 마음에 들지만 크고 값이 비싸다고 내려놓는다. 큰 것을 갖고 싶은 마음을 누르고 엄마와의 약속을 지키겠다는 손자가 나보다 한 수 위였다.

가는 곳마다 가능한 박물관을 찾았다. 영국의 자연사 박물관에서 거대한 공룡 뼈를 보고 놀라고, 루브르 박물관의 민중의 봉기 명화 앞에서 칼싸움 흉내를 낸다. 그림 앞에서 엄마의 설명에 귀를 기울이며

손자는 감동적인 곳과 순간을 자주 그린다. 인어공주 상, 루브르 박물관의 민중의 봉기 그림 앞에서의 칼싸움, 버킹궁의 교대식, 포르투갈의 땅 끝 로까곶, 해적 모자를 쓰고 거리를 활보, 에펠탑, BMW 전시장, 베네치아의 곤도라, 융프라우 만년설 위를 걷는 등 손자는 늘 여행을 떠날 이유를 말한다.

보이는 대로 제목을 말한다. 손자가 붙인 제목이 그럴듯하다. 오스트리아 벨베데레 궁전 박물관에 소장된 클림트의 〈키스〉의 그림을 오래토록 유심히 살피더니 기념품 가게에서 자석으로 된 작은 이 그림을 고른다. 형체가 특이한 그림이라 인상 깊게 본 것 같다.

자연을 즐기는 것도 적극적이다. 알프스 산자락 백조의 성을 내려와 호수에서 수영을 하려 한다. 수영복이 없다 하니 알몸으로 뛰어든다. 스위스 융프라우요흐 만년설 위를 겁 없이 걷는다. 무서워 벌벌 기는 엄마의 손을 잡아준다.

"이렇게 걸어 봐요"

든든한 보호자 역할도 했다. 템즈강에 정박한 군함에서 선장이 되고, 오스트리아 잘츠부르크의 모차르트 생가에서 이어폰을 끼고 음악도 들었다.

타고 온 기차가 덴마크와 독일 사이의 해협을 건너는 페리 속으로 그대로 들어가자 "기차가 배에 탔다!" 놀라며 갑판에 올라서 두리번거리며 찾는다.

"어디 갔지?"

시원한 바람을 쐬며 해협을 건너 다시 기차에 올랐다. 아무리 생각해도 이상하다는 표정이다. 이베리아반도 포르투갈의 대륙 끝 로까곶에서 나는 가장 끝 지점에 서고 싶어 돌담을 넘었다. 거센 바람이 불어 손자를 만류해도 꼭 해보겠단다. 용감하게 돌담을 넘은 손자 덕에 순간을 포착한 명 사진을 남겼다.

어리지만 여행을 적극적으로 즐기는 손자다. 이탈리아 베네치아의 수상버스가 물살을 가르며 시원하게 달리는 맛을 느끼려 배의 앞쪽을 고집한다. 머리카락 휘날리며 대 운하를 바다라고 환호하며 신나했다. 피렌체 피사의 사탑 앞에서 양팔을 벌려 기운 모습을 흉내 낸다. 가는 곳마다 다양한 느낌을 동작과 말로 표현한 체험들은 깊이 각인되리라.

로렐라이 언덕을 찾아가는 날 태어나서 처음으로 산에 올랐다. 가파른 계단을 오르고 산길을 걸었다. 돌아갈 기차 시간이 임박하여 돌아서자 하니 끝까지 가자고 울먹이며 고집을 피운다. 손자의 행동이 밉지 않고 대견했다. 시간만 있었다면 끝까지 해낸 성취감을 맛보게 할 수 있는 절호의 찬스를 놓쳤다.

손자가 여행에서 보여준 특이한 행동은 셀 수가 없다. 집에서도 보여 준 행동이었을 텐데 일상에 쫓겨 흘러버리지는 않았나 반성했다. 여행 중 할아버지와 엄마 그리고 할미인 나는 손자의 말과 행동에 즉각 반응했다. 그리고 유심히 살폈다. 손자에게 올인하며 여행의 중심을 손자에게 두었다. 그리고 가능한 직접 체험을 많이 하도록 기회를 주었다.

귀국 길에 찾은 모스크바 붉은 광장의 성 바실리 대성당 첨탑을 보고 소리친다. "아이스크림 성당이다"

상트페테르부르크의 겨울 궁정 에르미타주 박물관 구경을 마치고 나오니 뜰에 탱크가 전시되었다. 지키는 군인이 손자를 성큼 안아 탱크 위에 올

여행을 마치고 돌아오는 길에 들린 러시아 상트페테르부르크의 에르미타쥐 박물관의 구경을 마치고 나와 탱크 위에 선 손자는 훌쩍 커 보였다.

려주었다. 포즈를 취한 손자는 여행을 떠날 때보다 훌쩍 크게 보였다.

〈여행에서 얻은 것〉

손자는 자아개념이 형성될 즈음이라 우리의 격려와 칭찬이 그대로 행동으로 드러났다. '하기 싫다' '힘들다' 않고 칭찬을 더 받으려 적극적으로 행동했다. 손자는 어른들이 주고받는 말의 의미를 알아가며 나날이 새로운 단어를 사용했다. 놀랍다는 우리의 반응도 한 몫을 더한다. 칭찬을 받기 위해 귀담아 잘 듣고 눈치로 익힌 말을 대화에 사용했다. 손자와 말이 통하니 여행은 더 재미있었다. 손자에게 우리는 언어 발달의 모델 역할을 톡톡히 한 셈이다.

서툰 걸음이 익숙해지니 적극적으로 주변을 탐색한다. 가는 곳마다 새로운 것을 접하고 묻는 것도 많아 졌다. 근육발달은 운동기술을 높여 여행용 가방을 힘들게 끌기도 했다. 로마 시내를 관광할 때 거의 하루 종일 걸었다. 짜증을 낼 만도 한데 기특하게 잘 따랐다. 여행이 끝날 즈음 손자는 우리를 앞서 걸으며 먼 길 걷기를 거부하지 않았다. '나는 잘 걷는 아이'로 각인된 듯하다.

손자와의 여행에서 나는 많은 것을 얻었다. 칭찬과 격려, 지지의 효과, 손자의 뜻을 존중해 주었을 때 보인 의젓한 행동, 힘듦을 참아낸 손자의 성취감은 다음 행동을 유도했다. 영유아기의 중요성은 아무리 강조해도 지나침이 없음을 다시 명심했다.

복습 여행으로 하와이 섬 캠핑과 YWCA 체험(72일간)

"나도 하와이에 가고 싶어요."
어느 날 유치원에서 돌아온 손자가 간절하게 말한다. 친구 영석이가 하와이로 가족 여행을 간다고 자랑을 했다는 것이다. 휴양지 하와이인지라 꼬마들끼리 한껏 부푼 여행이야기를 한 모양이다.
"우리는 힘든 배낭여행을 하는데...."
"나는 걷기 대장이잖아요!"

이미 배낭여행을 경험했기에 여행은 힘든 것임을 알고 있다는 뜻이다. 손자는 유치원에서 여행이야기가 나오면 신나게 이야기를 잘 하고, 친구들 사이에서 꼬마 여행가로 소문이 났다며 선생님이 귀 뜸을 해 주었다. 여행 맛을 알고 여행을 꿈꾸는 손자다. 70일간의 장기 유럽여행을 다녀온 후, 집에서도 TV 여행 프로그램을 내 곁에서 즐겨본다.

"나도 저기 갔다 왔어!"

관심을 둔다. 여행지에서 보았다는 자신감이다. 그리고 사진을 찾아서 다시 보고 야기하길 좋아한다. 그뿐만 아니다. 벽에다 세계지도를 붙여놓고 스티커로 다녀온 나라를 표시하고 그 나라의 국기를 그려 옆에 붙인다. 때때로 손가락을 곱으며 다녀온 나라의 수를 세며 또 여행을 가자고 말하는 손자다. 딸은 제 자식의 말을 흘러듣지 않는다.

〈탁월한 선택〉

나는 하와이 여행 계획을 짰다. 가장 싼 비행기 표를 구하고 인터넷으로 숙소를 알아보았다. 출국 날짜에 맞춰 할 일들을 처리했다.

여행 준비로 나는 신이 났다. 하와이 5개의 섬 캠핑을 계획했다. 지난날 사용했던 텐트와 코펠, 침낭 등을 챙기고 체력도 다져야 했다.

11월에 접어들어 남한산성을 오르며 운동을 시작했다. 그런데 사고가 났다. 정상에 올랐다가 거의 다 내려온 지점에서 미끄러졌다. 위험한 장소가 아니다. 털고 일어서니 왼쪽 다리가 획 돌아간다. 그리고 덜덜 떨린다. 나는 그 자리에 폭삭 주저앉았다. 눈앞이 캄캄했다.

119에 실려 병원에서 철심을 박은 수술을 받았다. 하와이로 떠나기 한 달 전이다. 평생교육원 학점은행 강의 중이기도 하다. 깁스 한 다리를 보니 내 인생 끝장이구나 싶었다. 국토순례 길을 걷고 산티아고 순례길도 거뜬히 걸은 다리다. 느지막에 웬일.... 사고는 나와 상관없는 일로 생각하며 살았으니....

여행은 물 건너갔다. 퇴원해서 집에 오니 찬 바람이 숭숭 춥다. 깁스한 다리로 휠체어와 목발을 사용하니 화장실 다니기도 힘겹다. 추운 날씨라 집안에서만 있다 보니 마음은 우울하다. 다친 다리가 문제가 아니다. 하루 종일 누워 지내자니 서글프고 내 처지가 한심하기 짝이 없다. 이로 인해 몸과 마음이 한 풀 꺾이는 기분이다. 반전이 필요하다.

나는 계획대로 여행을 가자고 했다. 아프면 돌아와야 할 판에 출국이라니... 남편은 펄쩍 뛴다. 모두가 반대다. 여름에 비행기 표를 미리 샀다. 하와이 도착 당일부터 며칠간의 숙박도 할인된 값으로 예약을 한 상태다. 나는 포기가 쉽지 않았다. 손자 또한 하와이로 여행을 간다고 친구들에 이미 자랑을 했다며 시무룩하다. 비행기 표 환불을 늦추었다. 그리고 곰곰이 생각했다.

하와이는 날씨가 따뜻하다. 태양은 빛나고 꽃이 핀다. 추운 우리 집에서 암울하게 겨울을 보내기보다 와이키키 해변에서 일광욕과 모래찜을 하는 것이 더 좋은 물리 치료라 생각했다. 다행히 치료 예후가 나쁘지 않다. 뼈가 잘 붙어간다는 진단에 용기를 냈다.

나는 여행을 가기로 결심 했다. 다리 철심 때문에 출입국에 문제가 생길까봐 병원 진단서를 떼었다. 깁스를 푼 다음 날 나는 비행기를 탔다. 오하우 공항에 내리니 휠체어 봉사자가 미리 기다리고 있었다.

이렇게 시작된 하와이 72일간 여행은 탁월한 선택이었다. 오하우 섬 다이아몬드헤드 뒤편 마을에 민박집을 정했다. 넓은 공원에서 목발을 짚고 운동하고, 해변에서 물장구로 내 나름 물리치료를 열심히 했다. 맑은 햇살이 내 마음을 가볍게 한다. 20년 전 다시 오라 말한 교민을 생각하고 빅 아일랜드로 날아갔다.

세월이 흐른 동안 내가 찾는 사람은 본토로 가고 없다. 자연은 그대로다. 반야트리 스트리트에 있는 콘도를 얻었다. 여행이 아닌 휴양이다. 내 삶에 이렇게 한가로운 때가 있었나 싶다. 푸른 하늘에 야자수 잎이 일렁이고 파도소리 들으며 내리 쬐는 태양 아래 누웠다. 계획에도 없던 호사다.

부동산 중개소를 소개받아 장기 체류 혜택으로 1일 숙박료를 시세의 반값에 방을 구했다. 콘도라 취사도 가능하다. 대형마트에서 식료품을 구입하여 식사를 해결하니 서울의 생활비와 비슷하다.

창문을 열면 태평양이 바로다. 아침이며 크루즈 유람선이 들어온다. 아름드리 반야트리 가로수 길 건너 골프장이라 주변이 다 잔디밭이다. 수산 센터가 이웃에 있다. 신선한 참치로 곰국을 대신한 보양식을 했다. 부러진 다리가 잘 붙는 기분이었다.

목발을 짚고 운동을 하며 교민을 만났다. 이런저런 살아온 이야기를 나누며 정을 쌓았다. 나는 이민자들의 굴곡진 삶의 이야기를 들었다. 우리네 인생은 한편의 연극이다. 자신이 쓴 각본에 주연에다 감독

교민들과 이런 저런 삶의 이야기에 공감하며 정을 쌓다. 저녁 놀 속의 풍경이 아름답다.

목발을 짚고 한가롭게 여유를 즐기는 운동.
운 좋게 찾은 부동산 덕분에 장기 체류 혜택을 받은 콘도 숙소에서 바라본 태평양. 조망은 일품!

까지 맡는다. 극본과 연출 기술 따라 희극과 비극 또는 코믹한 연극이
된다. 분명한 것은 끝나지 않은 연속 제작되는 작품이다. 성공적인 연
극으로 마무리하기 위해 우리는 오늘을 살고 있다는 생각이 들었다.
다친 다리 덕에 좋은 곳에서 좋은 사람을 만나 내 삶을 음미했다.

〈손자의 YWCA 어린이집 체험〉

다리를 치료하는 동안 손자를 무료하게 지내게 할 수는 없었다.
'일부러라도 어학연수를 시키는데….'
다운타운에 있는 YWCA에 들러 알아보았다. 한 달간 손자를 받아
준다고 한다. TS 접종(무료) 증명서와 간단한 서류다. 아침 8시 30분
에 등원하여 아침을 먹고 오후 4시경 귀가한다. 급식은 무료 제공이
고 600$ 정도의 교육비다.

'영어를 못해서...' 걱정과 달리 기죽지 않은 표정으로 적극적.

외국 아이들과 함께 하며 "우리나라 대한민국" 손자는 정체성을 알아가며 애국심의 싹을 틔움.

'준비 없는 욕심?'

외국 아이들과 어울려 노는 놀이터가 아닌 공식적인 교육기관이다. 영어를 배우지 않은 손자라 소통의 어려움으로 영어에 대한 거부감을 갖지 않을까? 염려를 했다. 그곳 선생님 말씀이 며칠 지나면 적응을 잘 하니 걱정을 말라 한다.

손자는 눈치가 빠하다. 이미 돈을 냈고 할머니 다리 치료 때문에 한 달간은 다녀야 할 상황임을 안다. 먼 거리를 불평 않고 잘 걸었다. 며칠이 지나자 'Line up' 등 간단한 말을 알아듣겠다고 하니 다행이었다.

손자는 유럽 여행으로 걷기 대장이다. 아침 7시경 일어나 다운타운에 위치한 YWCA까지 한 시간 넘게 걸었다. 가는 길에 반야트리 가로수 길을 지나고 갈매기 너울거리는 해변의 다리도 건넜다. 드넓은 공원에 우뚝 선 카메하메마 대왕 동상 앞에서 인사를 한다. 오가는 길 옆 불개미 떼가 열심히 일하는 모습을 쪼그리고 앉아 관찰하고, 빨간 머리 하와이 새와 작고 민첩한 야생 닭을 친구 삼아 놀기도 한다. 왕복 5Km가 넘는 이 길을 할아버지와 오가며 주변을 감상하며 관찰학습인 동시 운동이고 체험이다.

손자는 유럽 여행에서 걸었던 실력을 발휘했다. 먼 거리도 싫다 않

고 나이답지 않게 잘 걸어 가끔 할아버지가 기특하다며 업어주니 업
된 기분에 춤을 춘다.

돌아오면 친구 죤과 어떻게 놀았는지, 선생님이 도와준 이야기 등
을 조잘거린다. 유럽여행의 마을 놀이터에서 외국 아이들과 함께 한
경험이 있어 거부반응은 없다. "영어를 못해서...."

가끔 걱정을 한다. 선생님은 스마트폰 번역기로 손자와 의사소통에
노력하고 꼭 필요한 문장을 우리말로 나더러 적어달라며 서툰 발음으
로 손자와 이야기한다. 참 친절한 사람들 속에서 손자는 한 달간 단체
생활을 경험했다.

〈애국심을 싹 틔운 손자〉

내 나라를 떠나면 누구나 애국자가 된다는 말이 손자에게도 예외는

1시간가량 할아버지와 걷는 손자의 아침 등원 길은 체험활동이고 운동이며 할아버지 사랑을 가슴에 새
기는 시간.

아니다. YWCA에 게양된 성조기를 보고는 태극기를 그려 달라 한다. 그리고 말끝마다

"우리나라 대한민국"이라 한다.

YWCA의 하루 생활을 이야기할 때면 우리나라가 더 좋다는 말도 빼지 않는다. 여행이 끝나면 돌아가 살 곳은 서울 집이고 잠시 떨어진 서울 유치원 친구들을 그리워한다. 손자는 외국 아이들과 생활하면서 그들과 다름을 조금씩 인지하고 조국애를 싹 틔운다.

밤이면 나더러 우리나라 위인의 이야기를 하란다. 나는 손자의 옷소매를 걷어 올렸다.

"네 몸에 흐르는 피에는 이순신 장군과 세종대왕의 피도 함께 흐른다."

선명하게 드러난 빗줄을 가리키며 같은 단군할아버지 자손이라 하니 의외라는 표정이다.

"이곳 친구의 생김새가 너와 다르지? 네가 좋아하는 이순신 장군은 너와 비슷하지 않니? 때문에 너는 이순신 장군의 후손이야. 너도 장군님처럼 우리나라를 위해 훌륭한 일을 할 수 있는 힘을 지닌 사람이야"

"우리는 한글을 쓰고 여기 아이들은 영어로 말하는 구나"

손자는 정체성에 눈을 뜬다.

손자의 청을 들어 나는 단군신화에서 오늘에 이르기까지의 역사를 중요한 사건과 인물 중심으로 이야기를 꾸몄다. 곰과 호랑이의 신화로 시작된 이야기는 그림을 그려가며 알기 쉽게 손자에게 들려주려 애썼다. 그러다 보니 자연스럽게 이야기 연대표를 만들게 된다. 역사는 단절이 아닌 연속성이라는 것을 손자는 이해하는 듯하다.   이야기는 손자가 나에게 준 숙제다. 이 과제는 몇 날 동안 이어졌다. 여행이기에 가능하다. 내 마음의 여유로움이 손자에게 더 재미있는 이야기를 들려준다. 손자는 열심히 듣고는 환호를 하다가 때로는 한숨을 쉬기도 했다.

〈하와이 섬 캠핑〉

주말을 이용하여 렌트카로 빅아일랜드 섬을 일주 하며 곳곳을 구경했다. 드넓은 파크 목장, 볼케노 국립공원의 용암 분출의 현장과 아카카 폭포, 하와이 열대 식물원, 힐로에서 코나까지 동서 횡단으로 펼쳐지는 우리나라와 다른 이국적 자연을 손자는 접했다.

빅 아일랜드 최남단에 위치한 사우스 포인트의 검은 용암 절벽에 부딪쳐 치솟는 거센 파도의 물보라, 캡틴 쿡 선장이 기착한 조용한 해변 가에 세워진 기념비, 푸날루우 샌드 비치 모래밭에 산책 나온 거북이를 보며 손자는 하와이의 매력을 느낀다.

역사적인 곳도 찾았다. 카메하메하 대왕 고향의 동상 앞에서 사진도 찍고, 하와이 원주민의 생활 모습을 전시한 호나우나우 국립역사공원, 코나의 왕궁과 박물관, 온천수가 나오는 옛 왕실 해수욕장에서 손자는 각종 열대어와 헤엄치며 하루를 즐겼다.

빅아일랜드 마우나케아 천문대는 유명하다. 마우나케아산 정상에 있다. 별구경을 위해 저녁나절 출발하여 석양의 아름다움을 보았다. 어둠이 내리자 쏟아지는 별 무리! 유성이 흐르고 별자리가 선명하다. 대학생들이 천체망원경을 조율해주고 설명을 한다. 망원경을 들여다 보는 손자의 모습을 카메라에 담았다. 훗날 사진 속의 이 날을 그려보며 뭔가를 생각하길 나는 바란다.

마우이 섬의 해발 3055m에 위치한 할레아칼라 천문대에서 맞이한 일출. 빌게이트가 결혼식을 올린 라나이 섬을 바라보며 포즈를 취한 손자

빅아일랜드에서 한 달간 손자는 YWCA 다니고, 나는 열심히 물리 치료를 했다. 목발을 등산 스틱으로 바꾸었다. 날로 걷기가 편해졌다. 처음 계획했던 하와이 섬 5개 캠핑을 하기로 했다.

마우이 섬은 관광 천국이다. 관광지는 호텔과 리조트로 개발되고, 떼 묻지 않은 자연을 품은 청정지역이 공존한다. 천국의 길로 알려진 해안과 숲이 어우러진 산길을 달려 마우이 섬 남쪽 7개 성스러운 못을 찾았다. 자연 그대로의 풍광이다. 마우이 국립공원 캠핑장에 숙박하며 일출을 보려 3058m의 최고봉 할레아칼라 산에 올랐다. 어둠 속에 북적이는 관광객 틈에서 손자는 새벽 추위로 덜덜 떨면서도 씩씩하다. 붉은 기운 속에 태양이 뜨는 순간 하와이 원주민이 소라고둥을 불었다. 하루를 여는 순간의 나팔소리는 장엄했다. 손자도 숨을 죽이고 그 분위기를 느낀다.

저녁나절 해변 가에서 할아버지를 도와 텐트를 치던 손자가 바다로 떨어지는 태양을 가르치며 소리친다.
"아침에 산에서 본 해가 바다에 왔네!"
하루의 시간 흐름을 들려주는 할아버지와 손자의 모습은 석양 속에 한 폭의 그림이다. 손자는 할아버지를 도와 텐트를 치고 걷는 일군의 역할을 톡톡히 한다.

고래를 볼 수 있는 계절이라 몰로카이 섬으로 이동하며 탄 유람선.
어디에? 마침 고래를 볼 수 있는 행운을 얻었다.

마우이 섬에서 몰로카이 섬으로 이동하는 날, 운이 좋으면 고래 떼를 볼 수 있다는 기대를 갖고 유람선을 탔다.

"엄마, 저기 고래다!"

마침 물 위로 뛰어오는 고래를 보고 손자는 환호성이다. 해양공원이 아닌 태평양에서 그것도 한 마리가 아닌 무리다. 마침 고래가 나타나는 계절이라 100$ 넘는 투어를 공짜로 한 셈이다.

몰로카이는 조용한 섬이다. 곳곳에 다미안 신부님의 흔적이다. 작은 성당에서 미사를 보았다. 손자도 두 손을 모으고 기도를 한다. 해안에 자리 잡은 나병 촌을 언덕 위에서 내려다보며 할아버지는 손자

사랑의 실천가 다미안 신부님의 흔적이 곳곳에
서 묻어나는 몰라카이 섬.
작은 성당 옆에 세워진 작은 동상.

에게 평생 한센병 환자를 돌본 다
미안 신부님의 이야기를 들려주
었다. 손자는 교회 앞에 선 다미
안 신부님의 동상을 쓰다듬는다.

"나도 훌륭한 사람이 될 거야"

감동을 받았다는 기분 좋은 소
리다.

승마 트레킹 일행이 잠시 우리
캠핑장에 머물렀다. 말을 실어
나르는 대형 트럭도 왔다. 손자
는 말을 타고 싶다며 조른다. 이를 지켜본 친절한 마부가 손자를 말
등에 태우고 바닷가로 향한다. 잠시 후 돌아온 손자는 만족한 표정이
다.

"말을 타고 모래 위를 달렸다!"

신이 났다. 손자의 모습에 내가 즐겁다. 우리는 오후 카우아이 행
비행기를 타야한다. 남은 식품과 아이스박스를 보답으로 주었다. 주
고받는 정이 있어 세상을 아름답다. 손자는 떠나는 마부 아저씨에게
고개를 숙여 인사하며 손을 흔든다. 말을 태워 준 고마움을 깍듯이 표
현하는 손자가 의젓하게 보인다.

카우아이섬 리휴 공항에 내리니 비가 내린다. 프린스 빌 해안의 캠프장을 찾았으나 거센 비바람으로 텐트를 칠 수 없다. 천둥 같은 파도 소리, 야자수 잎은 부러질 듯 심하게 휘청거린다.

"하느님이 화났다!"

손자는 비바람이 거센 바닷가 캠프장의 모습에 놀란다. 렌터카 속에서 하룻밤을 지냈다. 다음 날 잠에서 깬 손자는 밝은 햇살이 퍼진 광경을 보더니

"어! – 하느님이 화를 풀었네...."

어젯밤을 생각한다. 손자의 어! 놀람을 나는 안다. 훗날 손자는 이 날을 기억하지 못하지만 하룻밤 풍경의 감동은 없어지지 않는다.

손자의 마음을 헤아려 성큼 말 등에 태워 해변으로 나가는 마부.
손자는 이 날 90도로 고개 숙여 그 감사를 진심으로 표현했다.

나의 최초 여행인 비속을 걸었던 밤의 감동은 지금도 잊히지 않고 내 가슴을 떨리게 하기 때문이다.

2박 3일 예정으로 나팔리 코스트 트레킹을 계획했지만 완쾌되지 않은 다리 때문에 포기했다. 애석한 마음에 근처 캠프장에서 하루를 쉬었다. 얕은 물속 바위의 해삼과 불가사리, 성게 등을 잡으며 손자와 놀았다.

젊은이들이 트레킹 장비를 챙겨 줄줄이 출발한다. 이를 본 손자가 나를 이끈다.

"우리도 가자!"

손자가 앞장을 선다. 그렇지! 조금이라도 가봐야지! 산길을 오르니 절벽을 따라 오솔길이 나있다. 바닷바람을 마시니 가슴이 탁 트인다.

"저 만큼만 가서 돌아가자"

내 말에 손자는 걸음을 빨리한다. 조금이라도 더 앞으로 나가려 서둔다. 한 모롱이 돌고 또 한 모롱이를 돌았다. 손자는 돌아설 줄을 모른다.

"이다음 엄마랑 다시 오고 이제 그만!"

손자는 마지못해 돌아섰다. 힘들다고 포기를 할만도 한데 끝까지 해보겠다는 의지가 가상하다. 손자 덕에 나팔리 코스트 트레킹 맛을 보게 되어 고맙다고 말하며 이 길을 늠름하게 걷는 청년이 된 손자의 모습을 그려보았다.

"우리도 가자!" 다친 다리 때문에 아쉽게 포기하는 나의 팔을 이끈 손자. 나팔리 코스트 트레킹 맛을 안겨주었다.
카우아이 섬의 와이메아 계곡. 대자연 앞에서 환호하는 손자에게 어미는
"더 큰 그랜드캐년을 보러가자!" 다음 여행지를 약속했다.

캡틴 쿡 선장이 처음 하와이 섬에 도착한 와이메아 마을 해안 근처 캠핑장에 텐트를 치고 주변을 구경했다. 마을 도로변에 툭 선장의 동상이 섰다. 나는 탐험가들의 동상 앞에 서면 가슴이 떨린다. 섬을 발견하기까지의 과정에서 겪어야 하는 어려움을 이겨낸 그 의지를 닮고 싶다. 이곳에서 와이메아 캐니언으로 갔다. 칼랄라우 전망대에 서니 형형색색의 바위 절벽과 와이메아 강줄기가 만든 자연의 작품이 웅장하다. 손자는 두 손을 들고 환호한다.

"다음에 더 큰 그랜드 캐니언을 보러 가자!"

자연에 감탄하는 아들을 본 딸은 또 다음 여행지를 약속한다.

하와이 섬 4개의 자연을 구경하고 다시 오하우 섬에 도착했다. 오하우 섬은 4개 섬에서 본 자연을 모두 품었다. 마치 종합선물세트 같

다. 마지막 날 새벽 다이아몬드 헤드 정상에 올라 일출을 보고 귀국했
다.

심화 여행 유럽 2차(77일)

'여행은 마약과 같다'

내 여행 경험에서 나온 말이다. 매번 가고 싶은 여행을 자제해야 하
는데 머리와 달리 마음은 자꾸 여행을 꿈꾼다. 그리고 여행지를 정해
놓고 그곳을 그린다. 마약의 유해함을 알면서도 그 유혹을 뿌리치지
못하는 것과 같지 않은가. 바람이 크다 보니 불가능은 줄이고, 가능성
을 부여잡는다.

'이게 진정한 용기일까?'

의심도 된다. 손자는 두 번의 긴 여행을 한 다음 에펠탑을 다시 보
고 싶다며 또다시 여행을 가자고 한다. 어린 손자나 나나 같은 마음이
다. 사람의 본성은 떠나기를 좋아하나 보다.

앞선 70일간의 유럽여행을 손자 중심으로 하다 보니 스페인 산티아
고 순례길은 일정 구간만 걸었고, 그리스의 섬 등 여러 곳을 지나쳤
다.

원하면 길이 보이는 법이다. 아일랜드 더블린에 사는 친척이 초대

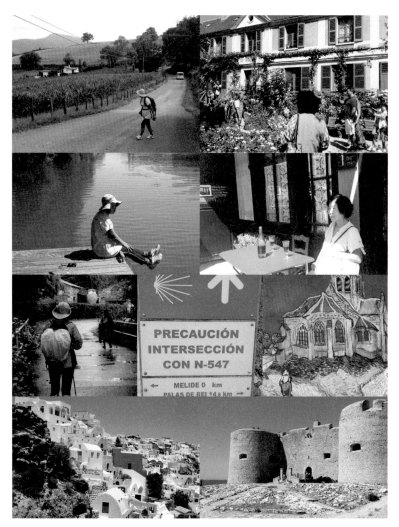

손자와 파리서 만나기로 하고 먼저 떠난 50여 일간의 여행. 생장마을부터 시작한 산티아고 순례길, 모네의 대저택, 고흐가 머문 오베르 쉬르 우아즈의 강과 라부씨 여관, 고흐 그림의 소재가 된 밀밭과 교회, 언덕을 걷고, 그리스 산토닌 섬, 몬테크리스토 백작의 배경이 된 이프 섬의 성 등을 여행.

를 한다. 비행기 마일러지의 유효기간도 찼다. 나는 또 여행을 계획했다. 이탈리아 남부 아말피 코스드 트레킹, 카프리 섬과 시칠리아 섬 그리고 그리스의 산토리니 섬을 비롯해 프랑스 생장 피에드 포르 마을에서 피레네 산맥을 넘는 산티아고 순례길을 걷기로 했다.

주위에서 나더러 여행을 자주 간다고 한다.

'더 늦기 전에'

나는 응답한다. 작년 다리가 부러졌을 때 아주 암울했다. 늙음으로 떨어지는 순발력과 판단력, 신체적 어둔함으로 빚어진 사고다. 앞으로 얼마나 더 배낭을 메고 나설 수 있을지 모를 일이다. 다행하게도 다친 다리가 잘 붙어 걷는데 지장이 없다. 감정의 떨림이 남은 지금이 내 인생 가장 이른 때라 생각했다.

손자의 청을 들어 함께 여행을 한다면 손자에게 앞선 여행을 심화시킬 수 있지 않을까? 계획을 세워보니 77일이 된다.

손자와 프랑스에서 만나기로 약속하고 남편과 나는 먼저 출발했다. 트레킹을 감안하여 작은 가방을 메고 홀가분하게 떠났다. 계획대로 50여 일 간의 여행을 마치고 손자를 만났다.

외국에서 만난 손자라 더 반갑고 훌쩍 커 보인다. 한 달 넘게 떨어졌다 만난 손자는 할아버지를 보더니 달려와 안긴다. 다시 찾은 여행

두 번째 찾은 파리의 에펠탑을 자세히 살피며 "누가 만들었지?" 교각 밑에서 그 웅장함에 감탄한 손자.

지에서 손자는 그 느낌과 감동을 어떻게 표현할까? 기대되었다.

손자는 도착하자마자 에펠탑부터 찾았다.

"이번에는 위에 올라가자"

전망대에 올라 파리 시내를 내려다보며 서울과 다르다고 한다. 고층 아파트가 많은 서울과 비교한다. 내려와 에펠탑 교각 아래 들어서더니 와! 와! 올려다본 웅장함에 놀란다.

"엄마 누가 만들었어?"

어린 눈에도 에펠의 재능이 보이는가 보다. 손자는 구조물을 만져보고 자세히 살피며 감탄사로 표현한다.

그 다음날부터 손자는 딸과 한 팀이 되어 루브르 박물관과 개선문 등을 다시 찾고, 나와 남편은 프랑스 북부 몽셀 미셸과 고흐가 머문 오베르 쉬르수아즈을 찾는 따로 따로 여행을 했다.

고흐의 마을로 불리는 곳에 내리니 깨끗하고 한적한 시골풍경이다. 새벽 장터에서 음식을 사들고 까마귀 나는 밀밭 그림의 장소를 찾았다. 막 수확을 끝낸 밀밭의 그루터기 위에 앉아 아침을 먹었다. 역시 까마귀들은 날고 있었다. 고흐가 죽기 전 마지막 그림을 그린 곳이다. 캠퍼스에 풍경을 담으며 무엇을 생각했을까? 고흐의 심정을 상상하며 주변을 살폈다. 그리고 밀 이삭을 주워 다발을 만들었다. 이근 묘지에 동생 테오와 나란히 누운 고흐 앞에 놓고 묵념을 했다.

고흐는 살아생전 30$ 정도의 그림 한 점만을 팔았다. 그가 유독 자신의 초상화를 많이 남긴 이유는 자신을 모델로 초상화 연습을 하여 돈을 벌겠다는 일념이었다니 … 동생에게 의지한 형으로 돈이 되는 작품을 그리려 한 천재 화가가 애처롭다.

그가 숨을 거둔 라부여관 2층 방에 들어서니 작은 창문으로 햇살이 쏟아진다. 책상과 의자 등으로 당시를 재현했다. 오베르 교화와 가세 박사의 집 등 그림의 모델이 된 곳곳을 찾고 우아즈강가에서 하루를 보내며 나는 고흐의 일생을 생각했다.

나는 초등학교 교사 시절 학급 환경 정리에 도움이 될까 하고 다닌 서울교대 계절대학에서 미술을 선택했다. 실기는 영 안 되어 미술사에 재미를 붙였다. 특히 인상파 고흐의 삶에 끌려 그의 그림을 좋아하게 되었다. 앞선 유럽 여행에서 파리의 오르세 미술관에서 고흐 특별전과 네덜란드 고흐 박물관에서 그의 그림을 원도 한도 없이 많이 보았다. 그리고 프랑스 남부 프로방스 아들을 찾아 별이 빛나는 밤의 무대가 된 론 강을 찾고 그가 입원한 생풀 드모졸 병원의 정원을 거닐었다. 또 그의 정취가 머문 카페의 주변을 서성였던 적이 있다.

여유를 갖고 하루를 즐긴 다음 모네 지베르니 정원을 찾았다. 두 화가의 삶이 다르듯 두 곳의 마을 풍경도 달랐다. 지베르니는 모네 덕에 사는 이름난 관광지로 북적였다. 모네가 꾸민 저택은 온통 꽃밭이다. 호수에 수련이 떠 있고 수양버들이 바람에 나부끼며 아치형 작은 다리가 앙증스럽다. 물속에 비친 그림자는 화폭을 옮겨 놓은 듯하다. 그림 속을 거닐 듯 산책 코스를 따라 걸었다. 대조적인 두 예술가의 삶을 음미하니 내 생각과 마음이 힐링 되는 기분에 젖었다.

파리로 돌아와 루소가 잠든 팡테옹을 다시 찾았다. 손자 덕에 다시 파리에 와서 잠시나마 예술가의 일생을 더듬고 사상가의 가르침을 음미하는 시간을 가졌다.

나의 가르침에 큰 영향을 준 대사상가 루소의 무덤을 다시 찾은 팡테옹.
동생 테오와 나란히 잠든 고흐 무덤. 밑밭의 이삭다발을 받쳤다.

영국 최대 미술관 런던 내셔널 갤러리의 많은 그림 속에서 고흐의 해바라기를 찾아 낸 손자.

유로스타로 영국으로 건너간 손자는 지난번에 감동적으로 본 것을 기억하고 다시 보기를 원했다. 버킹엄 궁전의 기마병과 근위병 교대식, 템즈강 유람선 타기. 런던아이 타고 하늘 높이 오르고, 자연사 박물관과 동물원을 찾았다. 내셔널 갤러리에 들어서더니

"할머니가 좋아하는 그림을 찾아줄게"

2년 전 유모차에 앉았던 꼬마가 이 방 저 방 다니며 두리번거린다. 그리고 고흐의 해바라기 그림을 가리킨다. 기념품 가게에서 고흐의 의자 그림을 골라 자기 것이라며 지금도 책상에 세워두고 있다.

국회의사당 견학을 예약하고 찾았다. 국회 개원 기간 외 일반에게 오픈한다. 대영제국의 의사당다운 규모와 중후함의 분위기에 제압당한 듯 손자는 우리말 오디오 가이드를 들으면 조용히 살핀다. 마치 내용을 알아듣기라도 하는 모습이다.

"엄마, 의자의 색이 왜 다르지?"

상·하원 방 의자 색이 붉고 푸른 것을 눈여겨본 모양이다.

런던 웨스트엔드 극장가에서 라이언 킹 뮤지컬을 공연했다. 입장료가 만만치 않다. 마침 할인 티켓 Day 로또 행사가 있다. 나는 미리 대기번호를 받고 오후 5시경 추첨을 기다렸다. 손자는 두 손을 모으고 당첨을 고대한다. 딸이 뽑은 번호를 직원이 부르자

"야호!"

손자는 두 팔을 뻔쩍 들고 환호한다. 좋아서 팔딱팔딱 뛰며 어미의 손을 잡고 극장 안으로 들어가는 손자를 보고, 남편과 나는 오페라의

이어폰을 끼고 영국 국회의사당을 견학하며 잠시 휴식을 취한 손자.
라이온 킹 뮤지컬 공연 할인티켓 당첨으로 '행운'의 뜻을 확실히 실감한 손자.

유령을 보러 다른 극장으로 갔다.

공연을 보고 온 손자는 아주 재미있었다고 신이 났다. 이미 그림 동화책으로 그 내용을 알고 있는 손자다. 배우들의 열연에 감동한 모양이다. 이 날 손자는 '행운'이란 의미를 확실히 알게 되었다. 어미의 스마트폰으로 라이언 킹 만화영화를 반복 보고 익힌 노래를 흥얼거린다.

영국은 런던을 중심으로 한 잉글랜드, 서쪽 웨일스와 북쪽 스코틀랜드와 북아일랜드로 구성된다. 우리는 렌터카의 기동성을 발휘하여 캠핑을 하며 북쪽 끝까지 둘러볼 욕심을 냈다.

지난번 여행에서 옥스퍼드 대학과 이튼 학교를 방문했기에 스톤헨지를 향해 차를 몰았다. 해 질 녘 평원에 우뚝 선 12개의 돌기둥을 배경으로 손자는 들판의 양 떼와 뛰어 놀며 자연을 즐긴다.

기원전 1세기경 로마인이 점령한 배스, 아름다운 마을로 소문난 버퍼드의 고풍스러운 작은 집들, 맑은 냇물이 흐르는 조용한 마을 버턴 온 더 워터 등 영국의 속살을 보았다. 어린 손자도 아늑하고 평화스러운 자연과 사람이 어울려 사는 소박한 아름다움을 느꼈는지 냇가에 앉아 오리 떼와 놀고 텃밭의 거위와 닭을 보면 그냥 지나치지 못한다.

영국 런던 서쪽 100여 km 떨어진 한적한 코츠월드 마을 작고 예쁜 동네로 소문이 나 관광객을 불러 모은다. 셰익스피어 생가. 지난날의 모습을 재현하고 곳곳에 그의 작품을 소개하는 작은 박물관. 손자는 제 이름으로 흔적을 남겼다. 섹스피어가 다녔던 학교 교실에서 당시의 옷을 입고 깃털 달린 펜으로 책상에서 그림을 그리는 손자.

셰익스피어 생가를 찾았다. 스트랫퍼드 어폰 에이번 도시는 활기찬 관광지이다. 셰익스피어가 태어나고 자란 이층 작은 집에는 요람과 침대 등 옛 생활을 그대로 재현해 놓았다. 손자는 셰익스피어가 다녔던 학교 교실에서 그 당시의 교복에 모자를 쓰고 깃털 달린 펜으로 글씨를 써보았다. 꼬마 셰익스피어로 분장한 모습이 귀엽다. 셰익스피어가 묻힌 교회로 가는 길, 공원에서 그의 희곡을 공연한다. 마을 전체가 셰익스피어 영향력으로 살아간다. 나는 손자에게 셰익스피어의 리어왕 이야기를 들려주었다. 훗날 손자가 이날의 사진을 보면 셰익

기차박물관에서 꼬마 열차로 한 바퀴 돌고, "여행 오길 잘 했다!" 체험을 즐기는 손자. 애든버러 여름축제라 손자도 긴 칼을 들고 거리의 분위기를 즐겼다.
에든버러 성을 바라보며 풀밭에서 손자는 한 판의 승부를 겨누는 대장이다. 성채를 둘러본 후 풀과 나무를 군졸로 호령하는 손자.

스피어 문학을 좋아하지 않을까?

성곽도시 요크에는 기차 박물관이 있다. 손자는 전시된 지난날의 기차에 올라 신이 났다. 기적을 울리는 꼬마열차를 타고 한 바퀴 돌며

"여행을 오길 잘 했다"

볼 것이 많고 체험하는 즐거움을 말과 행동으로 표현하는 손자다.

에든버러는 마침 여름 축제 기간이다. 거리 공연도 많다. 흥겨운 분

위기에 손자도 들뜬다. 기념품 가게에서 산 긴 칼을 차고 거리를 활보한다. 비행기 탑승 시 이 칼을 압수당했다. 좋아하던 것이라 아주 아까워하며 그 후 비행기를 탈 때 마다 또 뺏길 것이 없는지 다시 점검해 보라 일러준다.

스털링 성을 찾아가며 brave heart 영화 이야기를 해 주었다. 언덕 위에 우뚝 선 성채에 오르는 손자는 꼬마 기사처럼 씩씩하다. 탑 위에 올라 스코틀랜드 풍경을 내려다보며

"여기서 싸웠구나!"

구경을 마치고 기념품 가게에서 10파운드가 넘는 나무로 된 성채조립품을 샀다. 돌아 나오며 영화 주인공의 전설 같은 이야기를 또 해달라 한다. 지금도 그 조립품은 우리 집 거실에 고이 모셔져 있다.

스코틀랜드 북쪽 끝 스카이 섬을 찾아가는 길에 캠프장에 들렀다. 가는 길에 털복숭이 하이랜드 소를 보았다. 예상하지 못한 모기떼의 습격에 저녁을 하다 말고 텐트 안에 숨었다. 정신을 차려 보니 다른 사람들은 얼굴에 망사를 쓰고 다닌다. 스코틀랜드 북쪽 모기떼의 극성은 이미 소문이 났는데 우리는 아무 대비가 없었다. 손자를 감싸 안고 저녁밥을 먹는 둥 마는 둥 어서 밤이 지나기만 바랐다. 어린 것이 불평을 하지 않아 그나마 다행이었다.

끝 지점에 위치한 작은 도시 포트리는 북극의 풍경을 연상케 한다. 쌀쌀한 기온에 조금은 썰렁하고 한적한 분위기다. 손자는 작은 배에 올라 어부가 잡은 고기 상자를 들여다보고 그물 손질을 눈여겨본다. 지금껏 거쳐 온 관광지와 또 다른 풍광이라 한다. 아이슬란드 여행을 꿈꾸는 나는 이곳에서 그곳의 풍경을 미루어 그려보았다.

렌터카는 기동성이 있어 먼 거리를 커버한다. 광활하고 황량하며 크고 작은 호수가 많은 스코틀랜드 북쪽 하이랜드를 신나게 달렸다. 다른 곳에서 보지 못한 산세의 자연 풍광이다. 비속에도 트레킹을 하는 사람들이 간간이 보인다. 도로에 교통량이 적다. 손자는 차창 밖으로 머리를 내밀고 머리카락을 휘날리며 이 모든 것을 가슴에 담으려 한다.

남쪽의 로우랜드의 크고 작은 도시에 들리며 영국을 한 바퀴 돌았다. 해리 포터 촬영지 포트윌리엄을 찾는 날, 비가 내렸다. 주위 풍경이 비속에 신비스럽다. 공중을 달리는 기차는 환상 속 풍경이다. 우비를 입고 걷는 손자는 해리 포터 영화 속의 또 다른 주인공이다.
'어떻게 이런 장소를 물색했지...'
나는 예술가들의 안목에 탄복했다. 손자는 비가 오는데 어떻게 텐트를 치겠느냐 걱정이 태산이다. 마침 캠핑장에 방이 2개 넓은 거실,

얼굴전체를 덮는 털과 긴 뿔의 하이랜드 소, 스카이 섬의 포트리의 풍경. 비오는 날 운치있는 헤리포드
촬영지, 코즈웨이 코스트 트레킹 후 만족한 손자.

사워장과 부엌이 딸린 캐빈을 구했다. 손자는 작은 아파트라 편해서

좋다고 한다. 그동안 불평을 하지 않았던 손자다. 소파 위에서 팔딱팔

딱 뛰는 손자는 또 다른 형태의 숙소에서 처음 자게 되었다고 좋아한

다.

　렌터카를 돌려주고 아일랜드로 이동했다. 오기 쉽지 않은 여행지라

알뜰히 보려고 계획을 세웠다. 여름이지만 쌀쌀한 날씨다. 아는 사람

이 있는 곳이라 든든하다. 알뜰시장을 찾아 손자에게 두툼한 잠바를

사 입히고 침낭도 샀다. 더블린의 유명한 카페 거리와 시내 곳곳을 구경했다.

우리나라와 다른 자연환경에 초점을 둔 여행이다. 문화유적보다 자연풍관을 더 좋아하는 손자는 가는 곳마다 감탄한다.

깎아지는 절벽 높이가 100m 이상인 모혜어 해안 트레킹을 하고, 북아일랜드 자이언트 코즈웨이의 다양한 주상절리를 보았다. 이에 얽힌 거인 이야기를 스크린으로 본 손자는 해안을 걷다가 갑자기 바다를 향해 소리를 친다. 거인을 물리치는 주인공의 폼을 잡는다. 이야기

영국 북 아일랜드 자이언트 코즈웨이의 주상절리.
공원 안내소의 상영물에서 거인을 물리친 이야기에 감동 한 손지.

기네스 맥주 공장의 시음장.
맥주 제조과정의 설명에 지루함을 느낀 손자는 이곳에서 기분 업.

가 곁들어진 자연 풍경에 손자는 더 감동하고 적극적이다.

타이타닉 박물관을 찾았다. 7층 높이의 박물관에는 산업혁명 당시의 벨파스트 도시 모습, 타이타닉 배 건조 과정 등 볼거리가 많다. 전시물이 크고 다양함에 손자는 와! 와! 연발이다. 여행 중에 탄 큰 배들이 어떻게 만들었는지 어미의 설명을 듣고 고개를 끄덕인다. 타이타닉 호가 건조되어 출항한 곳이다. 나는 영화 장면을 떠올리며 감동적으로 보았다.

기네스 맥주공장에서 주조과정의 설명에 손자의 흥미가 있을 리 없다. 대형 발효통, 밀 종류와 효소 등 나도 지루하다. 구경이 끝내고 시음 홀에 들어서자
"여기는 좋다"
생기를 찾는다. 관광객 틈에서 손자는 음료수 잔을 들고 카~ 맥주 마시는 흉내를 낸다.

〈여행에도 때가 있다〉

유럽 2차 여행에서 손자의 성장을 보았다. 육체적 성장보다 정신적 성숙이 두드러졌다. 일차 여행과 달리 자신의 의견을 내 세우며 뜻대

로 하려 한다. 관심이 없으면 시큰둥이다. 반면 흥미 있는 것은 세밀히 보고 그 느낌과 감동을 표현한다. 싫고 좋음을 분명히 한다. 칭찬에 기분이 업 되어 힘든 줄을 모르던 지난 여행과 달리 칭찬을 받을 만한 일인지 생각을 한다. 나의 칭찬과 격려의 약효가 떨어졌다.

기념품 사는 것도 다르다. 선택의 결정을 주도하려 한다. 지난번 엄마가 제시한 조건에 맞추려 노력하던 손자는 자기가 원하는 것을 사려 고집한다. 일정한 값과 크기를 정할 수가 없다. 여행 기간 동안 전체 3개의 개수를 정해주고 손자의 선택을 존중했다.

걷기 대장이었던 손자가 힘들다고 때때로 어릴 적에도 요구하지 않았던 업어 달라는 말을 한다. 기분에 따라 신체적 활동을 달리했다.

여행을 원했던 손자다. 어릴 때보다 더 잘 걷고 많은 것을 보며 여행 일정에 동조할 줄 알았다. 32개월 때 뜻 맞던 여행 동지였던 손자가 때때로 고집을 부리고 나와 엇박자로 나간다. 자아가 뿌리를 내리는 시기임을 이해하면서도 속상할 때도 있었다.

'여행에도 때가 있구나.'

지난 교직 경험을 떠올린다.

"고분고분 시키는 대로 공부를 하고 말도 잘 듣던 아이가 제 뜻대로 고집을 부리고 말을 듣지 않아 속상해요"

3학년 담임인 나를 찾아온 학부모는 속상함을 구체적으로 하소연했다. 담임 입장에서 들어보니 아이는 3학년다운 성장을 하는데 엄마는 1학년 학부모 수준에 머물렀다. 그러니 갈등이 생길 수밖에 없다. 부모는 자식이 말을 듣지 않는다고 표현하고 자식은 말이 통하지 않는 부모라 생각한다. 엇박자이고 불협화음이다. 아이는 정상적인 발달을 잘 하고 있으니 걱정을 말라며 상담을 마쳤다.

여행 중 나와 손자도 이와 같다. 예상 못 한 손자의 행동은 성장의 증거다. 큰 축복이다. 32개월 손자로 바라보는 할미인 내가 문제다. 손자의 성장에 따른 눈높이로 상호작용을 제대로 하고 있는가?

"그렇구나!"

인정하고 손자의 행동을 수용해야 한다. 떼쓰기 행동의 그 원인을 살피고 잘 못이 있으면 이야기로 풀어 생각게 해야 한다. 온화하고 단호함을 잃지 않는 할미로서 역할을 어떻게? 여행 내내 나에게 큰 과제였다. 집이었다면 가끔 큰 소리가 날 상황도 있었다. 여행이었기에 여유롭게 넘기며 손자의 눈높이에서 이야기를 하려고 노력했다.

32개월 때 여행을 하지 않았더라면.... 손자가 그 당시 겪었던 경험은 갈수록 그 가치가 더한다. 그리고 다시없는 기회였다. 여행도 발달 단계에 따른 타이밍이 있음을 손자의 행동을 통해 알게 되었다.

발전 여행으로 다시 찾은 하와이(68일간)

손자 손녀 셋과 여행용 큰 가방 몇 개를 끌고 공항행 전철을 탔다. 옆에 앉은 할머니가 어디로 가느냐고 묻는다. 하와이에서 겨울을 지내려 간다고 하니 부러워한다. "부자시네요" 웃음으로 긴 설명을 대신했다. 여행은 부러움이고 생활의 여유인가 보다.

손자 손녀 셋 모두를 데리고 가는 여행은 처음이다. 기내에서 외손자는 두 누나 사이에 앉았다. 큰누나가 준비해 온 장난감으로 재미있게 잘 논다. 외손자는 두 누나보다 여행 경험이 많다. 그래서인지 기내에서 어린 티를 내지 않고 제법 의젓하다. 아이들은 할미 할비를 믿고 떠난다. 좋은 추억을 만들어 주고 즐겁게 지낼 수 있도록 해야지. 내 나름 여행의 목적을 잡았다.

사촌끼리 사이좋게 지내며 규칙적인 생활습관을 체득하고 부모를 멀리 두고 엄마, 아빠에 대한 고마운 마음을 갖는 기회가 되도록 돕고 싶다.

처음 10일간 와이키키 해변 근처 호텔에서 지냈다. 아침에 일어나면 공원을 몇 바퀴 달렸다. 손자는 걷기 대장이라 두 누나를 앞섰다.

잘 한다는 칭찬에 달리기 실력을 뽐낸다. 두 누나도 이에 질세라 힘을 낸다. 팀을 짜서 배드민턴을 치고 해변으로 나가 바다를 바라보며 맨손체조 아침 운동으로 하루를 시작했다.

와이키키 해변도 가깝고 실내 수영장이 있는 숙소다. 수영을 배운 적이 없는 아이들이다. 셋이 어울려 잠수하고 물 위에 뜨는 것만으로도 큰 발전이라며 하와이에 잘 왔다고 입을 모은다.

"한국에 돌아가면 수영을 배우자!"

나는 아이들과 약속을 했다. 셋이라 어떤 놀이도 재미있다. 그저 깔깔대고 소곤거린다. 가르치지 않아도 위계질서를 세운다. '제법이다' 싶다.

오하우 섬의 호텔 근처 공원에서 아침 운동으로 하루를 시작.

5학년 큰 손녀는 착하다. 두 동생의 말을 들어준다. 양보도 할 줄 알며 베푼다. 놀이를 고안하여 함께 놀고, 춤과 노래를 동생들에게 가르쳐 남편과 나를 앉혀놓고 공연을 한다. 반장처럼 리드를 잘 한다.

작은 손녀는 침착하다. 언니와 사촌동생 사이에서 어느 쪽으로도 기울지 않는다. 평정심으로 놀이 팀의 윤활유 역할을 한다. 한 살 차이 사촌 동생에게 제법 누나답게 행동을 한다. 용돈을 아끼고 꼭 필요한 것 외는 관심을 두지 않는 편이다.

외손자는 두 누나를 잘 따르며 깍듯이 누나들을 대접한다. 때로는 귀여운 행동으로 누나들에게 웃음을 준다. 놀이할 때는 제법 의젓하고 대범하다.

다툼 없이 한 덩어리가 되어 즐기니 내 마음과 몸이 편하다. 남편은 아이들의 안전에 신경을 쓰고 나는 아이들을 위한 관광 계획을 세웠다. 손자 손녀에게 여행 맛을 알게 해야지!

⟨손자 마음에 뿌리내린 새싹⟩

외손자는 돌을 갓 지나서부터 어린이집 종일반에 다녔다. 외동에다 너무 이른 시기 교육기관에 보낸 것이 항상 마음에 걸렸다. 혹 애착형성에 문제는? 사회성 발달에 지장은 없을까? 염려를 했다. 이번 여행에서 누나들과 어울리는 외손자를 지켜보니 그간 내 염려는 기우였다.

누나들을 잘 따르며 놀이에 적극 참여하고 어울려 재미있게 논다. 외손자가 일방적으로 고집을 피우거나 제 주장을 강하게 요구를 하면 재미있는 놀이를 할 수 없다. 사이좋게 지낸다는 것은 사회생활에 필요한 덕목을 익혀가는 증거다.

무엇보다 두 누나에게 동생답게 행동을 한다. 자기 생각과 의견을 말하면서 순종할 줄 안다. 유머러스한 측면이 있어 놀이 구성원 역할을 톡톡히 한다. 유치원에서 인기 남으로 소문이 날만 하다 싶다. 놀이에 적극적이며, 정해진 규칙을 지킬 줄도 안다. 운동할 때는 씩씩하게, 그림을 그릴 때는 못 그린다고 머뭇거리지 않는다. 대담하게 쓱쓱 잘하고 못하는데 기준을 두지 않고 나름 최선을 다 하는 태도다. 상황 파악도 빠르다. 할아버지가 화가 난듯하면 원맨쇼로 분위기를 바꾸는 친화력도 있다.

누나들이 호텔 창밖을 내다보는 모습을 보고 '목을 빼고 무엇을 볼까?' 함께 하며 깔깔대고 웃는다.

"내가 책임지고 엄마의 살을 빼게 할 테니 할머니는 걱정 마세요."

딸의 몸무게를 걱정하는 내 말을 듣고 할아버지와의 대화에 끼어들어 자기도 여행의 일원임을 알린다.

손자는 두 번째 하와이 여행이다. 지난번 여행에서 본 것들을 아직은 기억하고 두 누나에게 알고 있는 정보를 준다. 여행의 발전이다.

아이 셋이 의논 맞춰 잘 지냄이 기특해 상을 주겠다니 손자는 장난 감을 원한다. 베이 블레이드 대회에 참가하는 팽이를 사고 싶어 한 다.

토이랜드 넓은 매장에 들어서니 손자의 눈이 휘둥그레진다. 많은 장난감 앞에서 마음이 바뀌어 이것도 갖고 싶고 저것도 좋다고 한다. 하나만 사기로 한 약속을 지켜야 하니 매장을 한 바퀴 돌아보며 더 좋 은 것이 있는지 살펴보겠단다. 카트를 밀고 다니며 마음에 드는 것을 일단 담았다. 그리고 조용한 곳을 찾아 한 줄로 늘어 놓고 하나씩 비 교한다.

"탈락!"
착착 들어낸다. 일본의 어느 교육학자는 영유아기의 집중력은 두뇌 발달에 기여한다고 했다. 손자는 마음에 드는 장난감 선택에 집중한 다.

"잘 골라봐!"
한참을 기다렸다.

"이것으로 할까 봐요"
하나를 선택하고 나머지 하나에도 미련을 버리지 못한다. 두 개를 들고 계산대로 향하며 결정하겠다고 마지막 고민에 빠졌다. 하나 더 사겠다고 떼쓰지 않아 기특하고 깊이 생각하며 고르는 신중함이 의젓하다.

"보너스다! 둘 다 사도 돼!"

그 순간 손자의 만족한 표정은 백만$짜리다. 환한 손자의 표정을 보니 그동안 기다리며 지루했던 내 마음이 눈 녹듯 사라진다. 예상하지 않았던 두 개의 장난감을 들고 기분 좋게 매장을 나섰다.

"학생이 되면 장난감을 사지 않을 거예요."

갖고 싶은 두 개를 다 산 것에 대한 고마움의 인사다.

"역시나! 생각이 깊어!"

나는 엄지손가락을 치켜세우며 기특한 생각에 감탄한다는 사인을 보냈다. 돈도 많이 썼고 시간도 많이 지난 것 같다며 계면쩍은 얼굴 표정으로 손자는 말했다.

"할머니 마음을 알 것 같아요."

돌아오는 차 속에서 그 며칠 전 아웃렛매장에서의 일을 떠올린다. 그날 나는 급히 옷을 골랐다. 기다리는 손자를 생각하고 나름 서둘렀다. 시간이 꽤 지났다. 내 뒤를 따라다니던 손자는 쉽게 끝날 것 같지 않으니 할아버지와 한 곳에서 기다리겠다고 했다. 또 시간이 지났다. 끝내는 지루함을 이기지 못한 손자는 아예 매장 밖으로 나갔다.

"할머니는 나올 줄을 모른다."

기다리다 지친 손자는 투덜댔다. 나는 옷을 들고 나오며 많이 기다리게 해서 미안하다고 말했다.

"오늘 구경은 다 끝났다."

손자의 볼멘소리에 불만이 가득하다. 굳은 표정은 배려 없는 내 행동을 탓하는 듯했다.

손자는 장난감 매장에서 보낸 시간을 생각한다. 자신이 장난감을 고르는 동안

기다리며 지루했을 내 마음을 유추한다. 그리고 아웃렛매장에서 서둘렀을 그때의 내 마음을 짚어 알겠다는 뜻이다. 어린 것이 자신의 경험에 비추어 타인의 심정을 헤아린다.

장난감 매장. 다양한 장난감에 정신을 빼앗기면 시간 가는 줄 모르는 손자.

상대방의 마음을 읽는다는 것은 대인관계의 기본이고 사회생활에 필수다. 어울려 살아가는데 꼭 필요한 심성을 어린 손자는 경험으로 체득한다.

남을 배려할 줄 아는 사람은 누구에게나 호감을 준다. 그리

고 대우를 받는다. 손자는 긴 설명 없이 장난감 매장에서 직접 체험으로 이를 깨닫는다. 진정한 앎은 자각에서 나온다. 손자의 한 마디는 장난감에 들인 돈과 기다린 시간보다 더 큰 가치다. 힘 들이지 않고 중요한 덕목을 쉽게 가르친 기분이다. 손자가 훌쩍 커 보인다. '이해심'이란 덕목의 새싹이 손자의 마음에 싹텄다. 글자를 알고 셈을 하는 지적인 공부보다 더 중요한 깨침을 나는 보았다.

　교사로서 오랫동안 기억되고 흐뭇함을 주는 학생은 바로 착한 아이다. 공부는 조금 떨어져도 심성이 반듯한 학생은 가르치는 재미를 준다. 이런 학생은 어떤 계기가 마련되면 성적은 금방 따라온다. 그리고 자신의 변화 발전에 놀라며 성취감을 갖는 순간 의욕적인 아이로 우뚝 선다. 그리고 자력을 발휘한다. 앎의 재미를 갖게 되면 가속이 붙어 공부 맛을 알고 스스로 공부한다. 이런 아이는 친구 모두에게 친절하고 베풀기를 잘 해 인기도 높다. 따라서 나날이 학교생활을 신나게 한다. 잠재력을 발휘하기에 장래를 예측할 수도 있다.

　성적은 높은데 친구들에게 호감을 주지 못하는 학생도 있다. 점수에 연연하고 불안해한다. 교사의 가르침을 한 귀로 듣고 흘러버린다. 학원 공부를 더 신뢰하기 때문이다. 이런 학생의 심성은 잘 바뀌지 않는다. 학년이 올라갈수록 공부를 어렵게 생각하고 친구를 경쟁상대로 자신을 볶는다.

페스탈로치는 지. 덕. 체의 조화를 강조하여 특히 덕성을 중시했다. 착한 마음에서 나오는 지혜가 참 지식으로 사회 발전에 이바지하는 사람이 된다고 했다. 존 로크 역시 지식은 덕을 높이는 수단으로 보았다.

나는 교육현장에서 덕성이 지적 공부의 원동력이 됨을 많이 경험했기에 손자의 말에 크게 감동했다. 부디 손자의 가슴에 뿌리내린 새싹이 무럭무럭 자라 누구에게나 흐뭇함을 주고 꼭 필요한 사람으로 인정받는 손자로 자라길 나는 바란다.

손자가 나에게 더 큰 보너스를 안겨주었다.

〈손자의 외국 초등학교 체험〉

손자는 5살 때 빅아일랜드 힐로의 YWCA 어린이집에서 외국 친구들과 한 달간 생활을 했다. 그 경험이 있는지라 학교에 가는 것을 싫어하지 않을 것이라 생각했다. 그런데 예상외다. 어린이집이 아니고 학교라는 말에 손자는 걱정을 한다.

"영어를 못해서..."

선생님의 설명을 잘 알아듣지 못한 답답함과 부끄러움을 떠올린다. 학교이지만 입학 전 우리나라 유치원과 같다고 했다. 두 누나도 겁먹지 말고 함께 가자고 달랬다.

할아버지가 등굣길을 함께 했다. 수업은 학년 구분 없이 모두 같은 시간에 시작하고 끝났다. 두 누나가 학교생활에 큰 힘이 되었다. 특히 작은누나의 교실이 바로 옆이라 든든하다고 했다. 노는 시간 잠시 누나를 만나 간식도 같이 먹고 어려운 점을 이야기한다고 했다.

공개수업이 있는 날, 물의 순환에 대한 학습을 했다. 조별 활동으로 한 조씩 앞으로 나가 발표를 했다. 손자는 자기 순서를 놓치지 않았다. 수업 흐름에 따라 제 역할을 아주 잘 해낸다. 물이 든 그릇을 들어 올려 구름이 비가 되어 내리는 동작을 연출했다. 참관한 학부모들이 박수를 쳤다.

학습 페이퍼를 작성하며 친구가 큰 소리로 알파벳을 불러주자 손자는 cloud 낱말을 받아 적는다. 집에서 걱정하던 손자와 달랐다.

숙소로 돌아오는 길에 나는 수업시간 아주 잘 하는 모습에 놀랐다며 칭찬을 했다. 손자의 반응은 시큰둥하다. 선생님의 설명을 친구들처럼 잘 알아듣고 싶은데 그게 되지 않아 속상하다고 한다. 놀이에서 보여주는 대범함은 어디로 갔지?

"지금도 잘 하는 거야! 할머니보다 영어를 더 잘 알아듣고 수업을 잘 하던데....” 내 칭찬이 겉돈다.

　잘 하고 싶은 마음은 좋지만 너무 걱정을 하는 것은 바람직하지 않다고 말했다. 아직 어려서 영어 공부를 천천히 해도 문제가 없다고 하니 수학시간은 재미있고 쉽다고 한다. 정확한 계산으로 칭찬을 받기 때문이란다. 지나친 욕심보다 대범한 행동을 원하는 내 마음과 다르다.

　나는 영어공부가 목적이 아니고 단지 영어에 노출된 외국 아이들과 함께하는 학교생활의 경험이라 했다. 하지만 손자의 생각을 무시할 수 없다. 준비 없이 보낸 YWCA 첫 경험이 덕이 되기보다 영어에 대한 두려움을 갖게 한 것이 아닐까?

　나는 조기교육과 선행학습을 찬성하지 않는다. 아이들은 흥미와 필요에 의해 자연스럽게 일어나는 활동 중심으로 배움을 시작해야 한다고 루소는 말했다. 부모가 앞장서면 정작 공부를 해야 하는 아이들은 뒤따르기 마련이다.

　30여 년 넘는 교직생활에서 많이 보아왔음에도 그 잘 못을 손자에게 한 것 같아 미안하다. 단지 경험해 보라는 내 뜻이 손자에게는 제대로 통하지 않는다. 손자와 달리 두 손녀는 부담 없이 학교에 다니는 것을 보면 개인적인 기질 문제인가?

견문을 넓힌 미 서부와 쿠바 여행(40일간)

손자는 하와이 카우아이 섬 협곡을 구경한 다음 더 큰 그랜드캐니언을 보자고 한 어미의 약속을 지켜라 한다. 그랜드캐니언의 탐험 DVD 영상물을 보여주니 더 갈증을 느낀다. 딸 또한 제 자식을 위해 나더러 여행을 함께 가자고 한다.

나는 이미 여러 번 그랜드캐니언을 다녀왔다. 협곡 트래킹으로 콜로라도 강가 모래밭에서 한 밤을 보내기도 했고 자이언, 브라이언 캐니언과 데스밸리를 묶은 미 서부의 황량한 자연도 보았다. 이런 나에게 딸은 인디언 거주지와 모뉴먼트 벨리와 쿠바를 아우르는 구경을 시켜주겠다고 한다. 손자를 돌보아 준 보답이다.

딸의 권유만은 아니다. 손자는 내년에 초등학교 입학을 한다. 영유아기 무의식의 경험을 강조하는 나는 손자를 위해 지금 내가 해 줄 수 있는 일이 바로 여행이라 생각했다.

손자와 몇 번의 장기 여행을 다녀왔다. 남편과 나, 딸과 손자 4명이 팀을 이룬 여행의 노하우도 쌓였다. 우리는 최소의 경비로 하는 배낭 여행에 익숙하다. 남편 또한 베테랑 운전자다. 렌터카를 이용하면 교통비가 절약되고, 기동성을 발휘한다. 도시의 외곽에 숙소를 잡고 취사를 해결하면 큰돈이 들지 않는다. 이미 아는 여행지라 그만큼 편하고 손자에게 더 집중할 수도 있다.

학기 중에 있는 두 손녀는 아들과 며느리가 알아서 하겠단다. 제 자식 키우는 일이다. 어디까지나 나는 보조로 도와주는 입장이어야 한다.

미 서부 여러 캐니언과 라스베이거스를 포함하고 멕시코 칸쿤을 거쳐 쿠바를 일주한다. 돌아오는 길에 파나마 운하를 보는 40일간의 여행 계획을 세웠다. 나는 이를 손자를 위한 견문 여행이라 이름을 붙였다.

라스베이거스에 도착하니 열기가 대단하다. 해가 진 오후 네온사인의 현란한 불빛과 호텔의 파친코 기계음에 손자는 놀란다. 대형 호텔마다 특색 있는 조형물이 볼거리다. 음악에 맞춰 춤추는 분수, 불을 밝힌 에펠탑의 모형, 피라미드와 스핑크스 등 세계적인 위락 도시답다. 손자의 눈에는 이 모든 게 신기하다. 옥상에 설치된 호텔 수영장에서 물놀이를 하며 이국적인 풍경을 즐겼다.

"여행을 오길 잘 했다"

손자는 흡족한 마음을 표현한다.

〈세 개의 캐니언〉

우리는 렌터카를 이용하여 먼저 자이언 캐니언을 찾았다. 국립공원 안내소에 전시된 모형도를 살펴보니 3개의 캐니언은 같은 줄기다. 자이언 상류 150 Km 지점에 브라이스 캐니언이 있다. 이곳에서 200Km 떨어진 곳에 넓은 면적의 그랜드캐니언이 위치한다. 이 3개의 캐니언 사이 크고 작은 캐니언들이 이어져 미 서부의 큰 협곡 지역을 이룬다.

자이언 캐니언의 캠프장을 찾았다. 유타주 남부에 있는 국립공원으로 계절이 여름이라 캠프장은 만원이다. 어렵사리 자리를 잡고 텐트를 쳤다. 거대한 바위에 둘러싸인 장소라 그 다음날 새벽 태양이 떠오르자 그 빛의 명암이 장관이다. 아침을 준비하다 말고 나는 자연이 연출하는 단순하면서도 웅

자이언 캐니언의 계곡 트레킹. 물살에 겁먹지 않고 씩씩한 손자.

사람들의 용감하다는 칭찬에 귀여운 포즈로 답례하는 손자.

장하고 간결하면서도 세밀한 변화에 넋을 잃고 바라보았다. 참 좋은 경험을 했다.

계곡 트레킹을 갔다. 허리 높이의 물속을 손자는 걸으며 급류를 헤쳐 건넌다. 거대한 절벽 사이 냇물 걷기는 스릴 만점의 체험이다. 바위를 타고 흘러내리는 폭포 아래서 물세례를 받으며 손자는 신이 나서 소리친다. 캐니언의 계곡에서만의 체험이다. 몇 세기에 걸친 침식작용으로 만들어진 거대한 바위 앞에서 손자는 자연의 힘과 위대함을 느꼈으리라. 할아버지가 위험하다고 말렸지만 상기된 얼굴로 씩씩하게 도전하는 손자의 모습에서 나는 그 마음을 읽었다. 값진 경험이다.

브라이스 캐니언을 향해 달렸다. 초입부터 자이언 캐니언과 그 풍광이 다르다. 침식된 바위기둥들이 각각의 모양을 연출한다. 거대한 적갈색 바위 절벽이 웅장한 자이언 캐니언이 남성적이라면 침식된 바위가 숲을 이룬 브라이스 캐니언은 여성적이다. 마치 다보탑과 석가탑의 견줌과 같다.

캠핑장에 텐트를 쳤다. 손자는 자연 속에서 물 만난 고기다. 다람쥐와 놀고 솔방울을 주워 불을 피워 저녁 준비를 돕는다. 해 질 녘 캐니언의 장엄한 광경을 보았다. 브라이스 캐니언은 다양한 모양의 바위기둥이 숲을 이룬다. 공원 내를 운행하는 버스를 이용하여 포인트마다 내렸다. 손자는 바위기둥 모양에 이름을 붙인다.

'엄마와 아기', '공룡', '나팔'

보이고 느낀 대로다. 손자가 붙이는 이름이 그럴듯하다.

선셋 포인트 협곡 아래로 내려갔다. 지그재그 트레킹 길이 재미있다. 붉고 매끈한 좁다란 길에서 손자는 미끄럼을 타 듯 즐긴다. 내려가며 옆에 있는 바위기둥을 보고 가끔 위로 쳐다보았다. 파란 하늘과 붉은 돌기둥이 어우러져 아름답다. 다양한 돌기둥이 제 위치에서 조화롭게 협곡을 꾸민다. 내려 갈수록 쭉쭉 뻗은 나무가 돌기둥을 돋보이게 하고, 바위틈의 풀은 강인한 생명력을 보여준다. 다람쥐가 그 사이를 날렵하게 달린다. 칼바위 좁은 틈 사이의 파란 하늘은 신비롭기까지 하다.

몇 번 다녀가면서도 위에서만 바라보았다. 그때의 풍경과 또 다른 감동이다. 손자의 체험 트레킹에 내가 신난다.

브라이언 캠프장 근처 숲속에서 다람쥐와 한 때. 바위기둥이 군집을 이룬 브라이언 캐니언.
브라이언 협곡 아래로 내가가며 올려다본 바위 모습. 다양한 바위 모양에 느낌대로 이름을 붙이는 손자.

"어떻게 만들었지?"

손자는 묻는다. 놀랍다는 표현이다. 바람과 물, 얼음에 의해 만들어

졌다고 하니 "어떻게?"

질문이 꼬리를 문다. 자연의 힘과 말할 수 없는 긴 세월이 만든 합

작품을 어떻게 설명하지. 흥분으로 상기된 손자는 내 설명 부족에 아리송하다는 표정이다. 하지만 사람이 만들지 않았음을 이해하고 와! 와! 감탄한다.

"우리나라에는 왜 없지?"
내 대답이 궁색하다.

손자는 또 다른 코스를 더 걷자고 한다. 갈 길이 멀다며 달랬다. 내려갔던 길을 다시 올라오며 바라보는 광경은 복습으로 새롭게 알았을 때 갖는 희열이다.

여러 곳의 포인트마다 풍경이 다르다. 아기자기한 돌기둥의 군집, 넓게 자리한 돌기둥 바다, 손자는 더위에 지칠 만도 한데 잘 따라다니며 와! 와! 놀람을 표현한다. 그만큼 깊이 각인되리라.

그랜드캐니언 북림을 찾아가는 길은 울창한 삼림지대와 대 평원의 연속이다. 맑은 하늘에 독수리가 날아다닌다.
"저것은 흰머리 독수리다!"

손자는 소리치며 준비해 간 망원경을 꺼낸다. 제 어미에게 들은 미국을 상징하는 독수리 이야기를 떠올리며 그것을 찾았다는 기분에 들뜬다. 자동차를 멈췄다. 푸른 하늘을 유유히 나는 독수리를 바라보며 손자는

그랜드캐니언 입구를 지나 칠 때, 흰 머리 독수리의 비행에 환호하고 망원경으로 관찰하는 손자. '여행은 걸어야 제 맛'으로 아는 손자는 힘들다고 포기하지 않고 씩씩하다. 그랜드캐니언 남림의 트레킹 모습.

"나도 독수리처럼 날고 싶다!"

라이트 형제 이야기를 들려주었다. 렌터카로 달리는 차 속에서 또 반복 이야기를 하란다.

그랜드캐니언 북림의 여러 포인트에서 건넌 편 남림을 바라보았다. 그 웅장함은 언제 보아도 감탄케 한다. 수억 년에 걸쳐 대지가 침식되어 만들어진 대 협곡이다. 북림은 들쭉 날쭉 나뭇잎 형상의 깊은 골짜기 군집이다.

그랜드캐니언의 길이는 450Km이다. 서울과 부산 거리만큼의 넓은 면적의 협곡은 세월이 만든 자연의 예술품이다. 26년 전 처음 그랜드캐니언에 갔을 때 헬기로 공중에서 전체를 보았다. 그 후로도 몇 번 다시 찾았지만 언제 보아도 그 감동은 여전하다. 손자의 반응은?

"어떻게 만들어졌지?"
웅장한 만큼 감동도 크고 생각도 많다. 그랜드캐니언의 다양한 모습

관심을 두었다. 바위 난간을 따라 트레킹 코스를 걸으며 손자 역시 대자연 앞에서 감탄을 연발한다. 감탄하는 손자에게 딸은 하와이 카우아이 섬의 와이메아 캐니언과 비교하여 이야기를 들려준다. 기억을 되살리는 것은 비단 학습에만 적용되는 것은 아니다. 여행은 그때의 감동까지 다시 음미하게 된다.

그랜드캐니언의 남림은 북쪽과 달리 관광시설이 완벽하다. 뷰 포인트마다 관광객들이 넘쳐난다. 곳곳에서 바라보는 풍광 또한 다르다. 새벽에 일어나 어둠 속을 걸어 손자에게 아침 일출 관경을 보여 주었다. 햇살이 퍼지며 붉게 물들이는 캐니언의 아침 풍경은 장엄하다. 빛과 그림자가 만드는 협곡은 또 다른 풍경이다. 하루 날을 잡아 손자와 협곡 아래로 내려갔다.

말을 타고 떠나는 사람을 배웅하고 우리는 걸었다. 손자는 위에서 내려다보는 풍경 속을 걸으며 고개를 갸웃거린다.

"어떻게 만들어졌지?"

절벽을 쓰다듬으며 그랜드캐니언의 속살을 보았다.

미국 독립기념일 즈음이다. 여름 방학을 이용한 어린아이들이 부모와 여행을 많이 왔다. 모두가 씩씩하고 즐기는 모습이다. 손자도 이 아이들과 함께 더 잘 걷는다. 한낮의 태양 아래 땀이 줄줄 흐른다. 더위에 지치지 않는 손자의 강한 체력에 안심된다.

파크레인저 조끼를 입으면 그 역할을 해야 한다고 아는 손자. 캠프장에 나타난 사슴의 무리를 보호해야 한다나... 공원관리인을 따라 계곡 아래 인디언 거주지를 찾아 그 옛날의 벽화를 본 손자.

기념품 가게를 구경하며 손자는 파크 레인저 조끼를 샀다. 곳곳에서 받은 명찰을 줄줄이 달았다. 꼬마 파크 레인저로 캐니언에 딱 어울리는 복장이다.

한 번도 못 간 그랜드캐니언 서쪽 끝 포인트인 스카이워크(Sky Walk)를 찾았다. 입장료가 1인 70$이다. 유리를 깐 협곡 위를 걸었다. 손자는 스릴을 느끼면서 재미있어한다. 어미가 겁에 질려 머뭇거리니 손을 잡고 걷는다. 제법 담력도 있다. 전망 포인트에 서서 멀리 바라보니 대평원이다. 세월과 자연은 한순간도 쉬지 않고 평원 아래 협곡을 만들었다. 만물은 살아 움직인다. 그 속에 나는 생각을 품은 아주 미미한 존재다. 훗날 손자는 이곳에서 무얼 느낄까?

〈인디언 거주 보호구역과 모뉴먼트 밸리〉

여름이라 가는 곳마다 캠프장이 만원으로 활기차다 가족단위 여행객이다. 손자는 캠프장에서 친구를 사귀어 놀고 나는 마트에서 식료품을 사서 음식을 만들었다.

미서부 광활한 평원을 달렸다. 존 웨이가 등장하는 서부극의 배경이다. 곳곳에 인디언의 옛 거주공간을 보존해 두어 그들의 생활 흔적을 볼 수 있다.

한낮의 대지는 펄펄 끓는다. 나무와 풀 한 포기 없다. 어떻게 인디언들이 살았을까? 자연의 역경을 이겨낸 인디언들의 삶이 그려진다.

파웰 호수는 불모의 땅에 생명줄이다. 이 수자원이 있으니 곳곳에

글렌캐니언 댐에 의해 생긴 사막 속의 바다 같은 파웰 호수에서 수영을 즐기는 손자.
글렌캐니언 댐 발전소 견학. 발전의 원리를 설명하는 어미의 이야기에 귀 기우리는 손자.

도시가 형성되어 관광지로 개발됐다. 호수 옆 캠프장에 야영하며 손자는 호수에서 수영도 했다. 따가운 붉은 흙은 사우나 바닥처럼 뜨겁다.

우리는 글렌 캐니언 댐의 발전소 내부를 견학을 했다. 엘리베이터를 타고 지하로 내려가니 서늘하다. 발전 장비가 돌아가는 것을 보며 안내인의 설명을 들었다.

"텔레비전을 볼 때 전기선을 꽂지? 그 전기를 만드는 곳이야."
딸은 손자에게 알기 쉽게 설명하려 애쓴다. 손자는 눈만 껌벅인다. 딸과 손자의 모습을 카메라에 담았다. 훗날 손자에게 보여줄 자료다.

인디언 보호 거주지는 입장료가 포함된 투어비가 비싼 편이다. 인기가 있는 곳은 며칠 전 이미 예약이 마감이다. 놀랍다. 엔텔로프 캐니언은 붉은 사암이 마치 햇불처럼 타오르는 형상의 동굴이다. 관광지로 오픈된 곳은 일부분인 듯 넓지 않다. 바람과 물이 만들었는데 마치 무슨 뜻을 품고 제작한 듯 아름답다. 다양한 모양의 매끈한 빗살무늬의 동굴 모서리는 칼날처럼 날카롭다. 자연의 힘을 느낀다. 좁은 공간에 햇빛이 비치니 뚜렷한 명암의 대비가 신비롭기까지 한다. 오직 자연이 연출하는 아름다움이다. 나바호족 인디언들이 동굴 곳곳에서 안내를 한다. 노래를 부르고 연주도 하고 설명도 한다. 동굴의 끝 지점에 다 닿으니 작은 돌탑들이 세워져 있다. 동굴을 통과하며 느꼈던 자연의 힘을 돌탑으로 나타낸 것일까. 손자도 돌을 주워 올려놓고 두 손을 모은다. 자연 앞에 겸손해지는 것은 인지상정이다.

인디언 거주지로 지정된 평원은 실크로드 화엄산 앞에서 느꼈던 열기다. 건조하기에 견딜 만하다. 손자는 더위를 참고 잘 따른다. 어린 것이 왜 힘이 들지 않겠는가. 여행은 이렇게 하는 것이라고 생각하는 듯하다.

"씩씩하고 용감하다."

나는 미루어 손자의 심정을 짐작하고 격려의 말만 되풀이한다. 손자의 행동이 한없이 기특하다. 내가 할 수 있는 것은 마트에서 시원한 음료수와 아이스크림을 상으로 주는 것이 고작이었다.

저녁나절이다. 달려서 모뉴먼트 밸리까지 가자니 벅차고 가까운 캠프장을 찾아 숙박을 하려니 빡빡한 일정에 시간이 아깝다. 망설이다 손자에게 물었다. 손자의 대답은 명쾌하다. 일단 먼 곳에부터 다녀와서 잠을 자는 게 순서란다. 그 이유도 분명하다. 여행을 왔으니 구경을 먼저 해야 하고, 바쁘고 힘이 들면 가지 말자는 의견이 나오기 때문이란다.

햇불이 타오르는 형상의 붉은 바위 엔텔로프 캐
니언, 캐니언 이동 지프차를 탄 손자. 석양을 받
은 모뉴먼트 밸리의 평원.

'그렇지! 옳은 말이다.'

손자의 의견에 따라 차를 몰았다. 나는 잘 가르쳐 주어 고맙다고 손
자에게 말했다.

"더 물을 것이 없으면 나는 좀 자야겠다!"

손자는 지긋이 눈을 감는다. 늦은 시간을 내다보고 미리 쉬겠다는 뜻인가? 아니면 제 의견이 큰 몫을 했다는 자부심인가? 아리송하다.

손자는 여행 일정과 패턴을 꽤 뚫고 있다. 어른들끼리 실랑이를 하는 이유도 안다. 그리고 힘이 드는 곳부터 하는 것이 좋은 여행 방법으로 알고 있다. 어리지만 나와 뜻이 맞는 여행 동지임에 틀림없다. 자동차 시트에 앉아 눈을 감은 손자는 흐뭇한 표정이다. 여러 차례 배낭여행을 통해 자연스럽게 여행 맛을 알아가는 손자다.

모뉴멘트 밸리는 유타 주와 인접한 애리조나주 북동부에 위치한다. 서부영화 '역마차'의 배경이다. 붉게 물든 평원에 우뚝우뚝 선 돌기둥은 평지가 침식되어 생겼고 지금도 여전히 진행 중이다.

오후 7시에 공원 입구가 close인데 가까스로 도착했다. 석양 풍경을 기다리는 관광객들이 The view Hotel 전망대에 자리를 잡고 기다린다. 서쪽으로 기운 햇살을 받은 거대한 암봉과 암탑이 하늘을 향해 치솟아 붉게 빛난다. 높이가 100-300m에 이르는 것들이 가깝게 또 멀리 적당한 거리에 묵묵히 서 있는 모습이 태고연하다.

끝없이 펼쳐진 사막의 평원은 고요하다. 그 풍광을 바라보고 있는 나 자신이 자연의 일부로 동화되는 듯했다.

관광객들은 순간을 포착하려 포즈를 취하고 사진 찍기가 바쁘다.

"불편했겠다!" 지금의 편안함을 돌아보는 손자.

이를 본 손자도 우리를 바위 위에 서라하고 평원의 석양 풍경을 카메라에 담는다. 손자의 흡족한 기분은 여전히 연장선상이다. 큰 몫을 한 자신의 역할을 끝까지 다 하겠다는 뜻을 내 비친다.

나는 큰 바위기둥 세 개가 일직선상으로 보이는 포인트를 찾으려 밸리 아래로 내려가 걸었다. 밸리 드라이브를 마치고 나오는 차들이 보인다. 해가 넘어가자 상현 반달이 대 평원을 꾸민다. 모뉴멘트 밸리의 감동적인 순간이 내 가슴에 깊이 각인되었다. 손자는 나바호족의 주거지 모형 속에 들어가 앉아 "불편했겠다." 한다.

돌아 나와 나바호 국립공원 캠프장을 찾으니 늦은 시간이다. 손자 덕에 하루를 벌었다. 손자는 의기양양하다. 피곤할 텐데 텐트 치는 일까지 돕는다. 빵과 햄, 토마토로 간단한 저녁을 먹고 잠이 든 손자 모습이 대견하다. 손자와 함께 여행하는 이유를 손자의 잠든 모습이 말해준다. 힘들다고 투덜대지 않고 참고 견뎌내고, 불편하다 짜증을 내

나바호 국립공원 트레킹. 내려가면 다시 올라오는 수고는 당연한 일로 알아가길.... 인디언 거주지. 바위를 의지하고 살았던 인디언, 바위는 나무처럼 그늘도 만든다.

지 않고 적응한다. 이런 덕목을 무엇으로 어떻게 어린 손자에게 가르칠 수 있겠는가? 손자 덕에 나 또한 석양의 모뉴먼트 밸리를 감동적으로 보았다. 한낮의 뙤약볕 아래서 바라보는 것과는 큰 차이다. 이래저래 손자에게 고마운 하루였다. 나는 구경을 잘 마친 여유로운 마음으로 편안하게 잠을 푹 잤다.

다음날 공원 안내인을 따라 계곡 아래 고대 인디언의 거주지를 찾는 트레킹을 했다. 손자는 앞장서서 씩씩하게 걸어 내려갔다. 거대한 바위를 의지한 거주지에는 인디언이 남긴 벽화도 선명하다. 지난날 인디언의 삶을 상상하며 손자에게 이야기를 들려주었다.

"여기서 어떻게 살았지?"

동화책의 그림이나 사진이 아닌 현장의 주변을 둘러본다. 그리고 사람이 살아가는 환경과 조건을 고려한다. 여행을 통해 생각을 키우는 순간이다. 단답이 아닌 상황을 고려한 폭넓은 사고력과 탐구심이다.

쿠바로 떠나기 위해 다시 라스베이거스로 돌아오는 도중 거대한 후버댐을 찾았다. 매번 공사 중이라 제대로 못 보았다. 완공된 댐의 다리를 손자와 걸었다. 단조롭고 견고한 후버 댐은 자연과 인간 기술의 합작품이다. 댐으로 형성된 미드 호수는 미 서부의 여러 도시를 살리는 사막 속의 수자원 호수다. 세계 최대 인공호수로 라스베이거스 이웃이라 레저관광지이다. 손자는 맑고 따뜻한 미드 호수에서 수영하며 바다라고 한다.

〈쿠바의 길목 칸쿤〉

쿠바로 가기 위해 멕시코 칸쿤에 들렸다. 3박 4일간 손자에게 마야 문명과 카리브해의 세계적 휴양지를 보여주려 했다. 툴룸와 치첸이사

자연과 인간 기술의 합작품 후버댐, 멕시코 인디오 유적 툴룸, 치첸이트사의 피라미드, 바다. 하늘, 태양이 백만불인 칸쿤 해변.

를 찾았다. 해변에 위치한 툴룸 유적지는 옛 마야인들의 삶을 그려보게 했다. 그리스 유적군처럼 돌 문화다. 해변에 인접한 유적지를 보고 더위에 지친 손자는 수영을 즐겼다.

치첸이사의 거대한 피라미드와 신전, 돌에 새겨진 그림 등 우리와 다른 문화를 손자는 어떻게 보았을까? 여행은 다양성을 직접 체험하고 이 경험들을 무의식에 쌓아간다.

칸쿤하면 세계적 휴양지이다. 반도 지형의 호텔 존은 카리브해의 옥색 물빛, 빛나는 태양, 넓은 모래밭, 시설 좋은 호텔로 관광 천국이다. 나는 모래찜, 손자는 신나는 물놀이로 카리브 해변에서 하루를 즐겼다.

멕시코를 떠나는 날 새벽 공항을 향해 차를 몰았다. 시내 한복판에서 경찰이 차를 세우라 한다. 속도위반이라며 면허증을 요구했다. 위반을 하지 않았다고 설명하니 300$을 내라며 흥정을 건다.

그럴 수 없다 하니 점점 내려가 100$란다. 비행기 출발시간이 임박하다. 더 지체할 수가 없어 30$을 주었다.

"멕시코는 나빠! 다시 오지 않을 거야."

차 속에서 이를 지켜본 손자가 단호하게 말한다. 구경 잘 하고 떠나는 날 손자는 멕시코에 대한 나쁜 인상을 가지게 되었다.

〈다른 여행지와 다른 분위기 쿠바〉

쿠바의 수도 라 아바나는 스페인 식민지 시절 남미에서 모은 금을 본국으로 수송하는 중심지였다. 때문에 아바나의 구도시 중심 거리는 유럽의 건축양식의 건물이 많이 남아있다. 마치 유럽의 작은 도시 같은 느낌을 준다. 미국 워싱턴의 국회의사당을 닮은 까삐똘리오는 보수 중이지만 인접한 아바나 대극장의 백색의 아름다운 건축물과 어울려 거리를 빛낸다. 도로에는 1950대 생산된 대형 세단 빈티지 승용차들이 고풍스럽게 달린다. 원색으로 깔끔하게 치장한 오픈카에 선글라스를 낀 관광객들이 손을 흔들고 달리며 거리를 활기차게 만든다. 미국인들이 사용했던 오래된 차들이다. 어떤 것은 문이 제대로 열리지

아바나 구 도시 중심은 유럽의 어느 도시를 옮겨놓은 듯 예쁜 건물이 많다.
미국 국회의사당을 닮은 까삐똘리오와 아바나 대극장의 아름다운 건축물. 50~60년대 자동차는 문을 열고 닫을 수 없지만 "노 프로브럼!" 외치며 거리를 쌩쌩 달린다.

않는 고물이다. 그래도 쌩쌩 거리를 누빈다.

　구도시에는 혁명 박물관, 국립 미술관, 대성당, 국왕 군성 등 볼거리가 많다. 해안을 따라 6Km 정도의 방파제로 만든 넓은 길 말레꽁을 걷고, 항구 건너 모로 요새와 산 까를로스 요새를 구경하고 9시 대포를 쏘아 올리는 포격식도 보았다. 옛 복장을 한 군인들이 북을 치며 행진하고 대포에 불을 붙여 발사했다. 손자는 많은 관광객 틈에서 어느 하나의 동작도 놓치지 않으려는 듯 집중한다.

　라 아바나 구거리에 헤밍웨이 이름의 간판이 여러 곳 있다. 바다와 노인의 배경이 되고 20여 년간 이곳에서 살았다니 그럴 만도 하다 싶다. 헤밍웨이가 머문 호텔의 아래층은 카페다. 구리로 만든 동상이 실물처럼 앉아있다. 손자는 악수를 하며 어떤 사람인지를 묻는다. 좋은 책을 많이 쓴 사람이라니

헤밍웨이가 머문 호텔 아래층 카페 홀에 자리한 동상은 많은 이의 손길로 반질반질.
중심거리를 벗어난 골목풍경. 우리나라 70년대 모습을 접한다.

"안데르센 아저씨와 같구나."

코펜하겐에서 본 동상을 떠올린다.

관광용 마차를 타고 구시가지 구경했다. 중심거리를 벗어나니 골목마다 보수하지 않은 낡은 건물에 사람들은 살고 있다. 더러는 수리 중이다. 비록 낡은 건물이지만 규모와 외관의 꾸밈은 그 옛날의 영화를 말해준다.

"왜 이렇게 못 살지?"

손자는 지저분한 골목 풍경을 보고 말한다. 관광객들로 활기가 넘치는 오비스뽀 거리와 대조적이다.

구도시 팽창으로 만들어진 신도시 베다도 지역은 넓은 도로에 현대식 빌딩과 유명 호텔들이 모여 있어 또 다른 아바나 모습이다. 스페인으로부터 독립을 이끈 호세 마르띠를 기념한 혁명광장의 기념탑에 오르니 360도 아바나 전체를 전망할 수 있다. 손자는 높은 곳에 오르면 신나한다. 멀리 카리브 해의 시원함, 오밀조밀한 집들, 쭉쭉 뻗는 도로와 하늘로 향하는 높은 빌딩 등이 어울린 풍경이다.

손자는 내무부 건물 벽면에 체 게바라 대형 조형물을 보고 어떤 사람인지 묻는다. 알고 싶은 것이 부쩍 많은 손자다.

호세 마르띠 기념공원에서 바라본 체 게바라 대형 얼굴

　20일간 쿠바를 여행한다. 곳곳에서 손자의 질문을 많이 받을 것이 뻔하다. 거리 곳곳에 붙어있는 체 게바라와 까스뜨로 대형 사진이며, 골목의 식료품 가게 앞에 줄을 서서 기다리는 사람들 모습, 간판도 없는 일반 집과 같은 골목가게의 불품 없는 물건들을 보며 여태껏 다닌 여행지와 다름을 손자는 느끼고 안다.

　"이 나랏돈? 아니면 달러인가?"

　물건을 사면서 헷갈려 하는 내 모습 등에서 손자의 의심은 질문으로 돌아온다. 나는 손자의 질문에 대비한 이 나라 역사를 대강이라도 훑어보았다. 굵직한 사건 중심으로 요약하여 이해했다.

1492년 콜럼버스에 의해 발견, 스페인의 식민지로 1. 2차 독립운동, 저항정신으로 2차 독립운동을 이끈 호세 마르띠. 1898년 미국의 도움으로 독립, 마차드 정부의 독재와 빠띠스따의 쿠데타, 미국의 영향권에 들어감, 피델 까스뜨로가 82명의 군인과 함께 배를 타고 와서 3년간 정부군과 싸워 승리, 1959년 1월 1일 까스뜨로와 체 게바라가 세운 혁명정부. 미국인의 자산 동결, 소련과의 관계 맺기, 1961년부터 공산국가로 30년, 1991년 소련의 붕괴로 인한 경제적 위기, 개방과 변화로 관광사업 시작, 2014년 미국 오바마 정부와 관계 개선 등 쿠바 역사는 500여년간 소용돌이쳤다.

　손자는 기념품 가게마다 T와 모자에 체 게바라의 얼굴이 새겨진 상품들을 많이 보고 길거리에서 그 옷을 입고 다니는 사람들도 보았다. 그 이유는 존경받는 사람이기 때문임을 알아듣는다.
　"공산국가가 무엇인데?"
　"혁명이 뭐야?"
　이야기를 계속하란다. 32개월 때의 여행과 다르다. 보고 듣고 느끼는 것에 자신을 생각을 더하고 눈에 보이지 않는 것도 미루어 생각한다. 멕시코의 순경 이야기를 종종 꺼내며 나쁜 사람 즉 '부정'의 뜻을 이해한다. 손자의 말과 행동에서 도덕성의 발달을 볼 수 있다.

우리는 주택가에 민박을 구했다. 아직 배급제도로 식품을 구입하는 사람들의 줄 뒤에 나도 섰다. 두 가지 돈을 들고 눈치를 살폈다. 어떤 곳에는 현지 돈으로 바나나 계란, 쌀, 설탕 등을 아주 싼 가격에 살 수 있고 또 다른 곳에서는 외국 사람에게 팔 수 없다며 거절당했다. 외국인 출입의 가게에는 그 몇 배를 지불했다. 나는 일단 곳곳에서 시도를 했다.

시내버스는 현지 돈으로 탔다. 배급제 물건 값처럼 아주 싸다. 극과 극이 공존하는 쿠바. 개방과 변화의 바람이 거세게 불고 있음을 곳곳에서 느꼈다.

〈옛 수도 산디아고 데 쿠바 – "할머니, 돈은 아껴야 하지요?"〉

동서로 길쭉한 쿠바 일주 계획을 세웠다. 그 길이가 동서로 1000Km로 장거리 버스로는 15시간 소요된다. 고속도로는 하나뿐이다. 도로 사정도 좋지 않다. 라 아바나에서 산디아고 데 쿠바까지 비행기로 이동하고 다시 아바나로 돌아오면서 곳곳을 구경하는 버스 여행을 하기로 했다.

아바나 국내선 터미널은 우리나라 지방의 버스 터미널 정도의 시설과 규모다. 비행시간은 1시간 정도인데 7시간 넘게 연발이다. 안내방송도 없다. 빵과 물 한 병이 식사로 주어졌다. 아무도 불평을 하지 않

옛 수도 산티아고 데 쿠바의 까사 그란다 호텔과
대성당이 있는 세스빼데스 공원.
산티아고 데 쿠바 혁명광장 기마상의 크고 활기
찬 모습.

는다. 나는 연발의 이유를 알고 싶어 사무실을 찾았으나 시원한 답이
없었다. 제2도시 산디아고 데 쿠바 시에 도착하니 자정이 넘었다.

산디아고 데 쿠바는 아바나로 수도를 옮기기 전까지 옛 수도이며
까스뜨로가 혁명의 닻을 올린 역사적인 도시다. 몬까다 박물관 벽은
그때의 탄흔 자국이 그대로 남아있다.

아바나와 달리 산디아고 데 쿠바는 언덕의 오르내림 길이 많다. 전
망 좋은 곳에서 바라보면 시원한 카리브 바다다. 넓지 않은 세스빼데
스 공원 주위에 유명 호텔 까사그란다와 대성당이 도시를 격조 있게
한다.

시간을 갖고 걸어 다니며 곳곳의 공원에서 쉬었다. 한 낮에는 나무 그늘에서 오가는 사람들을 구경했다. 중심 거리의 분위기는 라 아바나와 다르다. 라 아바나에서 멀리 떨어진 탓인지 조용하다. 쿠바는 관광객이 그 도시의 분위기를 만든다.

혁명광장을 찾았다. 독립전쟁 영웅 안토니오 마세오라가 말을 타고 달리는 기상에 손자는 제압당한 듯 쳐다본다. 그뿐만 아니라 하늘을 찌르는 듯한 거대한 조형물이 기마상과 어울려 넓은 공간을 역동적으로 만든다. 인근 에레디아 대형 극장에서 마침 의대 졸업식이 거행되었다. 흰 가운을 입고 부모들의 축하를 받는 많은 졸업생들과 그들의 부모들은 한껏 멋을 냈다. 피부색이 다양하다. 졸업생들을 길거리에서 만났더라면 의사가 될 사람으로 보였을까? 그들이 얼마나 열심히 공부했는지 그려보았다.

우리는 서민들이 사는 동네에 민박을 구했다. 볼품없는 가구와 집기들이다. 손자는 그 집에 살고 있는 또래를 보더니 가지고 있던 장난감을 건넨다. 사탕과 과자봉지를 풀어 아끼지 않고 나눠준다. 나도 여행을 하는 동안 꼭 필요치 않는 물건들을 주고 싶어 가방을 탈탈 털었다. 비닐장갑, 머플러, 무릎덮개, 여분 옷가지 등 공산품이 절대 부족한 그네들이다. 이것저것 꺼내 놓으니 그 보답으로 음식을 만들어 준다. 머무는 동안 가능한 편하게 해주려 애쓰는 따뜻한 마음을 느꼈다. 며칠간 이들과 생활하며 쿠바의 교육제도, 사회상과 생활 모습을 어렴풋이 알게 되었다.

나는 1960-70년대 가난에서 벗어나려 노력했던 우리나라의 모습을 그곳에 보았다. 마을 골목 노점에 볼품없는 야채와 과일을 벌려놓은 풍경이며 리어카를 밀고 다니며 물건을 판다. 우리나라의 풍요 속에서 살고 있는 손자 눈에는 가난하게 보인다. 지금의 쿠바와 지난날 내 어려웠던 생활을 비교하며 손자에게 이야기를 해 주었다.

"할머니, 돈은 아껴야 하지요?"

가난은 돈 때문이라 생각하는 손자다. 손자의 이번 쿠바 여행은 부족과 불편함을 체험하고 풍요로운 생활에 대한 감사함을 느낄 수 있는 기회가 되었으면 바란다.

〈쿠바 일주〉

비아슬 버스로 이동하며 크고 작은 도시를 구경하기로 계획을 세웠다. 외국 관광객이 이용하는 버스라 대형으로 깔끔할 줄 알았다. 그런데 예상과는 다르다.

고속도로는 좁은 2차선에 포장상태가 좋지 않다. 교통량도 많지 않

특별한 볼거리를 찾아 허둥대지 않아도 되는 산티아고 데 쿠바. 여유있게 현지인의 삶을 들여다 볼 수 있었
다. 비아슬 버스로 이동하며 잠시 멈춘 휴게소? 쿠바의 중심 고속도로 사정이 이정도, 이것도 하나 뿐이라니.

다. 달리던 버스가 길가의 허름한 음식점 앞에 차를 세웠다. 간이 화
장실에 다녀오는 것이 고작 이다. 우리나라 고속도로의 안락한 휴게
소 시설은 꿈도 못 꾼다. 내 어렸을 적 신작로를 달리는 기분이다. 버
스 속에서 바라보는 풍경은 개발되지 않은 자연 그대로다. 지방에는
아직 발전의 기운을 느낄 수가 없다. 넓은 평원을 달리는 동안 농사를
짓는 모습을 볼 수 없었다.

아바나와 산디아고 두 곳을 구경하며 도시의 규모, 쿠바의 문화와
분위기를 조금 알 듯했다. 앞으로 들리는 곳에서는 볼거리보다 그곳
사람들이 살아가는 모습과 자연 풍광에 관심을 두기로 했다.

드넓은 분지에 자리한 올긴시는 올긴 지역에서 가장 큰 도시다. 관
광 가이드 책자에 소개된 것과 달리 도시 중심을 벗어나니 한가로운

농촌 풍경이다. 버스 터미널에 내려 숙소를 찾으니 한 집 건너 까사다. 관광객인 내 입장에서는 가격 대비 시설을 비교하며 선택할 수 있어 좋다. 하지만 그들끼리는 경쟁이다. 적당한 가격에 이틀간의 숙소는 일반 가정집이다.

문을 열고 들어서니 거실 겸 홀이다. 벽에 빛바랜 부모님의 큼직한 사진과 딸 둘의 가족사진이 붙었다. 장식장에는 중국 도자기와 인형들이 가득하다. 편안함과 품위를 느꼈다. 안주인이 친절하게 설명을 한다. 이 집을 지은 시아버지는 중국계 사람이고, 두 딸은 아바나에서 공부하며 남편은 교수로 정년을 했다고 한다.

일직선 형태의 주택이다. 홀을 지나니 우리가 머물 방이다. 천장이 높고 깔끔하다. 집 구경을 원하니 안주인이 안내하며 설명을 한다. 넓지 않은 마당에 갖가지 꽃을 가꾼다. 부지런한 안주인의 손길을 알 수 있다. 부부의 생활공간 다음 방도 까사 숙소이다. 딸들이 떠나 빈 방으로 숙박업을 한다고 한다. 조용하고 깨끗하고 친절한 집을 잘 구했다.

언덕 위 로마 데 라 끄루스에 올랐다. 손자는 460개의 계단을 거뜬히 올라 평원에 자리 잡은 올긴 시내를 내려다보며 두 팔을 벌린다. 땀 흘린 수고 끝에 해냈다는 만족감이다. 정상에 세워진 십자가 앞에

올긴 시 로마 데 라 끄루스(십자가 언덕)의 460
계단을 씩씩하게 오르는 손자.
한 눈에 들어온 올긴. 높은 건물을 찾아보기 어
렵다.

서 손자는 두 손을 모으고 기도를 한다. 무엇을 빌었는지 물어도 번번
이 노코멘트다.

흔히 관광지라면 길거리 음식도 많다. 다양한 음식을 마음대로 골
라 먹는 재미도 있다. 쿠바에서 그런 재미를 찾을 수 없으니 손자의
걸음이 타박거린다. 언덕에서 내려와 기운이 빠진 손자다. 마침 자전
거를 개조한 튀김 장수를 발견하고 손자는 달려가 맛있겠다며 주문을
한다. 옥수수 가루로 만든 즉석 튀김은 고소하다. 우리는 한 봉지씩
들고 여유롭게 걸었다.

며칠간 쿠바 여행으로 서울의 편리하고 풍족함, 복잡하고 바쁜 생
활을 돌아보게 한다. 조금은 느리고 부족하고 불편함을 맛보는 것도

손자에게 좋은 여행 경험이 되리라 생각했다.

종이 제작을 체험할 수 있다고 소개된 곳을 찾았다. 마을 속에 있는 일반 주택이다. 오래된 기계가 수동식 종이 제조공장임을 말해준다. 친절한 주인이 상세히 설명하며 손자에게 종이로 만든 작은 장난감을 선물로 준다. 정말 볼품없는 공장이다. 그러나 옛 그대로를 보여주는 담백함을 느꼈다.

가는 곳마다 혁명광장이 있다. 이곳의 혁명광장은 별다른 조형물이 없는 넓은 잔디밭이다. 손자는 뛰어놀고 나는 쉬었다.

오가는 길에 어린이 놀이터와 운동기구를 오랜만에 보았다. 색색으로 꾸며진 우리나라의 다양한 놀이기구가 아니다. 볼품없는 놀이터 기구를 옮겨 다니며 잘 논다. 뭐 이래? 가 아니다. 주어진 상황에서 그 시설을 이용하며 재미있게 논다.

지난날 '빈곤의 축복' 이란 주제의 세미나에 참석한 적이 있다. 지나친 풍족함은 요즘 아이들로 하여금 절약과 근면, 감사함을 배우지 못하게 한다는 것이다. 나는 옳은 말이라 생각했었다. 볼품없는 놀이터라 불평하지 않고 재미있게 놀면서 손자가 뭔가를 느끼길 바랐다.

중부 지방에서 가장 아름다운 도시로 알려진 까마구에이에는 작은

넓은 잔디밭을 가진 올긴의 혁명광장.
까마꾸에이 솔레다드 성당은 골목의 이정표 역할.

교회와 광장이 많다. 노동자 광장과 솔레다드 교회 주변에는 관광객
들로 붐빈다. 크지 않은 교회는 마치 귀공자처럼 단아한 모습으로 골
목의 이정표 역할을 한다.

우리는 관광 책을 펼쳐들고 여행객 속에 휩쓸려 걷다가 피자 가게
에서 요기를 하고 한가롭게 골목 구경을 했다. 급히 서둘며 찾을 관광
지가 없다 보니 광장에서 쉬게 되고 작은 볼거리에 의미를 둔다. 손자
도 이동에 급급하지 않고 볼거리를 찾느라 허둥 되지 않으니 여유를
갖는다.

마을 안에 넓지 않은 광장이 있다. 벤치와 조각상들이 알맞게 광장

일상의 삶을 나타낸 마을 골목 조각 작품 옆 손자.

을 꾸민다. 동으로 만든 조각상은 삼삼오오 모여 앉아 이야기를 나누
는 모습이다. 동네 사람들의 일상을 표현한 작품이다. 손자는 마치 사
람을 대하듯 말을 걸고 악수를 청하며 어루만진다.

　백화점에 들렀다. 넓지 않은 공간에 물건의 종류와 수가 많지 않다.
비스킷을 3.5$ 하나를 산 손자가 빈약한 가전제품 매장 앞에서 묻는
다.
　"여기가 백화점이야?"
　서울의 롯데 백화점을 떠올린다. 옆에 있던 할아버지가 지난날 우

리나라도 어려웠던 시절 있었다며 이야기를 들려주니 고개를 끄덕인다.

우리는 새벽 2시 30분 야간 버스로 뜨리나다드를 향해 출발했다.

뜨리니다드는 종합선물세트 같은 여행지로 소개된 곳이다. 버스 터미널이 동네 가운데 위치한다. 그 주변에 숙소 까사들이 모여 있다. 4일간의 체류다. 관광 중심인 마요르 광장 근처의 숙소 몇 군데 들러보니 예상한 가격보다 높다. 이 집 저 집을 찾아드는데 80대 노인 한 분이 건너편에서 오라고 손짓을 한다. 4일간 체류라 요금을 할인해 준다. 광장과 가깝고 깨끗하며 주인 또한 친절하다. 쿠바 정부는 관광 수입으로 까사를 장려하는 듯하다. 주민은 현금을 만들 수 있는 수입원이다. 너도 나도 일반 주택을 단장하여 숙박업을 한다.

뜨리니다드는 쿠바의 관광 붐을 실감나게 한다. 가는 곳마다 각국에서 찾아온 관광객들이 현지인들 보다 많은 느낌이다. 특히 마요르 광장은 밤늦게 모히토 술잔을 들고 낭만을 즐기며 흥겹다. 크고 작은 술집에서는 쿠바의 민요가 흘러나온다. 어린 손자도 해가 지면 광장으로 나가 놀자고 한다. 손자를 위한 놀이는 없다. 그저 어른들이 즐기는 모습에서 여행의 기분에 젖고 싶음이라 생각했다.

전파 송출탑이 있는 산길 트레킹을 했다. 높지 않은 산이지만 정상에 오르기는 힘이 든다. 우리를 앞서 잘 걷는 손자가 대견하다. 나는 토끼와 거북이 경주 이야기를 들려주고 나무 그늘에 쉬면서 손자와 연극도 했다.

손자도 나도 신이 났다. 이야기보따리를 풀어 별주부전도 들려주었다. 쿠바 여행은 서둘지 않아도 된다. 쫓기지 않으니 자연스럽게 손자에게 이야기를 더 많이 들려주게 된다. 제법 생각할 줄 아는 손자라 이야기 이면의 뜻도 알아듣는다. 눈높이를 같이하여 주고받으니 나도 재미있다.

정상에 서니 전망이 좋아 뜨리니다드와 주위 풍경이 한눈에 들어온다.

옛 증기기관차를 손자에게 태워주려 지난날 사탕수수 농장으로 운

뜨리니다드 송전탑이 있는 산에 오르며 잠시 쉬는 나무 밑에서 이야기 재미에 빠진 손자.
구 소련제 증기기관차를 타고 사탕수수 농장으로 go!

행했던 열차를 탔다. 러시아 산 증기열차는 볼품없는 낡은 고물이지만 기적을 울리는 관광용이다. 빠르지 않은 속도에 창문도 없다. 손자는 기관사 옆에 앉아 들판을 바라보고 정글을 지나며 겹겹의 산들을 스치는 기차여행을 했다. 친절한 기관사는 손자에게 운전대를 잡혀주고 기적을 울리는 손잡이를 당겨보라 한다. 나는 시원한 바람을 마시며 스치는 쿠바의 시골 경치를 바라보았다.

도중에 잠시 정차하여 옛 감시탑에 올라 평원을 바라보니 평화로움이 가득하다. 자연 풍경이 어려운 현실의 삶을 감싼다. 마치 밤새 내린 눈이 세상을 뒤덮은 아름다움을 연상케 한다. 종착지의 공장은 방치된 체로 사탕수수 농사가 융성했던 시절의 흔적을 보여준다. 여유롭게 즐긴 하루다.

뜨리니다드는 산과 들, 바다를 가깝게 즐길 수 있는 곳이다. 앙꽁해변은 카리브 해의 진면목을 보여준다. 길고도 넓은 모래사장과 빛나는 태양, 쪽빛 바다가 주는 세계의 휴양지다운 풍광이다. 아직 사람들이 붐비지 않아 깨끗하고 조용하다. 야자수 그늘에서 즐긴 하루는 나에게는 호사요 손자에게는 제 어미와 물놀이를 느슨하게 즐긴 하루다. 뜨리니다드에서 우리나라 관광객을 여럿이 만났다. 이름난 관광지임에 틀림없다.

뜨리니다드 앙꽁 해변. 조용하고 깨끗한 긴 해안선의 앙꽁 해수욕장에서 할아버지와 함께.

피델 까스뜨로가 혁명을 주도했다면 체 게바라는 성공으로 이끈 사람이 아닐까? 산따 클라라는 체 게바라가 전투를 벌인 역사적인 곳이다.

터미널에서 손자가 원하는 마차를 한 대 대절했다. 손자는 마부 옆에 앉아 달랑달랑 소리를 내며 달리는 말을 탔다는 것만으로도 신이 났다. 구경보다 더 재미있는 마차 놀이다. 나 또한 편히 곳곳을 찾았다.

체 게바라가 무장 열차를 전복시킨 장소에는 당시의 열차와 불도저를 전시해 두고 관광객을 맞는다. 체 게바라는 철로를 끊어 열차를 탈선시키고 정부군의 무기를 손에 넣었다. 결정적인 성공이다. 손자는 전투 사진을 보며 전쟁은 나쁜 것이라 한다. 우리나라 인천 상륙 작전을 떠올리게 한다. 손자와 나는 양팔로 균형을 잡으며 철로 위를 걸었다. 비틀비틀 넘어진다. 평화로운 사회 또한 이처럼 이루기 어려운가 보다.

높지 않은 언덕에 체 게바라 기념관과 추모관 등이 있다. 넓은 부지이다. 다친 팔의 모습으로 선 체 게바라 동상 옆에 그가 까스뜨르에게 보낸 편지가 새겨져 있다. 혁명에 성공한 후 모든 지위와 신분을 포기한 체 게바라다. 평등을 갈구하는 인간애로 쿠바를 떠나며 그의 심정을 남긴 글이다.

의사였던 그가 쿠바 국민을 위해 혁명투사가 되었고, 남미의 여러 나라에 자신의 신념을 펼치려다 생을 마쳤다. 쿠바 국민들은 그의 사심 없는 구국 신념을 존경한다. 시대가 영웅을 만든다는 생각이 든다. 하늘나라에서 지금의 쿠바의 사회상을 어떻게 보고 있을까? 산따 클

철로를 끊어 무기 실은 열차를 탈선시켜 승리로
이끈 산따 끌라라의 현장. 그 때의 열차와 불도
저를 그대로 전시.
체 게바라 동상과 편지글.

산따 끌라라 곳곳에 체 게바라 흔적이 많다. 아기를 앉은 체 게바라 동상 옆의 손자.
바라데로 올 인클루시브 리조트형 호텔 수영장. 손자 왈 '놀고 먹고 쉬는 호텔' 그럴듯한 명칭이다.
발로 젓는 배로 카리브 바다를 즐기는 딸과 손자.

라라 곳곳에 체 게바라 흔적이다. 도로 벽면에는 그의 얼굴이 대형으로 그려져 있고 아기를 안은 인자한 모습의 동상도 보았다.

쿠바에서 가장 소문난 휴양지가 바라데로다. 버스 터미널에 내려 숙소를 찾으니 성수기라 방이 없다. 외국 관광객뿐만 아니다. 여름 휴가철이라 현지인들도 많이 찾아왔다. 거리의 기념품 상점의 규모도 크고 물건도 다양하다. 쿠바 속의 이방지이다. 우리도 여행의 막바지라 카리브 해의 휴양을 즐기는 여행객이 되었다.

바라데로의 호텔존은 멕시코 칸쿤의 호텔존과 비슷하다. 길쭉한 반도 지형이 칸쿤과 닮았다. 체크인과 동시 호텔 내 모든 시설을 무제한 이용하는 올인 클루시브 호텔이 다른 곳에 비해 저렴하다. 호텔에 들어서니 쿠바 속의 유럽이다. 손자는 실내 수영장에서 마음껏 탄산음료를 마시고 곳곳의 카페에는 좋아하는 음식이 넘쳐나니 '여기는 먹고 노는 호텔'이라 한다. 그럴듯한 명칭이다. 그동안 민박에서 간단히 밥을 해 먹기도 하고 크지 않은 식당을 이용했던 것과 비교하면 별유천지다.

"참 편하고 좋다!"

침대 위에 벌렁 누워 손자는 말한다. 그동안 불평은 없었지만 역시 편한 것을 찾는 손자다. 다른 여행지와 다른 바라데로의 풍요를 즐기며 할아버지에게 묻는다. "공산주의는 왜 못 살아요?"

어린 것에게 어떻게 설명하지. 손자와 이야기를 나누다 보면 부쩍 컸다는 느낌을 많이 받는다. 제법 이야기도 통한다. 정신세계의 성숙이다.

나는 한가하게 카리브 해변을 걷고, 카누를 타고 혼자 노를 저어 해안에서 멀리 나갔다. 바다와 하늘이 맞닿은 수평선은 경계 없이 푸르다. 잔잔한 바다에 노를 놓고 누웠다. 빛나는 태양, 산들바람, 맑은 공기, 아름다운 바다색, 나를 감싼 고요함이 어울린 자연의 향연이다.

비냘레스 하스미네스 호텔에서 바라본 조용하고
아늑한 농촌 풍경
기대를 안고 찾아간 선사시대 모사 그림.

나는 카리브 해변의 낭만을 즐겼다. 쿠바 여행 막바지 호사 또한 여행의 또 다른 맛이다.

여러 종류의 배 이용도 요금에 포함되었다. 손자는 제 어미와 호흡을 맞춰 발로 젓는 배를 타고 푸른 바다를 누볐다. 우리는 그동안의 여행 피로를 씻어 냈다.

마지막 여행지 비냘레스는 수도 라 아바나에서 2-3시간 거리에 있다. 유네스코 자연유산으로 지정된 관광지로 이름이 났다. 버스에서 내리니 숙소 호객 아줌마가 다가온다. 그만큼 관광객과 숙소가 많다는 뜻이다.

특별한 볼거리가 있는 곳은 아니다. 비날레스 국립공원을 트래킹하며 여유를 즐기고, 맑고 아늑한 농촌 풍경 속을 한가롭게 거닐며 휴식한다. 또 싼 가격으로 말을 타고 관광지를 찾으며 즐긴다. 저마다 자연의 편안함에 위로를 받는다.

우리는 마을을 전망하기 좋은 로스 하스미네스 호텔을 찾았다. 그곳의 야외수영장에서 내려다보는 비날레스는 평원에 자리 한 아늑하고 조용한 농촌이다. 베트남 하롱베이 산을 들판에 옮겨 놓은 듯하다.

손자와 함께 선사시대 모사 벽화라 소개된 곳을 찾았다. 크지 않은 바위 절벽에 그려진 벽화에 실망했다. 선사시대란 역사성에 너무 기대를 했나? 소문만큼 보여줄 것이 없어 제작한 그림인가? 조금은 허탈했다. 하지만 곧 생각을 바꿨다. 찾아오는 길에서 평온한 자연을 즐기지 않았는가. 밭두렁에 앉아 간식을 먹으며 흘러가는 구름을 보고 손자와 동시도 짓고 어슬렁거리는 엄마 소 뒤를 따르는 송아지에게 손자는 이야기를 걸었다. 마음과 머리를 정화하는 여유로움과 한가함은 어느 여행지 못지않은 체험이다.

스콜처럼 내리는 소낙비로 들판 길에 웅덩이가 생겼다. 말을 탄 트레킹 일행이 쉼 없이 지나다니면 진흙탕 길을 만들었다. 손자는 나뭇가지가 뒤엉킨 풀밭을 헤쳐 진흙탕을 넘으며 "탐험이다 앞으로!"

비날레스 국립공원. 진흙탕 넘기를 탐험이라며 즐기는 손자.
말을 타고 관광지를 찾는 관광객이 많다. 손자도 잠시 말을 타고 들판구경을 했다.

소리친다. 바나나 어린 싹이 자라는 들판을 지나고 담배 농장의 건
조장에 들어가 설명도 들었다. 승마 트레킹 일행이 나무 그늘에 쉬는
동안 손자는 잘 생긴 말을 골라 타고 들판 길로 나섰다. 잠시나마 말
타기 체험도 했다. 조용한 비날레스는 제 값을 지니고 그것을 찾아오
는 이들에게 자연을 내어 준다.

터미널 부근에서 우리말을 유창하게 하는 현지인을 만났다. 한국에
서 어학연수를 마치고 공장에서 일도 했다고 한다.

"이곳 사람들이 지금 미쳤어!"

쿠바를 떠나 있다 돌아와 보니 하루가 다르게 물가는 오르고 사람
들은 돈 맛을 알고 혈안이라 한다. 일터는 많지 않은데 개방 물결에
휩쓸리는 기분이란다. 이 사람의 주선으로 호세 마르띠 국제공항으로
직행하는 교통편을 구했다. 구형 세단 승용차다. 벨기에 여행객 두 명

과 합승을 했다. 우리 가족이 뒷좌석에 앉으니 밖에서 문을 열고 닫아준다. 그만큼 고물차다. 그래도 걱정 없다고 한다. 믿고 탈 수 밖에.

고속도로를 달리다가 고장이 난 차를 발견한 우리 차 운전사가 멈춘다. 그리고 공구상자를 들고 고장 난 차로 뛰어 간다. 이를 보고 달리던 차들이 줄줄이 정차한다. 각자 공구를 가지고 고장이 난 차를 함께 고친다. 고물차들이 걱정 없이 당당히 도로를 다니는 이유를 알았다. 고친 차가 붕붕 시동을 걸자 노프로프럼! 외친다. 차에 탔던 승객들도 모두 나와 이를 지켜보고 함박웃음이다. 각자 다시 차에 올라 앞서거니 뒤서거니 쌩쌩 달렸다.

고속도로에서 본 진풍경에 훈훈한 가슴을 안고 나는 쿠바를 떠났다.

〈작지만 큰 나라 파나마〉

호세 마르띠 국제공항에서 1시간 30분간의 비행 후 파나마에 내리니 불야성이다. 높은 빌딩과 특히 맥도날드의 큰 간판이 먼저 눈에 들어온다. 쿠바에서 볼 수 없었다. 1박 2일간 파나마 운하를 보기 위해 잠시 들렀다. 시간이 없으니 렌터카로 기동성을 발휘했다.

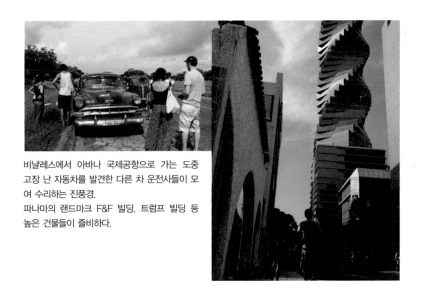

비냘레스에서 아바나 국제공항으로 가는 도중
고장 난 자동차를 발견한 다른 차 운전사들이 모
여 수리하는 진풍경.
파나마의 랜드마크 F&F 빌딩. 트럼프 빌딩 등
높은 건물들이 즐비하다.

파나마는 식민지 시대의 구시가지와 파나마 운하 건설 이후의 신시
가지 두 얼굴을 지녔다. 신시가지에는 트럼프 빌딩이라 크게 쓴 건물
과 파나마의 랜드마크인 나선형 F&F 빌딩 등이 숲을 이룬다. 고층 빌
딩, 각국의 은행, 쇼핑몰 등을 보더니 손자는 대뜸 "여기는 잘 사는 나
라다!" 한다.

구도시의 골목은 스페인의 어느 거리와 같다. 식민지 시절에 번성
한 흔적이 남았다. 작은 광장과 교회 등 옛 건물은 그대로다. 해안을
걷다가 한국 관광객을 만났다. 딸이 이곳으로 시집을 와 살고 있어 사
돈의 초청으로 다니러 온 부부가 딸 사위를 앞세우고 즐거운 시간을

보낸다. 글로버 세상이다.

짧은 시간 구경을 해야 한다. 태평양 연안 입구의 아메리카 다리를 달려보고 파나마 운하 박물관이 있는 미라플로레스 수문을 찾았다. 파나마 시티에서 12Km 떨어진 위치다. 입장료가 1인 15$이다.

1층에서 5층으로 이뤄진 박물관에는 운하 건설 과정과 자연생태에 대한 전시물이 가득하다. 손자는 시뮬레이션 영상으로 운하를 통과하는 배 운전의 체험도 했다. 알찬 전시물에 입장료가 아깝지 않다. 그 뿐만 아니라 운하 건설 당시의 현장 기록물과 파나마 국민들이 운하

해안에서 바라보는 파나마 시티의 중심가 건물.

수위 조절로 배를 통과시키는 파나마 운하. 6개의 관문 통과 시간은 8시간에서 10시간 소요.

의 운영권을 쟁취한 과정의 영상물을 보았다. 결코 작은 나라 같지 않
다.

대형 배가 운하를 통과한다는 안내 방송이 나왔다. 기분 좋게 우리
나라 무역선에 컨테이너를 가득 실었다.

"우리나라 배다!"

손자에게 자긍심을 주려 나는 소리쳤다. 관람석에 앉아 수문을 열
고 닫으며 수위 조절로 배가 통과하는 모습을 지켜보았다. 간만의 차
를 조절하는 인천항의 도크와 같은 원리다. 태평양과 대서양을 잇는
파나마 운하의 길이는 81.6Km이다. 운하를 통과하는데 대략 8시간

에서 10시간 이 소요된다고 한다.

   쉽게 갈 수 없는 쿠바 여행을 손자 덕에 잘 했다. 과거와 현재가 공존하는 쿠바에서 한가롭게 여유를 즐긴 여행이었다. 버스를 이용하여 도시를 찾으며 짧게나마 쿠바의 속살을 보았다. 그리고 책에서만 보아온 파나마 운하를 직접 보며 작은 나라 파나마가 부러웠다. 자연의 혜택을 입은 부국이다. 선진국의 힘으로 운하를 건설했지만 운영권을 넘겨받은 파나마의 국력에 박수를 보낸다.

   손자는 이번 여행으로 많은 것을 보았다며 감동적인 순간을 손가락

운하건설과 운하 운영권을 갖게 된 과정의 기록 영상물은 감동적이다.

으로 꼽는다. 우리와 다른 미 서부의 대자연, 쿠바의 생활 모습, 우리 배가 지나가는 파마나 운하 등을 보고 느끼며 견문을 넓혔다.

생활 여행으로 떠난 하와이 3차

"그랜드캐니언에서 산 동물 인형들 어디 있어요?"

어느 날, 유치원에서 돌아온 외손자가 묻는다. 헝겊으로 만든 나무 줄기 속에 6마리의 동물들이 고개를 내민 장난감이다. 친구들에게 이 인형들을 보여주며 미국 여행 이야기를 할 거란다. 유치원에서 '꼬마 여행가'로 불리만 하다고 생각했다. 손자는 여행 이야기가 나오면 관심을 갖고, 여행을 많이 했다는 자부심을 갖고 있다. 큰 손녀 또한 작년에 사귄 하와이의 친구를 보고 싶다며 그때를 그리워한다. 여행을 좋아하는 나는 손자와 손녀의 마음을 이해하고 나 또한 여행을 꿈꾼다.

전학을 한 큰 손녀는 새 학교에 적응을 아주 잘 한다. 생활습관이며 학습태도가 제 궤도를 잡아가는 듯하다. 그런데 방학이다. 방학이 되어 바쁜 부모 밑에서 무의미하게 나날을 보낼까 염려도 된다. 내가 두 아이를 데리고 여행을 떠나면 아들 내외 또한 걱정 없이 하는 일에 전념하고, 추위에 취약한 집 문제도 해결된다.

그랜드캐니언 기념품 가게에서 구입한 헝겊 인형.
유치원 친구들에게 보여주며 들려준 이야기로 '꼬마
여행가'로 인정받은 손자.

지은 지 30년 넘는 우리 집은 크게 하자는 없다. 문제는 추위다. 아파트 붐이 일었던 70년대 말 부실공사로 단열이 안 된 끝집이라 외벽에서 냉기가 그대로 스며든다. 난방을 틀어도 곧 식어 효과가 없다. 재개발 말이 나돈 지도 오래다. 뒤늦게 집을 수리하자니 돈이 아깝다. 그 돈으로 따뜻한 곳으로 겨울여행을 계획한 지도 몇 해가 지났다.

손녀의 청을 들어주고 겨울 추위도 피할 수 있는 하와이 여행을 다시 하기로 계획을 세웠다. 숙소는 작년에 갔던 템플스테이다. 학교는 다시 오라는 말을 들었다. 이미 길을 닦아 놓은 상태다. 모든 시스템을 알고 있기에 그만큼 편하고 경비도 적게 든다. 항공료를 검색하니 마침 할인된 가격이 뜬다. 덜컥 예약을 했다. 아이 셋을 데리고 떠난다는 것은 결코 쉬운 일이 아니다. 하지만 내가 고생을 감수한다면 여럿에게 좋다.

아이들은 하와이 구경을 이미 다 했다. 학교생활도 익숙하니 별 달리 신경을 쓰지 않아도 된다. '꽃 피는 따뜻한 하와이에서 아이들과의 여유를 갖고 이야기를 나누며 새 학년 준비를 해야지'

주위에서 내 나이를 생각하라고 충고를 한다.
"그게 여행인가? 고생이지."
맞는 말이다. 남들이 하는 여행과 분명 다르다. 남편과 아이들 뒷바라지는 만만찮다. 손에 익은 내 집 살림살이도 아니다. 먹는 것, 빨래 등 잔잔한 일들이 많다. 하지만 더 늦기 전에 손자 손녀를 위해 내가 할 수 있는 일이다. 그리고 딸과 아들을 돕는다고 생각하니 주저할 이유가 없다. 나 또한 일상을 떠난 여행으로 여유를 찾게 된다. 나는 갖가지 양념과 김치볶음, 밑반찬 등을 준비했다. 그리고 아이들 방학 시작하는 날 출발하여 2월 학년 말 방학을 포함한 2달간의 하와이 여행을 떠났다. 언니도 자기 손자를 데리고 합세했다. 대 식구다.

〈내 꿈이 바뀌었어요〉

템플스테이 방을 언니 네와 나란히 배정받았다. 언니 손자는 내 큰 손녀와 같은 5학년이다. 누나들 속에 있던 외손자는 "형! 형!" 부르며 잘 따른다.

"남자는 남자끼리"

형이랑 목욕을 같이 하며 머리 감기와 옷 입기, 화장실 이용 방법 등을 배운다. 손자는 야구와 태권도 등 누나들과 다른 놀이와 운동을 하고, 팀을 짜서 재미있게 카드놀이도 한다. 4명이 함께하니 좋은 점이 많다.

손자는 형과 누나들과 함께 재미있게 학교에 다닌다. 작년의 경험이 헛되지 않았다. 영어가 어렵다는 말 대신 한국 사람이니까 영어를 잘 못해도 부끄러운 일이 아니라 한다. 조금은 여유를 갖는다.

할아버지가 인솔하는 등하굣길은 운동 삼아 걷고, 숙제는 서로 도와주고, 놀이를 같이 한다. 옆에서 지켜보니 서로 가르치며 배운다. 4명의 작은 사회다. 협동과 배려, 경쟁과 화합을 자연스럽게 습득한다. 누나들과 한 집에 사는 손자라 혹 여성화? 걱정을 했다. 이번 기회 형과 함께 하는 기회는 좋은 경험이다.

사찰음식이라 고기가 없다. 주말에는 와이키키 카피올라니 공원에서 바비큐를 했다. 마음껏 수영하고 맛있게 먹고 잔디밭에서 뛰노는 손자 손녀를 보면 여행을 잘 왔다 싶었다.

언니 손자는 하와이 여행이 처음이다. 틈을 내어 관광을 한다. 내

주말은 와이키키 해변에서 수영하고 카피올라니 공원에서 맛있는 바베큐.

손자도 함께 하며 지난번 놓친 곳을 찾고 또다시 보고 싶은 곳을 복습 삼아 다녀온다. 4명이 어울리니 함께 하는 재미가 관광보다 신난다.

서울 광화문 모양의 한인 기독교회, 이승만 전 대통령이 말년을 지 낸 마우나라니 요양원, 2차 대전 때 1102명이 수장된 진주만 애리조 나 메모리얼도 다시 찾았다. 펀치폴 국립 태평양 기념 묘지에 갔을 때 손자는 한국 이름의 묘비를 발견하고 묻는다.

"어떻게 우리나라 사람이 여기 있지?"

할아버지가 들려주는 역사적인 이야기에 고개를 끄덕인다. 그리고 젊은 나이에 세상을 떠나서 불쌍하다고 말한다. 손자는 형과 누나들과 어울리니 어디를 가도 재미있다. 트레킹을 할 때도 누나와 형에게 뒤지지 않고, 바닷속에서는 형과 누나들을 보며 수영을 배운다.

일출을 보기 위해 다이아몬드헤드 정상에 올랐다. 숙소에서 새벽 5시경 나섰다. 손자는 산길을 오르며 멀리 동네의 야경을 바라보며
"참 경치가 좋다!"
혼자서 감탄한다. 걸음마를 시작할 때부터 여행으로 많은 것을 보아온 덕분에 주변을 살피며 감상할 줄 안다. 나 또한 손자의 작은 행동과 말 한마디를 흘러버리지 않고 의미를 담는다.

"할머니, 내 꿈을 탐험가로 바꿀래요."
손자는 곳곳에서 트레킹을 한다. 땀을 흘리며 힘들게 걷는 트레킹을 탐험이라 표현한다. 어린 것이 배낭여행을 힘들다고 거부하지 않고 즐길 줄 안다. 손자의 여행 취향이다. 로봇 과학자가 꿈이라며 장난감을 모은 손자다. 꿈을 바꿀 정도로 여행에 재미를 붙인 손자는 나와 뜻 맞는 여행 동지다.

할아버지는 아이들을 데리고 야자수 나무 아래서 우리나라 역사와 하와이 역사를 들려주고, 학교 곳곳에 붙은 격언과 명언의 뜻을 풀어서 설명해 주었다. 그리고 Learners Today, leaders Tomorrow 등

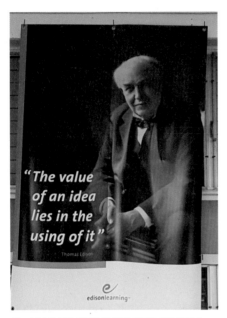
학교 복도에 걸린 에디슨의 명언. 에디슨다운 말이다.

과 같은 글귀를 한 가지씩 외우면 1$ 상금을 주겠다고 약속을 했다. 4명의 아이들은 참새처럼 짹짹인다. 손자는 기를 쓰고 외워 상금을 받았다.

저녁을 먹은 후 뒷산 숲으로 아이들을 데리고 산책을 한다. 마을에 새끼를 밴 염소가 울타리 매여 음매 음매 운다. 작년에도 이곳에서 본 염소라며 애정을 갖고 풀을 뜯어 먹이를 준다. "언제 새끼를 낳지?" 매일 찾아다니며 염소 주인 집 또래와 친구 되었다. 가깝게 지내면서 손자는 초대까지 받았다. 외국 친구 집에서 놀다 온 다음부터 영어에 대한 거부감이 줄은 듯 하다. 큰 발전이다. 손자는 점점 여행을 생활화한다.

서울은 영하 17도라는 뉴스를 들었다. 힘든 여행이라 걱정하던 내 친구들이 따뜻한 곳에서 겨울을 보내는 나를 부러워하며 카톡으로 소식을 전해 준다.

'하와이 오길 잘 했어!'

아이들은 재미있게 놀면서 공부를 하고, 나는 서울의 추운 집에서 떨며 어영부영 지낼 하루를 하와이에서 보람 있게 보냈다. 화단에 핀 도라지꽃을 스케치하고 이 글도 쓴다. 같은 서울에 살면서도 얼굴 보기 쉽지 않았던 언니와 두 달간 함께 하며 그동안 살아온 이야기와 살아갈 날들에 대한 인생 이야기를 나눈다. 언니와 함께하는 시간은 나에게 큰 의미를 준다.

사찰 내 도서실에 읽고 싶은 책들이 많다. 골라 읽는 재미, 아이들 노는 모습을 보는 재미, 노인 버스카드를 이용하여 틈틈이 오하우 곳곳의 해변을 찾아다니는 재미, 새벽에 운동하는 보람 등 손자 손녀 못지않게 나 또한 하와이 여행에서 얻는 것이 많다.

파란 하늘 따사로운 햇살이 가득한 하와이다. 손자는 유치원 졸업식에 참석하기 위해 조금 일찍 귀국했다. 떠나기 전 손자를 앉혀 놓고 집에 돌아가서 입학 준비를 해야 한다고 일러주었다.

〈외손자와의 멘토〉

손자는 2018년 3월 초등학교 입학을 앞두고 있다. 이제 학생이 된다. 사촌누나들의 학교생활을 옆에서 지켜본 손자는 그동안

263

저녁 먹고 나선 산책 길.

어디서나 이야기보따리를 풀면 멘토가 된다. 하와이 자연이 한 몫을 더 한다.

"나는 학생이 아니라서 노는 것이 공부지요?"

언제나 자신은 공부에서 예외임을 강조했다. 그럴 때면 나 또한

"잘 노는 것이 공부다!"

맞장구를 쳤다. 이제 학생이 됨을 일깨워야 한다.

"유치원에서는 노는 것이 공부였지? 어떻게 하면 재미있게 놀 수 있었니?"

아프지 않아야 재미있게 놀고, 친구들과 장난감을 나누어 쓸 때가 재미있다고 한다. 더 없느냐는 질문에 손자는 자기 말을 잘 들어 주는 친구와의 놀 때가 재미있었다며 "음~" 한참 생각하더니 놀이를 방해하는 친구가 있으면 기분이 나쁘다고 덧붙인다.

어리지만 재미있는 놀이의 조건을 안다. 양보와 협동, 배려와 질서가 사회생활에 필요하다는 것을 알고 있다.

"그럼, 너는 친구들에게 어떻게 하니?"

멋쩍은 표정으로 잘 할 때도 있지만 못하는 것도 있다고 한다. 아이다운 대답이다. 나는 손자의 손을 잡고 눈을 쳐다며 말했다.

아프지 않고 힘이 있으려면 음식을 가리지 않고 잘 먹어야 되고, 장난감을 나누어 쓰는 것은 친구의 마음을 생각해 보는 것이며, 친구의 이야기를 잘 들어주는 마음은 협동하는 사람이라 했다.

"할머니, 나 유치원에서 싸우지 않아요. 친구들도 많아요."

손자는 눈을 반짝이며 자신 있게 말한다. 유치원 공부를 잘 했으니 초등학교에 입학하면 재미있게 노는 것처럼 공부도 잘 할 수 있다고 격려했다. 공부라는 내 말에 손자는 "누나의 1학년 책에 그림이 많은데, 그 그림들이 유치원의 장난감과 같지요?" 손자는 어려운 글자를 모른다. 그래서 교과서의 그림을 강조한다.

나는 1학년 교과서를 펼쳤다. 그림으로 구성된 교과서에 큼직한 글씨의 지시문도 있다.

"글자를 알면 더 재미있지 않을까?"

입학하기 전 글자를 익히면 수월하다고 말하고 싶지만 참았다. 1학기가 끝날 즈음 자연스럽게 알게 된다. 성급해 할 이유가 없다. 공부를 어렵다고 생각하게 되면 결코 학교를 재미있는 곳으로 생각하지 않는다.

나는 욕심을 누르고 학생이 되기 위한 준비 몇 가지를 일러주었다.

첫째, 정해진 시간에 자고 일어나기

둘째, 밥을 맛있게 잘 먹기

셋째, TV는 하루에 30분간 두 번 정도만 보기,

넷째, 옷, 장난감, 침대 등 스스로 정리하고 제 물건 제자리에 두기

손자는 내 말을 받아 유치원에서 준 리딩 펜으로 영어 공부를 하겠

다고 하고, 누나가 준 기적의 수학 문제집도 지워서 해 보겠다고 한다. 동화책도 조금은 읽을 수 있다며 나를 안심시킨다. 기특한 놈!

떠나는 아침 형과 누나들과 헤어지면서 엉엉 소리 내어 운다. 제 어미와 함께 하니 좋아할 줄 알았다. 그게 아니다. 함께 했던 재미와 고마움, 그리움을 안다. 작년과 달리 감성이 성숙한 손자다. 나는 해마다 여행지에서 손자의 또 다른 행동을 본다.

CHAPTER

03

여행의 가치

여행지에서 손자녀와 상호작용은
내 마음을 알리고 아이들을 이해하는 창구였다.
교육은 백년지 대계라 한다.

01
——

여행 경험은 샘물

여행은 새로움의 만남

"내려올 산을 왜 힘들게 오르지?"

이런 사람은 등산의 맛을 모른다. 정상에 오르는 길에서 우리는 많은 것을 보고 겪는다. 주변의 경치를 감상하고, 오가는 사람을 만나 이야기도 나눈다. 헉헉거리며 힘듦을 참아야 정상에 우뚝 선다. 그리고 발아래 경치에 감탄한다. 그 순간 해냈다는 성취감에 가슴 뿌듯하다. 상쾌한 바람은 시원하고 싱그럽다.

'이 맛이야'

목숨을 건 히말라야 등반가는 이런 경험을 수 없이 했다. 정상에 섰을 때 갖는 감정과 눈앞에 펼쳐지는 모든 것이 새로운 만남이다. 이 만남과 성취감에 생명을 걸 만큼 값지다는 것을 아는 사람이다. 그 앎은 느낌의 결정체이고 노력의 결과다. 이러한 경험은 메마르지 않은 샘물 같아서 삶에 힘을 준다.

    오하우 섬의 마노아 폭포를 찾아 손자와 나섰다. 간간이 비가 내렸다. 우거진 숲길로 들어서자 손자는 외친다.

"폭포를 향해 도전!"

    손자는 앞장을 섰다. 가는 길에는 졸졸 냇물이 흐른다. 다양한 하와이 꽃과 활엽수가 뒤엉킨 정글 같은 울창한 숲길을 지나니 쭉쭉 뻗은 대나무 밭이다. 여기저기 새들의 합창이 대단하다. 오솔길 옆 아름드리나무 한 그루의 줄기가 두 갈래로 나뉘어 사랑 나무라는 팻말이 붙었다. 마침 웨딩 촬영을 한다. 예비 신부와 신랑이 두 갈래 나무 틈에서 사진을 찍는다.

"왜 여기서 사진을 찍지?"

    숲과 어울리지 않은 풍경이라 손자는 의아해 한다.

"너도 이다음..."

    내 이야기에 손자는 알았다는 듯 고개를 끄덕인다. 비가 내린 진흙길이 미끄럽다. 혹 넘어질까 조심! 조심! 내 주의를 아랑곳하지 않고 손자는 나무뿌리를 팔딱 팔딱 뛰어넘는다.

"도마뱀이다"

손가락 굵기의 작은 하와이 도마뱀이 여기저기 기어 다니고 이름 모를 꽃들이 만발하다. 비가 갠 하늘에 뭉게구름이 두둥실, 밝은 햇살이 숲 사이로 화살처럼 내리 비친다. 상쾌함이 숲에 가득하다.

쏟아지는 물소리에 손자의 걸음이 빨라졌다. 80m 가 넘는 물줄기가 안개를 뿌리며 힘차게 흘러내린다.

"야호! 내가 먼저 도착했다!"

두 팔을 번쩍 높이 들고 손자는 성취감에 흥분한다.

"저 위에는 무엇이 있지?"

웅덩이 위 동그란 하늘과 나뭇가지 사이로 쏟아지는 물줄기의 근원을 찾으려 물속으로 들어가 위를 쳐다본다.

손자는 폭포를 찾아 숲길을 걸었다. 손자가 마주한 폭포는 자연이 펼쳐놓은 작품이고 새로운 만남

힘차게 흘러내리는 마노아 폭포.

마노아 폭포를 찾아가는 길.
여행은 과정이고 만남이며 보고, 듣고, 느끼고, 생각하는 것이 바로 종합학습

이다. 폭포는 어려움을 이겨내고 스스로 찾아오는 손자를 기다린다. 걸어오는 길에 손자는 많은 것을 보고 느끼며 감동했다. 그리고 폭포 앞에서 환희와 감동으로 즐거움과 성취감을 맛본다. 단순히 폭포를 구경했다가 아니다.

폭포는 자연의 선생님이다. 교실에서 선생님의 가르침에 따른 공부가 아니다. 자연의 선생님은 학생 자신의 힘으로 찾아와 몸소 체험하고 스스로 이치와 깨달음을 갖게 한다. 온실의 화초가 아닌 생명력 있는 야생초와 같은 힘을 주는 배움이다.

"폭포 구경을 잘 했다"

손자는 돌아서 나오며 혼잣말을 한다. 수고로 얻은 보람을 뜻한다. 자연은 설명 없이 큰 가르침을 주었다. 이것이 여행의 값어치다.

여행은 새로운 곳을 찾아 떠나는 과정이며, 만남의 연속이다. 일정에 따라 매일 색다른 볼거리를 찾는다. 한 곳에 머문 여행도 나날이 다른 감정을 갖게 한다. 목적지를 찾아가는 과정에서 겪는 어려움과 이를 이겨내는 의지, 주변 경치를 감상하는 느낌 등과 도착한 목적지에서 갖는 환희와 감동이 바로 여행의 가치이고 자연에서의 배움이다. 여행을 통한 과정과 만남의 연속은 우리의 생각과 감정을 살찌운다. 이 또한 여행의 효과다.

자연을 마주한 여행 경험의 반복과 누적은 자발적인 성향을 키운다. 손자가 폭포 앞에서 환호하듯 교실에서 선생님의 가르침에 열중하고 앎의 재미로 공부 맛을 아는 학생이 되길 나는 바란다.

근대 교육학의 선구자인 코메니우스는 자연은 하느님의 지혜가 반영된 살아있는 학교라 했다. 그리고 인간은 자연의 해설자로 모든 것을 알 수 있는 잠재적 능력을 지닌 존재로 설명한다. 자연과 인간을 분리 생각할 수 없음을 말하는 것이 아닐까?

울적하고 심란한 마음도 자연 속에 안기면 포근하고 안온해 진다. 나는 이 때 자연의 일부임을 실감한다. 자연은 약한 듯 강력하고, 쉼없는 순간을 영겁으로 쌓는다. 그리고 귀천에 관계없이 누구나 포근히 감싸주며 한 치의 오차 없는 항상성을 지녔다. 이는 하느님의 능력과 사랑을 대변하는 것이라 생각한다.

코메니우스는 하느님 뜻에 맞도록 아이들을 양육하라 했다. 논리적인 사고가 형성되지 않은 영유아기는 자연스럽게 오감을 통해 하나씩 체득하고 깨치도록 이끄는 감각교육을 강조하고, 지시와 명령이 아닌 직접 체험인 실물로 이끌어야 한다고 했다. 하느님의 무한한 능력을 닮은 아이를 하느님 사랑으로 키우는 방법을 쉽고 설득력 있게 일러주기 위해 자연의 이치를 따르라고 하지 않았을까? 내 짧은 소견으로 그 깊은 뜻을 헤아릴 수는 없다. 하지만 모름지기 양육과 가르침은 부모와 교사가 앞장서면 아이는 뒤따른다. 타율적인 아이는 자율성을 잃는다. 코메니우스의 주장처럼 여행은 직접체험이고 실물교육이다.

루소 또한 12세까지 타율적으로 가르치지 말라고 했다. 건강한 신체단련을 기본으로 자유롭게 성장할 수 있는 환경을 마련해주고 감각훈련이 지적 활동의 기초가 된다고 했다. 자연의 힘을 사용하고, 신체적 욕구를 만족시키며, 도움이 필요할 때 도와주고, 해서는 안 되는 것과 꼭 해야 하는 것을 판별토록 이끌어주는 것이 부모의 역할이라 했다. 그는 제자 에밀을 농촌의 자연 속에서 사물의 이치를 깨닫게 돕는다. 그리고 그의 교육 마지막 단계에서 에밀을 여행으로 떠나보낸다. 에밀이 여행에서 돌아오면 분명 사회에 필요한 시민으로 또 한 가정의 가장으로서 그 역할을 충실히 하는 지적이고 정의적인 사람이 될 것임을 그는 믿었다.

위대한 교육사상가는 자연에서의 배움은 단타적인 지식이 아닌 자발적인 산지식으로 저마다 지닌 잠재능력을 자기완성 쪽으로 나아간다고 했다. 나는 자식을 키운 부모의 회한, 학생을 가르친 교사의 후회를 안고 뒤 늦게 아동학을 접하며 내가 놓치고 어렵게 행한 역할에 가슴을 쳤다. 많은 사상가들이 내 아둔함과 잘못을 꼭꼭 짚어 명쾌한 가르침을 주었다.

루소는 교육의 마지막 단계에서 제자 에밀을 여행으로 떠나보냈지만 나는 손자의 양육을 여행으로 시작했다.

여행은 과정

더러는 장기간 어린 손자를 해외여행에 데리고 다님을 걱정을 한다. 첫째는 안전이다. 혹 아프면... 둘째는 효과적인 면이다. 어려서 기억도 못 하는데 시간과 돈을 투자할 필요가 있겠느냐. 하지만 내 생각을 다르다. 잠시 지나가는 중요한 영유아기를 놓치고 싶지 않았다. 염려로 기회를 놓치기보다 용기로 얻는 것이 더 많음을 확신했다.

여행지에서 본 것을 기억하는 것은 중요치 않다. 매일 목적지를 찾아가는 과정에서 겪는 다양한 경험을 나는 가치롭게 생각한다. 힘든 것을 참는 순간의 느낌과 생각, 고생을 이겨내고 도달했을 때의 성취감, 가는 도중 보고 듣고 알게 된 것들은 사라지는 것이 아니다. 무의식에 잠재된다. 그리고 함께하는 엄마와 할아버지, 할미와의 상호작용으로 갖는 생각과 느낌 이 또한 깊이 각인된다. 이 시기는 일생에서 아주 짧은 영유아기로 흘러버리면 두 번 없는 기회이다.

'그렇구나!'

'재밌다!'

'신난다!'

'와! 좋다!' 와 같은 감탄의 느낌을 갖길 바란다. 더 욕심을 낸다면 "내가 해냈어!"

들뜬 기분에 소리치며 두 주먹을 불끈 쥐고 팔을 높이 드는 상기된 손자의 모습을 보는 것이다. 어린 시절 이러한 경험은 '인생의 저축금'이라 나는 생각한다. 손자가 앞으로 살아가는 동안 적재적소에 걸맞는 행동으로 자연스럽게 표출된다. 이게 저력이다. 퐁퐁 솟는 샘물처럼 마르지 않는다.

그랜드캐니언의 웅대함을 사진으로 보는 것과 실제를 보는 느낌과 감동에는 차이가 있다. 손자는 가는 길에 흰머리 독수리를 망원경으로 관찰하며 하늘을 날고 싶다는 꿈을 그리고, 드넓은 평원과 숲을 보며 우리나라에서 볼 수 없는 풍경이라 했다. 일출을 보기 위해 새벽에 일어나는 힘듦을 참고 어둠 속을 걸었다. 많은 사람들이 동쪽 하늘을 응시하며 기다리는 모습, 태양이 떠오르는 순간 터지는 함성! 하루를 여는 순간의 장대한 캐니언 앞에서 어린 손자는 숨을 죽이고 보았다. 이러한 다양한 체험은 감동을 수반한다. 그리고 영원히 무의식에 남는다.

캐니언 트레킹으로 오가는 길에 만난 사람들 또한 손자에게 감동을 주었다. 어린아이가 기특하다며 시원하게 물 스프레이를 뿌려주고 또래 외국 아이들과 만나 하이파이브로 손뼉을 마주치며 서로에게 용기를 주었다. 사람들과의 만남에서 느끼는 따뜻함, 땀 흘리며 힘들게 걷고 쨍쨍 내리쬐는 더위를 참아내는 지구력 습득은 여행만 한 것이 있을까? 손자는 벼랑 끝 바위에 서서 캐니언의 속살을 마주하는 순간 저도 모르게 두 팔을 높이 들고 해냈다는 성취감에 환호했다. 그간의 고생을 환희로 바꾸는 순간이다. 이때의 감동은 살아있는 교육이다. 이런 여행 경험의 반복은 용기와 인내심을 심어주고 잠재력을 일깨운다.

'실패는 성공의 어머니이다'

에디슨은 말했다. 바로 과정의 중요성을 지적한 말이다. 수 없이 많은 실패의 과정에서 얻은 산물이 바로 성공이었음을 에디슨은 체득하고 한 말이다. 그의 많은 업적을 보라! 잠재력의 발휘로 얻은 결과물이다. 실패의 과정 없이는 얻을 수 없다.

해 질 녘 수박 파티

손자는 기저귀를 차고 유럽 첫 여행을 떠났다. 아장아장 걸음에서 벗어나 자신이 제일 잘 걷는다는 자신감에 차 있었을 때였다. 서툰 걸음걸이라 손을 잡으면 뿌리치고 혼자 걸으려 했다. 준비한 간이 유모차는 낮잠을 자거나 너무 피곤해 잠시 쉴 때를 제외하고 타지 않았다. 놀랍다는 나의 반응과 격려가 힘이 되어 앞서 걸으며 뽐내기도 했다. 태어나 마음껏 걸을 수 있는 기회를 잡은 듯 어린 것이 지쳐하지 않았다.

잠을 자거나 피곤할 때 이용한 유모차. 칼 차고 방패를 든 씩씩한 손자.

여행 중반을 지날 즈음 로마에 도착했다. 안정감을 보이는 손자의 걸음은 속력을 낸다. 운동 발달과 동시 정신력도 쑥쑥 성장했다. 손자의 행동은 고대 도시 로마의 윤곽을 파악하고 싶은 내 욕심을 자극했다. 50m 정도의 높이 7개 언덕을 중심으로 고대 로마 도시는 발달했다. 나는 그 윤곽을 파악하고 싶었다. 언덕을 중심으로 그 사이의 유명한 관광지를 찾아 걸었다. 배낭여행이라 5일간 로마 시내를 거의 걸으면서 구경했다. 때로는 하루 종일 걷기가 일쑤였다.

어린 손자를 걱정하면서도 곧잘 걷기에 내 페이스에 따라오겠거니 생각했다. 하루는 포폴로 광장에서 베네치아 광장까지의 긴 일직선 도로를 걸으면서 스페인 광장과 트레비 분수, 나보나 광장과 판테온 등을 구경했다. 한낮의 더위를 참아내는 손자가 기특하여 시원한 음료수를 사 주었다. 해 질 녘이 되자 피곤하다며 유모차에 올랐다.

마침 캄포 데 피오리 광장의 재래시장을 지나면서 수박장수를 만났다.

"할머니, 수박 사 주세요."

무거워서 어떻게 가지고 갈까? 생각하는 나를 보더니 손자는 말했다.

"여기에 실어요."

유모차에서 내려 앞장서서 걷는다.

수박을 좋아는 손자다. 손자가 내린 유모차에 큼직한 수박을 실었다. 에마누엘레 2세 기념관을 구경하고 그 옛날 개선 행렬의 종착지로 가장 신성시한 캄피돌리오 언덕에 올랐다. 하루를 꼬박 걸은 셈이다. 내 다리가 쉬라 한다. 어린 손자를 생각하니 피곤함을 내색을 할 수도 없다. 언덕 뒤편 한적한 장소를 물색했다.

무겁게 끌고 온 수박을 잘랐다. 수박은 달고 시원하다. 피로와 갈증을 싹 날렸다. 해 질 녘 고대 로마 유적군을 바라보며 휴식을 겸한 수박 파티는 한 줄기 단비와 같았다. 손자를 더 먹이려 아끼지 않아도 되고 식구들 주려고 남기지 않아도 된다. 한자리에서 우리는 한 통의 수박을 다 먹었다. 포만감으로 생기를 찾은 손자를 보니 대견하고 고마웠다.

"대단해! 우리 손자!"

유모차를 내주었기에 수박을 샀다. 고단함을 참고 내 관광 일정을

콜로세움, 피사의 사탑, 포폴로 광장의 오벨리스크 아래 사자 상, 고대 로마 유적지 등 로마의 거리 곳곳의 모두가 관광

소화하며 걸어준 손자가 한없이 고마웠다. 손자 덕분에 계획했던 로마 시내 구경을 아주 잘 했다.

　분명 손자의 체력과 의지를 넘어선 고행이다. 32개월 된 손자는 엄마와 할아버지, 할머니가 잘 걷는다며 좋아하니 참고, 여행은 걷는 것이기에 힘들어도 이겨내며, 수박은 실었으니 맛있게 먹을 수 있다는 기대로 힘을 내지 않았을까? 나는 손자의 마음을 미루어 짐작했다.
　"할머니, 아까 걸으면서 잠이 왔어요."
　오후 낮잠을 놓치고 걸었다. 가엽고도 기특해서 나는 얼른 손자를 업었다. 그리고 참아주어 고맙다며 껑충껑충 뛰었다. 손자도 내 등에서 두 팔을 벌리고 춤을 추며 "나는 잘 걷는 아이야!" 말 한다. 등에서 내린 손자는 또 앞장을 서서 걷는다.
　'참 신기하다.'
　손자의 행동을 달리 표현할 수 없었다.

　그날 손자는 '걷기 대장' 이란 명칭을 얻었다. 장기간의 여행을 하다 보니 이와 유사한 경우를 반복하게 된다. 배낭여행의 횟수가 거듭될수록 손자는 자연스럽게 어려움을 이겨내는 힘을 보인다. 훌쩍 자란 지금도 먼 길 걷기에 앞장을 서고 힘들다고 도중에 포기하지 않는다.

외국 초등학교 체험

손자 손녀 셋을 데리고 떠난 여행으로는 하와이가 처음이다. 아이들과 함께 추위를 피하는 여행지로는 하와이가 딱이다. 하와이는 이미 내가 여러 번 다녀온 곳이라 안심되고 편하다. 연말연시 10일간 와이키키 해변 근처의 호텔을 예약했다. 그다음 일정은 현지에서 민박을 구할 수 있을 거라 기대했다. 그런데 현지에 가서 보니 옛날 같지 않다. 생각했던 것과 달리 방이 없다. 있어도 내 예산과 맞지 않게 높다. 그냥 귀국하자니 항공료가 아깝다. 추위를 지나고 귀국하고 싶었다.

한인 마켓에 들러 민박을 알아보다가 템플스테이의 정보를 얻었다. 그리고 찾아갔다. 한국 사찰로 근처에 초등학교가 있었다. 한 줄에 꿴 구슬처럼 템플스테이와 초등학교는 연이은 찾아온 행운이다. 이에는 내 여행 감각도 한몫을 했다.

인근 사립학교에 비하면 학생 수는 많다. 시설도 조금 뒤진다. 우리 아이들 입장에는 이질감이 적은 외국학교라 적응이 쉬웠다. 나는 이곳에서 내가 했던 일을 객관적으로 바라보았다. 우리나라 교육과 다른 일면과 좋은 점을 눈여겨 관찰하며 아이들이 어떻게 적응하는지 살폈다.

　학교 환경정리와 시설은 실제적인 교육 차원이다. 예쁘게 꾸미거나 규격에 맞추지 않았다. 교실에는 역대 대통령의 사진을 게시하여 미합중국의 뿌리를 심어주고, 곳곳에 명언과 격언, 교육목표를 게시하여 항상 보고 생각게 했다.

　다양한 행사로 교육적 효과를 얻는다. 퍼그 페이 마켓을 열어 칭찬 스티커로 학생들이 필요한 물건을 구입하고, 더위를 식혀주는 쉐이브 아이스크림 행사, 밸런타인데이의 초콜릿 사먹기 등으로 어릴 때부터 기부문화와 후원을 가르쳤다.

　학부모는 학교교육에 적극적으로 참여했다. 토요일 부모들이 많이 참여할 수 있는 날 공개수업을 했다. 이날은 부모와 아이들이 하루의 일과를 함께 했다. 40분 단위의 수업으로 끝나지 않았다. 같이 등교하여 아이들의 학교생활 전반을 관찰하는 기회의 날이다.

　선생님의 권위를 보았다. 자상하면서도 단호하다. 질서가 생활화되어 야단치는 일이 없다. 교권이 무너지는 우리나라 교실과 비교하니 그곳은 살아있는 교육이란 느낌을 받았다.

　선생님은 수업이 끝나면 학생과 거의 같은 시간에 퇴근했다. 월 1회 교재연구일이 있어 이 날은 수업을 하지 않았다. 외국 학교에서의 교사와 학생의 관계, 친구관계, 수업방법, 여러 행사 참여 등 우리나라

골짜기에 자리한 학교라 아늑하다.

와 다른 학교 경험은 손자 손녀에게 더없이 좋은 체험이었다. 영어공부보다 더 중요한 경험이다. 시야를 넓혀 폭 넓게 사고하고 대처하는 방법을 자연스럽게 습득하지 않았을까?

템플스테이

손자 손녀의 영어교육을 생각하고 하와이 여행을 계획한 것은 아니다. 다친 내 다리를 치료하는 동안 손자를 YWCA 어린이집에 보냈다. 이에서 아이디어를 얻어 여행에 초등학교 체험을 곁들였다. 다른 사람들처럼 어학코스를 염두에 둔 것이 아니었기에 나는 '행운'이라 표

교실에 게시된 미국 대통령의 사진, 복도에 게
시된 명언들과 격언, 템플스테이 숙소 모습

현한다. 템플스테이를 할 수 있었기에 가능한 일이었다. 예상했던 경
비에 맞는 숙소를 구하지 못했으면 10일간의 여행 후 귀국 했을 것이
다. 겨울을 지내려 한 기대에 어긋난 그 아쉬움에 최선을 다해 찾은
숙소가 템플스테이다. 그리고 적극적인 자세로 알아본 결과 초등학교
체험의 기회를 얻었다. 결국 하와이 여행은 경내에서 여유롭게 생활
하며 돈도 많이 들지 않고 서울의 추위를 피하며 아이들에게 학교경
험을 줄 수 있게 되었다.

템플스테이 경험은 일반 여행지에서 갖지 못할 체험들이다. 사찰이
라 조용함은 기본이다. 아이들은 손가락을 입에 대고 쉬 쉬 속삭이고,
발걸음을 사뿐사뿐 조용히 걸었다.

규칙적인 생활은 필수다. 템플스테이의 숙소는 목조 2층 건물이다. 밤 9시가 되면 서로가 예의를 지켜 소등하고 한밤중이다. 공양 시간도 정해져 있다. 아침은 7시, 점심 12시. 저녁은 5시 식사시간에 맞춰 하루의 일과를 짜고 그에 따라 행동했다.

하루는 큰 스님이 아이들을 불러 앉히고 식사예절을 가르쳐 주셨다. 음식을 먹기까지의 많은 사람들의 수고를 설명하시고 한 톨의 밥알도 남기거나 흘려 버리지 말라며 조용히 일러주셨다. 아이들은 적당량의 음식을 골고루 담아 깨끗이 다 먹고는 두 손을 합장하고 "잘 먹었습니다" 공손히 인사를 했다. 음식 맛을 음미하고 감사함을 생각하라는 스님의 말씀에 따라 소란함이 없다.

처음에는 식사를 끝내고 밖으로 나오면 후- 긴장감을 숨으로 내쉬며 이내 습관으로 형성되었다. 스님의 가르침 효과가 놀라웠다.

사찰 내 도서실도 이용했다. 책걸상이 마련되어 책을 읽고 교과서를 활용한 공부 방법을 익힌다. 그야말로 놀면서 하는 공부다. 어떤 숙소에서도 누릴 수 없는 편리한 시설이다.

아이들은 손님으로 오신 통도사 큰 스님에게 차도를 배우고 그 보답으로 프로그램을 만들어 재롱잔치를 열었다. 절 식구들은 아이들을 칭찬했다. 칭찬이 힘이 되어 아이들은 점점 의젓하게 행동했다.

대웅전 단청과 불상, 하와이 꽃과 야자수, 내려다보이는 마을 풍경

등 그림의 소재가 풍부하다. 아이들은 다양한 미술 도구로 자기의 생각을 담은 그림을 그렸다. 시간에 쫓기지 않은 여유로운 미술활동은 재미있는 놀이다.

밤이면 서울에서 보기 어려운 밤하늘의 총총한 별을 구경하고 대낮 같은 보름 달밤을 즐겼다.

골짜기에 위치한 사찰이라 뒷산에 올라 운동을 하고 마을 구경을 나갔다. 하와이 자연을 즐기며, 오가는 길에 가족들과 나누는 대화는 서로를 이해하고 정을 쌓은 시간이었다.

아이들에게 템플스테이 경험은 자연을 느끼고 즐기며, 식사와 예절 등 기본생활을 자연스럽게 체득하고 인성과 학습태도를 가다듬는 좋은 기회였다.

아이들뿐만 아니다. 나는 3끼 식사 준비에서 해방되니 홀가분하다. 식구들이 비운 그릇을 씻고 큰일이 있을 때 부엌일을 도와주었다. 일상을 떠난 여유로움으로 아이들에게 멘토를 하며 아이들의 말에 귀 기울이고 마음을 읽어주니 이야기가 술술 풀렸다. 따뜻하고 상큼한 날씨를 즐기면 적은 경비로 하와이에서 한 겨울을 지냄은 살아온 날들의 보상이라 생각했다.

템플스테이에서 즐거운 한때.

두 번째 다시 찾은 템플스테이는 모든 것에 익숙하다. 그만큼 더 여유롭다. 새벽에 일어나 명상을 하고 규칙적인 운동을 했다. 허둥대는 바쁜 아침 시간을 살아온 나인지라 상쾌한 새벽 공기를 마시며 나 자신을 위해 시간을 보낼 수 있음에 가슴 벅찼다. 내 삶에 한 템포 쉬어가는 쉼표다.

템플스테이에서 걸어서 30분 거리의 학교에 다니는 손자와 손녀를 아침마다 배웅하고 하교하는 아이들은 맞이했다. 서울 집에서와 같이 나는 그곳에서도 황혼육아를 담당한 할미다.

여행을 끝내고 돌아가면 신학기다. 나는 수월하게 아이들을 돌보

템플스테이 뒷산 놀이, 사찰 주변 자연관찰, 서울과 하와이 날씨를 비교한 손자의 그림, 오하우 섬 해안, 산책 길에 염소 먹이 주기, 통도사 스님과 한때.

고, 아이들 또한 학교생활을 재미있게 할 수 있는 힘을 기르는데 초점을 둔다.

규칙적인 생활, 자발적인 행동, 참 공부의 자세를 습득하길 바라는 내 마음을 아이들도 알고 노력하는 것이 보인다.

세월은 흘러도 공부하는 방법과 자세는 변하지 않는다. 배움은 학생의 몫이다. 루소는 이에 명쾌한 답을 준다. 저마다 능력이 다름을 인정하고, 아이의 본성인 흥미와 필요에 따라 자연스럽게 일어나는 활동 중심의 경험을 중시하라 했다.

페스탈로치 또한 간섭을 멀리하고 내적 잠재력을 발현시키는 기회를 주라 했다. 격려하고 기다리면 자기완성의 쪽으로 나아간다고 믿어라 했다. 교사로서 34년간의 가르침을 되돌아보면 교육사상가의 교육 방법은 영원한 정석이다.

내 황혼육아의 방법도 이에 따르고 싶다. 그런데 때때로 할미의 욕심이 발동하면 엇박자로 나간다. 알면서 행하지 못하니 애석하다. 하와이의 템플스테이에서 이런 나를 다스리고 싶다.

상호작용

손자 손녀와 하와이 여행은 피한이다. 관광지를 찾아다니는 여행이 아니다. 하와이 날씨와 색다른 자연을 즐기는 휴식에 가깝다. 템플스테이의 여유로운 환경에서 효과적으로 손자녀를 돌보고, 아이들이 좋아하는 수영을 와이키키를 비롯한 여러 해변에서 즐기게 했다. 나는 아이들 눈높이에서의 상호작용을 하려 신경을 썼다.

첫째, 즉각적인 반응이다. 집에서는 잡다한 일로 손자녀의 말과 행동을 쉽게 놓친다. 하지만 템플스테이에서 24시간 함께 하며 아이들에게 관심을 기울일 수 있었다. 작은 행동이나 말을 흘러버리지 않고 대응했다. 이것은 아이들로 하여금 인정받는 기분을 갖게 하고 감동하게 만든다. 아이들의 조잘거리는 말에 나 또한 쉽게 감동한다. 서로에게 감동을 주고받게 되면 만사형통이다.

둘째, 행동의 이면을 읽는다. 가려운 곳을 긁어주면 기분이 좋다. 어리지만 아이들 행동에는 이유가 있다. 말하지 않은 마음을 읽어주니 사찰 내 도서실의 책을 읽고 교과서를 이용하여 예습, 복습을 한다.

셋째, 관심을 기울인다. 잡다한 일에서 벗어난 홀가분함은 여유롭다. 여유로운 마음은 아이들의 장점을 쉽게 발견케 한다. 간섭이 아닌 관심은 존중받는 기분을 갖게 만든다. 새 학기에 무엇을 어떻게? 스스로 계획을 세운다.

넷째, 칭찬과 격려한다. 칭찬은 고래도 춤추게 한다. 진정성이 담긴 칭찬과 격려는 잠재 능력을 자극하고 발휘케 한다. 내 놀람에 아이들은 어른스럽게 행동했다. 사촌끼리 서로 배려하며 갈등을 해결하고 돕는다.

다섯째, 멘토로 꿈과 희망, 목표를 세우게 한다. 멘토는 마음을 움직이고 자각을 통해 실천 의지를 세우게 한다. 하와이에서의 멘토는 자연이 한몫을 했다. 여기에 여행의 속성까지 더하니 효과적이었다.

긴 설명 없이도 나는 누구인가? 무엇을? 어떻게? 아이들은 자신을 돌아본다. 단점을 고치려 노력하는 것이 보였다.

여행지에서 아이들과의 상호작용은 내 마음을 알리고 아이들을 이해하는 창구였다. 교육은 백년지 대계라 한다. 2달간의 생활로 단번에 습관을 고치고 행동의 변화를 기대할 수는 없다. 하지만 물방울이 바위를 뚫는다.

02

여행은 종합학습

손자의 자부심

이 글을 쓰기 시작하고 해가 바뀌어 유치원생이었던 손자가 초등학교에 입학을 했다. 3월, 손자는 재미있게 학교에 다닌다. 새로운 친구가 많이 생겨서 좋고, 색연필로 줄긋기, 세모, 달팽이 모양 그리기는 아주 쉬운 공부라 한다. 글자 공부가 아닌 것에 자신감을 갖는다.

입학과 동시 태권도와 수영도 배운다. 태권도장에서 줄넘기를 한다며 연습을 시작했다. 돌린 줄과 뛰는 발이 엇박자다. 하루 이틀 연습후 3번, 5번, 10번으로 늘었다. 줄넘기 줄을 가지고 다니며 며칠간 계속 연습을 하던 손자가 100을 넘어 160번이나 뛰었다며 의기충천이

발과 손이 엇박자라 넘지 못한 줄넘기를 꾸준한 연습으로 척척.

다. 하루 저녁 손자가 연습하는 놀이터에 따라 나갔다. 손자는 보란 듯 열심이다.

"대단해! 놀라운 발전이다!"

내 감탄에 손자는 정색을 하고 말한다.

"여행할 때처럼 참고 연습을 하니 잘 돼요."

힘들어도 참고 반복 연습을 했다는 것이다. 손자의 말에 내 귀가 번쩍하다. 함께 배낭여행을 다니며 기울인 내 노력이 헛되지 않음에 가슴이 먹먹하다. 어린 것이 내 마음을 알아준다. 고맙다며 안아주니 수영도 발차기와 숨 쉬기, 팔 돌리기 연습을 열심히 했더니 25m를 한

번에 헤엄쳐 나가게 되었다고 한다. 이치에 맞는 말이다. 무엇이든 할 수 있다는 자신감을 보이는 손자가 대견하고 기특하다.

유치원에 다닐 때 친구들로부터 '꼬마여행가'로 부러움을 받고, 들려주는 여행이야기가 재미있다는 친구들의 호응과 칭찬을 받은 경험이 큰 힘이 된 듯하다.

'열심히 해야지! 나는 잘 할 수 있어!'

학교에 입학 한 손자는 배우는 것에 자신감을 갖고 노력하는 것이 보인다.

신입생 학부모 오리엔테이션에 참석했다. 교장선생님께서 놀이하듯 재미있게 배우는 교육과정으로 운영하겠다고 하셨다. 성적 순위로 따지는 교육이 아닌 모두가 일등이 되는 맞춤교육이란다.

독서의 골든타임이 초등학교 3학년까지이니 가정에서도 관심을 가져달라 부탁하셨다. 자식의 성적으로 불안한 마음을 내려놓고 선생님을 믿어 달라는 당부도 잊지 않으셨다. 내 손자가 명품 교장선생님을 만나서 안심이 되었다.

4월에 접어들어 나소즐이란 독서 기록장을 가지고 왔다. 나를 소중히 가꾸는 즐거움의 약자다. 읽은 책명과 지은이, 날짜를 간단히 누가 기록해 나가는 학습장이다. 글자를 완전히 익히지 않은 손자가 신기

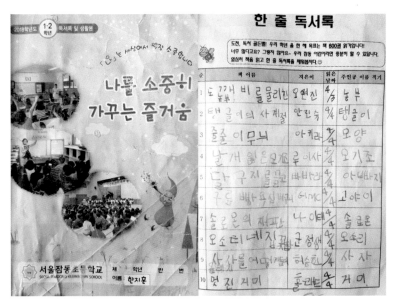

나를 소중히 가꾸는 즐거움의 준말인 '나소즐 학습장' 글자를 익히지 않은 상태에서 그림을 그리듯 쓴
독서록.

하게도 동화책을 읽고 독서기록장에 서툰 글씨로 쓴다. 친구들을 보
고 배운 듯하다. 욕심 같아서는 바른 글씨를 가르쳐 주고 싶지만 그림
을 그리듯 해서라도 써 보겠다는 의지를 높이 칭찬했다.

어느 날 메고 나선 책가방이 묵직하다. 동화책이 7권이나 들었다.
무거우니 두 세권만 가져가라고 했다.

"친구들보다 적게 읽을 수는 없어요. 오늘 도담반에서 다 읽을 거예
요"

상 장

금상
(50m달리기)

제1학년 보람반
이름 한 지 훈

위 어린이는 교내 종이비행기대회
에서 위와 같이 입상하였으므로 이에
상장을 주어 칭찬합니다.

2018년 4월 30일

서울잠동초등학교장 김 경 신

상 장

금상
(50m달리기)

제2학년 보람반
이름 김 지 윤

위 어린이는 교내 학교스포츠클럽
(육상)대회에서 위와 같이 입상하였으므로
이에 상장을 주어 칭찬합니다.

2018년 6월 11일

서울잠동초등학교장 김 경 신

상 장

우수

제5학년 사랑반
이름 김 명 신

위 학생은 2017학년도 2학기 동안
좋은 책을 많이 읽어 다른 학생들의
모범이 되므로 이에 상장을 주어
칭찬합니다.

2018년 2월 13일

서울잠동초등학교장 김 경 신

손자 손녀의 노력의 결과. 저마다
각오 한 마디씩.

손자는 쉬운 그림책을 읽느라 열심이다. 할아버지가 기특하다며 교문 앞까지 들어다 주었다.

손자에게 학교는 재미있고 신나는 곳이다. 내 바람이다. 얼마나 다행인가. 학교 공부의 첫 출발이 순조롭다.

손자는 학교에 입학하니 배우는 것이 많아지고 누나들과 같이 학교에 다니게 되어 좋다며 최선을 다한다. 4월 과학의 달 행사로 교내 종이비행기 대회에서 금상을 받아왔다. 할아버지와 종이비행기를 접어 13층 복도에서 날리기 연습을 하고 잔디밭에 내려가 다시 주워 그곳에서도 날리기 연습을 열심히 하더니 받은 값진 상이다. 거실의 벽에 상장을 붙였다. 이를 본 작은 손녀가 달리기에서 받은 상장을, 큰 손녀는 책을 잘 읽는다고 받은 상장을 들고 나온다. '그렇지!' 아이들 마음이다. 며 칠 후, 큰 손녀가 먹물을 찾았다. 그리고 동생들을 데리고 뭐라 설명을 하더니 각자 마음에 닿는 명언을 한 장씩 써서 상장 밑에 붙인다. 마음을 다잡겠다는 뜻이다. 지난 날 내 자식들의 상장을 걸어둔 자리에 손자 손녀의 상장이 붙었다. 내 젊은 시절로 되돌아간 듯하다.

의욕적인 손자 모습에 나는 힘을 얻고 안심을 한다. 입학 후 둘 달간 손자의 학교생활은 여행지에서 보여준 적극성 그대로다.

날짜	내 용	들어온돈	나간돈	남은돈
4/9	재어 누나 슬라임		2000	13000
4/15	명신이 누나 떡꼬치		1000	12000
4/15	누나들 선물		500	11500
4/15	할아버지 선물		5000	6500
4/21	수윤이 아모	50000		56500
4/21	오 백원 발견	500		57000

용돈 기입장을 사용하는 손자, 천리 길도 한 걸음부터.

손자는 입학 후 매주 1000원의 용돈을 받는다. 그리고 할아버지의 지도를 받아 용돈기입장 기록을 시작했다. 학교에서 친구를 사귀어 생일 초대를 받고는 친구의 생일 선물로 무엇을 살까? 돈은 얼마 들지? 경제관념이 생겼다. 또 누나들에게 기분 좋게 핫도그로 한턱을 낼까? 말까? 지갑의 돈을 세고 또 센다.

"할머니, 돈은 쓸 때는 써야 하지요?"

하와이에서 작은누나가 돈이 아낀다며 아이스크림을 사 먹지 않았을 때 내가 들려준 말을 옆에서 듣고 그대로 따라 한다. 현명한 지출을 하겠다는 말이다.

손자는 학교생활에 적응을 잘 한다. 예상보다 씩씩하고 적극적이다.

신학기 학부모 상담 시 담임선생님을 만났다.

"손이 안 가는 학생입니다"

학생 됨을 축하하는 꽃다발! 학교는 신나고 재미있는 곳! 집을 나선 등굣길은 손자 손녀에게 즐거움!

내가 듣고 싶은 말이라 기분이 좋았다. 공든 탑이 무너지랴? 속담을 떠올리며 32개월 때 떠난 여행의 가치를 되씹는다. 억만금을 주어도 그 시절은 다시 돌아오지 않는다.

물그릇에 걸쳐진 마른 한지의 끝자락

"학교에 다녀오겠습니다."

신학기를 맞이한 6학년, 2학년, 1학년 아이 셋이 아침마다 합창으로 인사를 한다. 우리 부부는 엘리베이터까지 배웅한다.

할아버지와 엄마를 제자로 가르치는 태권도 사범 손자

"화이팅!!!"

아이들에게 힘을 준다. 그리고 위에서 내려다보면 아이 셋은 어깨를 나란히 조잘거리며 학교로 향한다. 젊은 시절, 아들 딸을 데리고 서둔 출근길의 내 모습이 아이들 속에 클로즈업 된다.

아이들이 빠져나간 집안은 갑자기 정적이 감돈다. 어지러운 식탁에 앉아 김빠진 아침밥을 뒤늦게 먹으면서도 나는 흐뭇하다.

"앞가르마를 타주세요"

큰 손녀가 빗을 들고 나를 부르고, 고무줄을 흔들며 작은 손녀는 머리를 묶어 달랜다. 칫솔을 문 외손자가 급히 할 말이 있다며 내 등을 두드린다. 한바탕 소란을 피운 후라 빈 집 같은 고요가 나를 포근히 감싼다. 분명 내 나이에 걸맞지 않은 힘든 상황이다. 그런데 마음은 풍요롭다. 내 자식에게 하지 못했던 등굣길 배웅을 뒤늦게 하는 즐거움, 내 새끼들이 건강하고 씩씩하게 자라는 모습을 보는 기쁨, 나를 믿고 제 자식을 맡긴 아들, 딸을 돕는다는 위안이 아침 시간 나를 힘나게 한다.

주위에서 말한다. 교사였던 할머니라 아이들 공부를 봐 줄 수 있어 좋겠다한다. 내가 아이들 공부와 성적에 신경을 쓴다면 이처럼 자유로울 수 있을까? 지난겨울 하와이에서 아이들에게 내 희망사항을 말했다.

"어! 잘 했네!"

스스로 하는 모습에 놀라고,

"그만하고 쉬어야지!"

나를 도와주는 고마운 마음에 부탁하며,

"할머니는 너희들을 믿는다."

사랑하는 내 마음을 표현하는 이 세 마디만 할 수 있게 해 달라 부탁했다.

외손자와 달리 다 자란 후 함께 생활하는 손녀들이다. 큰 손녀는 저학년에 놓친 공부로 자신감을 잃지 않을까? 걱정하며 책 읽기를 좀더 즐겨 했으면 바랐다.

입학식 날 눈물을 보인 작은 손녀는 엄마를 떨어져 제대로 학교생활을 할까? 염려했다. 공개수업 날 작은 목소리로 발표하는 작은 손녀를 본 다음, 내 걱정은 태산이었다. 일 년이 지난 새 학년이 된 손녀들은 이런 내 걱정을 잠재운다. 교장선생님의 학교경영 방침이 아이들에게서 나타났다.

"할머니 책 속에 길이 있다는 말의 뜻을 알겠어요."

독서상을 받아 온 큰 손녀는 책 읽는 재미에 빠졌다. 역사책을 읽으니 사회 시간 발표에 자신감이 생겼다며 스스로 깨닫는다. 학급 육상

대표로 뽑힌 작은 손녀는 점점 활달하다. 도서실에서 책을 대출해 온다. 사촌 동생에게 질세라 나소즐 기록장에 벌써 100권이 넘었다고 자랑하며, 자신 없었던 큰 소리 발표도 많이 좋아졌다고 자신감을 보인다.

가르쳐서 하는 공부는 타성에 길들어 공부를 멀리한다. 헛수고로 힘만 들고 발전이 없다. 손자와 손녀는 재미있는 학교라는 물그릇에 걸쳐진 마른 한지다. 나는 촉촉이 젖어드는 과정을 지켜보면 된다. 성급하게 한지를 물속에 집어넣었다가 끄집어내면 찢어진다. 촉촉이 젖은 한지와 차이가 크다. 손녀들의 미흡한 점을 걱정하기보다 작은 행동 변화를 크게 칭찬하고 격려해야지! 그리고 세 마디의 말을 내가 먼저 지치려 다짐한다.

나는 신학기를 맞이한 6학년, 2학년이 된 손녀 둘과 1학년 외손자를 믿는다. 공부와 생활습관은 가르쳐서 되는 일이 아니다. 자각을 통해 스스로 깨닫고 행동하는 것이다. 나는 아이들의 생각을 존중하려 한다.

내가 할 일은 아이들의 마음을 움직이는 것이다. 감동을 주는 할미가 되어야 한다. 이것은 내 몫이고 내 능력이며 기술이다. 미흡함은 아이들 탓만이 아니다. 돌보는 할미인 내 성품과 생각도 한몫을 하는 양방향이다. 아이 셋 양육을 수월하고 재미있게 하는 관건은 간섭이 아닌 관심을 갖고 믿고 기다리는 것이 상책임을 다시 한번 다짐한다.

아이들과 함께 한 하와이 여행은 그 가치를 발휘한다. 그곳에서 여유롭게 나눈 이야기 덕분이다. 마른 한지에 물이 스며들 듯 천천히, 자연스럽게 변화를 보인다. 물그릇에 걸쳐진 한지의 끝자락은 끝내는 전체를 촉촉이 젖어들게 한다. 그 과정이 바로 교육이다. 내 황혼육아가 바로 이처럼 되어야 하는데....

여행을 종합학습이라 하는 이유?

"참 재미있는 여행이었어!"

즐겁고 신나는 여행의 기본 조건은 튼튼한 체력과 풍부한 정보, 떨리는 감정이다. 더하여 도전과 적극성, 극기와 같은 행동 덕목이 윤활유로 가미될 때 감탄한다. 때문에 여행은 종합학습이다. 여행지에서 예상치 못한 상황에 직면하면 직관과 판단으로 최선책을 찾아 순발력으로 대응하고, 타인과 관계에서 협동과 감사의 마음으로 행동하며, 지치고 힘든 순간을 체력으로 이겨내야 효과적인 여행을 할 수 있다. 이 과정을 통해 자연 경관에 감동하고, 만나는 사람과의 교감으로 깨달음을 얻으며, 사람들이 살아가는 모습에서 생각을 다듬는다. 여행은 지. 덕. 체의 전인적인 소양을 자연스럽게 기를 수 있다.

교육의 목표도 여행의 가치와 다를 바가 없다. 지. 덕. 체가 조화로운 사람으로 이끄는 것이 교육의 궁극적 목표다. 삶에 필요한 지식과 더불어 살아가는 덕성, 건강한 신체가 고루 발달토록 돕는 것이 교육적 작용이다.

손자 손녀가 여행을 통해 이러한 덕목을 자연스럽게 습득하길 나는 바란다. 효과적인 여행을 하듯 재미있는 학교생활로 자신의 잠재능력을 발휘하며 '공부 맛'을 아는 학생'이 되길 나는 기원한다.

이는 자발적인 자세가 기본이다. 공부 시간에 수업에 집중하여 참여하고, 질서를 지키며, 맡은 바 책임을 완수하고, 판단과 선택, 협동과 배려로 선생님을 좋아하고, 친구에게 인정받으며 학교라는 작은 사회에서 제 역할에 충실하다.

이는 또한 공부하는 자신도 지켜보는 가족과 선생님 모두를 돕는다. 학습과 생활에 윤활유는 자발적인 자세다. 나는 이 힘을 키워주려 손자 손녀와 여행을 하고 또 계획한다.

입학을 계기로 공부를 시작하는 손자다. 학교교육이 시작되면 '공부'라는 과제에서 자유로울 수 없다. 대다수가 학교 = 성적이라는 등식에 얽매인다. 마치 장래의 삶을 준비하는 자세로 임한다. 손자 손녀는 이에서 벗어날 길 바란다.

학교는 그들의 생활의 장이다. 초등학생 시절은 삶의 준비기가 아니다. 발달과정의 한 부분이다. 매 순간의 성장은 일생의 단 한 번뿐인 일회성이다. 그만큼 아이들의 학교생활 나날은 가치롭고도 중요하다.

때문에 교육은 자연스러워야 한다. 흥미와 자발성에 기초한 동기부여가 선행되어야 깨쳐 알아가는 재미로 신이 난다. 신이 나야 스스로지닌 능력을 발휘하게 된다. 이런 과정이 자연스럽게 일어날 때 학교는 재미있고 신나는 곳이다. 그 속에서 아이들은 나날이 성장한다.

학생으로서 공부는 해야 하는 일인 동시 과제다. 하기 싫고 어렵다고 피할 수는 없다. 자신의 능력껏 최선을 다하는 자세를 요한다. 성적순위로 따져 잘 하고 못함에 기준을 두기보다, 배움에 게을리 하지않는 성실성과 인내를 발휘해야 한다. 나는 여행을 통해 이러한 덕목이 자연스럽게 내재되리라 믿는다.

"씩씩하다! 대단해!"

손자 뒤를 따르며 격려로 힘을 주었다. 그 여행 경험이 바탕 되어앎의 재미로 배움을 놓치지 않고, 매 순간의 성장이 즐거운 나날로,자신의 효능감을 키워간다면 저마다 일등이다.

아이 셋, 교장선생님 말씀처럼 일등이 되는 힘을 여행에서 습득한다고 믿기에 나는 여행을 종합학습이라 한다.

여행으로 체득한 덕목

영유아기의 성장 매 순간은 학습이다. 손자에게 올인 한 32개월경 유럽여행의 하루하루는 신기함의 연속이었다. 어린 것이 여행 일정을 파악하고, 무거운 가방을 끌며 여행의 일원으로 제 역할을 잘 했다. 칭얼거리지 않고 일찍 일어나 씩씩하게 걷고, 보다 적절한 말을 사용하며, 상황에 맞는 행동을 했다. 생각과 느낌을 표현하며 행동양식의 덕목을 실천했다.

가는 곳마다 새로운 상황과 또 다른 사건의 연속은 손자의 지적 활동을 자극했다. 장난감 매장에서 손자의 지적 활동은 두드러졌다. 마음에 드는 장난감을 갖기 위해 비교하고 분석하며 많은 것 중 하나를 골랐다. 때로는 아까워하면서도 과감히 포기하는 결단력도 보였다. 제 어미가 제시한 조건인 금액, 개수, 크기에 합당한 것을 찾기 위해 몰입했다.

독일 뮌헨 BMW 전시장의 많은 모형 자동차 중 하나를 고를 때 조건에 맞추자니 크기가 손가락만 하고, 큼직한 것을 갖고는 싶은데 약속에 어긋나니 선 듯 고르지 못했다. 들었다 놓기를 반복한다. 기다리다 지친 내가 거들었다.

"이거 어때?"

손자의 마음을 읽고 큼직한 것을 건넸다. 사실 BMW 본사까지 왔

으니 기념이 될 만한 것을 사 주고 싶었다. 손자는 잠시 머뭇거리더니 결심이라도 한 듯,

"너무 크고 비싸요"

나를 가르친다. 제자리에 놓고 작은 것을 들고 계산대로 향한다. 떼를 쓰지 않고 유혹을 물리친 단호함과 용기다.

"놀랍다!"

내 감탄과 칭찬은 손자의 그다음 행동을 한 단계 업그레이드 시켰다.

손자는 직접 계산을 했다. 돈을 지불해야 장난감을 갖는다는 것을 알고는 계산대 앞에서 다시 살펴보는 신중성을 발휘했다. 고개를 갸웃거리며 자신의 선택이 최선이었는지 생각하고, 금액과 장난감을 저울질했다. 마음에 쏙 들고 가격이 적당하다 싶으면 표정이 다르다.

"참 잘 샀다!"

아주 흡족해한다. 마땅한 것을 고르지 못할 때도 있다. 오랜 시간을 허비한 것이 억울하다며 하나를 들고는 한 마디 한다.

"비싸다!"

결과를 평가한다.

손자를 위해 떠난 여행이었기에 손자의 장난감 구입에 나는 큰 의미를 두었다. 돈의 가치와 경제생활을 효과적으로 가르칠 수 있는 절

호의 찬스이다. 어느 관광지 구경보다 더 중요하다고 생각했기에 나는 인내로 기다렸다. 손자가 대자연 앞에서 갖는 환희에 버금가는 경험이라 생각했다. 손자가 고른 물건에 나는 감탄할 때가 많았다.

"어떻게 이걸 찾아냈지?"

손자의 물건 고르는 안목이 점점 높아 간다.

아웃렛 매장에서 지루하게 기다렸던 자신의 경험으로 내 마음을 읽어 주고, 기차 시간에 늦겠다며 앞장서서 "빨리! 빨리!" 가방을 끌고 나섰다. 새벽에 일어나 추위에 덜덜 떨면서도 칭얼거리지 않았다. 연일 캠핑을 하다가 편한 숙소에 들어가면 그제야 "참 편하고 좋다!"고 말했다. 짜증과 불평으로 해결되지 않는 상황에서는 참을 줄 알았다. 통찰력과 이해력, 순발력과 인내심 등의 행동 덕목을 손자는 자연스럽게 습득하고 표출했다.

그 덕분에 나는 계획했던 여행 일정을 무리 없이 소화할 수 있었다.

적응력 발휘도 감탄스러웠다. 바티칸 박물관의 천지창조와 지옥문 그림 방에서 키가 작은 손자는 복잡함에 숨이 막힐 지경이었다. 나는 걱정되고 불안했다. 혹 칭얼거림으로 옆 사람들에게 방해가 되지 않을까? 손자는 내 표정을 보고 안심을 시킨다. 조용히 따르며 그림을 본다. 쿠바의 볼품없는 놀이터의 기구를 있는 그대로 재미있게 이용하며 놀 줄도 안다. 때와 장소에 적절하게 행동하고 대처했다.

그 덕분에 나는 여행을 즐겁게 했다.

탐구력도 돋보였다. 에펠탑을 다시 보고는 "누가 만들었지?" 철재 교각 아래서 올려다본 그 웅장함에 감탄하고, 영국 국회 의사당에서 "의자의 색이 왜 다르지?" 상?하원 방에서 예사로 보지 않았다. 그랜드캐니언의 웅장함은 "어떻게 만들어졌지?" 쿠바의 지저분한 골목길에서 "왜 가난하지?" 미국을 상징하는 독수리를 발견하고 "저것은 흰머리 독수리다!" 망원경을 꺼냈다.

손자는 나에게 사전조사의 필요성을 가르쳤다.

창의력의 싹도 보았다. 모스크바 정교회 탑을 아이스크림 성당이라 하고, 캐니언의 바위 모양에 그럴듯한 이름을 붙이며, 예술작품 감상도 보고 느낀 대로의 표현했다. 손자의 감상은 진국이고 신선하다. 손자의 기발한 생각은 나에게 편견에서 벗어나 사물을 바라보라 무언으로 가르친다. 손자는 여행을 더욱 재미있게 만들었다.

손자 손녀 셋이 잘 어울리는 것은 도덕 공부다. 양보와 협동, 배려 없이는 불가능하다. 그들이라고 왜 다툼과 속상함이 없겠는가? 나름의 위계질서를 세워 의논하고 타협하며 상대를 이해하기에 가능했다.

어느 날 저녁을 먹고 담요와 방석을 들고 아이 셋 늦은 시간 밖으로 나간다. 담장을 의지해 작은 텐트처럼 만들고 그 안에 손전등을 밝혔다. 그리고 간식을 차려놓고 모여 앉았다.

'뭘 할까?'

밤이 깊어 정리를 마치고 들어와서 '칭찬의 시간'을 가졌다고 말한다. 서로에게 들려준 칭찬에 감동하여 울었다며, 아주 유익했다고 입을 모은다. 어떤 말이 오갔는지 묻지 않았다.

내 눈에 사이좋게 보이는 것은 표면일 뿐이다. 그들 사이 작은 갈등이 있을 수 있다. 집 떠난 여행지다. 할미와 할비를 생각하고 서로를 보듬었다는 사실에 가슴이 뭉클했다.

앞으로 수 없이 겪게 될 삶의 갈등 상황을 어떻게 해결해야 하는지, 어린 것들이 스스로 터득한다. 큰 가르침을 쉽게 얻은 기분이었다.

그 날 밤, 아이들 마음이 내 가슴을 벅차오르게 했다. 밖으로 나오니 저 멀리 와이키키 해변의 높은 빌딩들이 불야성이다. 조용한 경내 야자수 잎이 일렁이고 시원한 밤바람은 상쾌하다. 경내를 산책하며 이 생각 저 생각을 했다.

'여행을 오길 참 잘했어!'

그 순간의 자가 자찬은 지나치지 않았다.

이론적으로는 만 2살경부터 도덕성이 발달한다고 학자들은 말한다. 손자는 쿠바의 민박집에서 또래 꼬마에게 아끼던 장난감을 선 듯

내주고 과자를 나눠 먹는다. 단지 불쌍해서가 아니다. 가진 것을 베푸는 마음이다. 이 마음이 자라면 인류애로 발전하지 않을까? 하와이 마우이 섬의 다미안 신부님이 베푼 사랑의 이야기, 스코틀랜드 스털링성에서 브레이브 하트 영화 주인공의 이야기를 자꾸 들려달라는 손자의 마음을 읽는다. 정의와 용감, 사랑이란 초자아적인 도덕성을 이해하고 감동하는 손자다. 안데르센 아저씨의 따뜻한 마음, 체 게바라에 대한 쿠바인의 존경심, 말을 태워준 마부 아저씨에 대한 고마움 등을 설명 없이 여행 중에 느끼고 깨닫는다.

이러한 덕목을 교실에서 가르치려면 예화를 들려주고 토의하고 실제 상황을 설정하여 발표를 통해야 한다. 그래도 시험지의 답과 행동은 다르다. 여행하는 동안 어려운 덕목을 손자 손녀는 생각과 느낌으로 쉽게 이해하고 익혀 행동으로 표현했다. 도덕적 판단 기준도 그 순간 함께 성장한다. "멕시코 순경은 나빠!" 교통경찰의 부당한 요구를 경멸하며 부정과 불의에 분개하는 손자다.

손자는 자아 존중감에 눈을 떴다. 명찰을 단 파크 레인저 쪼기를 입고 국립공원을 트레킹 할 때면 떨어진 휴지를 줍고 '걷기 대장'이라며 앞서 씩씩하게 걸었다. 중요한 의사결정에 가끔 손자를 동참시켰다. 의견을 묻고 손자의 의견에 따랐다. 늦은 시간 모뉴먼트 벨리를 향해 갈 것인가? 말 것인가? 망설일 때 손자가 답을 주었다. "더 물을 것이 없으면 나는 잠을 좀 자야겠다." 며 지긋이 눈을 감은 손자가 어른처럼 보였다. 손자의 표정에서 자존감을 읽는다. 손자의 명쾌한 대답이 큰 도움이 되어 하루 일정을 단축하고도 알찬 관광을 할 수 있었다.

여행을 떠나기 전 손자 손녀에게 일정을 알려주었다. 곳곳에서 볼 것이 무엇이며 어떤 교통편을 이용할 것이고 재미있고 좋은 것들을 미리 광고한다. 그리고 희망사항을 물어서 체크한다. 사진을 보여주고 여행지에 대한 흥미를 갖게 한다. 사전 조사인 셈이다. 대표적인 것이 영국 버킹궁의 교대식과 템즈강의 유람선 타기, 프랑스 에펠탑, 이탈리아 트레비 분수, 핀란드 산타마을, 벨기에 오줌싸개 동상, 암스테르담의 인어공주, 덴마크의 안데르센 기념관 등이었다. 그리고 하와이의 민속 춤과 와이키키 해변 모습 등 사진이나 책에서 본 것을 실제로 접한 아이들은 호기심 가득 찬 눈빛으로 집중했다. 자세히 살피고 행동으로 표현했다. 호기심은 행동의 원동력이다.

여행 중 곳곳에서 트레킹을 했다. 아이들은 새로운 것에 도전하겠다는 의지를 보였다. 자이언 캐니언 계곡의 급유 앞에서 "할 수 있어요!" 용감하게 나서고, 난생 처음 산길을 걸어 로렐라이 언덕을 찾아가는 길이 힘들어도 끝까지 가겠다면 고집을 피웠다. 하와이에서 아이들이 보여준 여러번의 도전은 용기를 동반했다.

적극성은 나이에 따라 다르게 표현되었다. 32개월 여행에서 손자는 장소를 가리지 않고 업 된 기분을 몸으로 표현했다. 런던의 버킹궁 교대식의 근위병 행진 뒤를 두 팔을 힘차게 흔들며 따라 걷고, 윈즈성 언덕에서 보여준 모션, 스웨덴 스톡홀름 거리를 활보한 꼬마 해적의 차림, 알프스 산자락 호수에서 알몸으로 수영을 즐겼다. 2년 후 손자의 행동은 달랐다. 목표 달성에 의미를 두었다. 폭포나 높은 산, 캐니언의 웅장함 앞에서 환호하고 북아일랜드 자이언트 코즈웨이의 주상절리의 감동적인 이야기 내용을 행동으로 나타낸다.

'걷기대장' 에서 '계단 오르기 대장' 이 된 손자.

5학년 큰 손녀는 하와이 자연과 다 민족이 어울려 사는 모습, 자연과 사람의 관계, 하와이 원주민과 역사 등에 관심을 갖고 살핀다.

작은 손녀는 언니와 동생을 배려하여 어느 쪽에도 치우치지 않고 셋의 단합된 행동에 적극적이었다.

아침마다 한 문장의 영어 공부를 하는 모습.
'세 마디의 말' 나의 희망사항을 들어주려 노력
하는 아이들.

 여행 중 손자 손녀는 항상 씩씩하다. 때 놓치지 않는 식사와 안전을 최우선에 두었다. 항상 여행을 무사히 즐겁게 마칠 수 있었던 것은 아이들의 체력 덕분이었다. 어린 것들이 지쳐하지 않고 나날이 컨디션이 새로웠다. 체력은 강인한 정신력을 발휘게 하고 또 정신력은 체력을 북돋움을 나는 아이들 행동에서 보았다.

 초등학교에 입학한 3월 어느 날, 손자를 데리러 태권도장에 간 남편으로부터 전화가 왔다. 급히 볼일이 있다며 손자를 혼자 집으로 보낼 테니 나와서 데리고 가라는 연락을 받았다. 상가 쪽으로 가면 만날 수 있어 서둘러 나섰다. 그런데 아이가 보이지 않는다. 빤한 길이다.

순간 겁이 덜컹 났다. 손자의 이름을 크게 불렀다. 허둥대는 나를 보고 손자의 친구가 벌써 집으로 갔다고 일러준다.

'내려온 엘리베이터에서도 만나지 못했는데....'

혹시나? 싶어 급히 집으로 오니 손자는 대문 앞에 서 있다. 반가움에 어떻게 된 일이냐고 물었더니 계단으로 걸어 올라오며 운동을 했다고 한다. 태권도를 마친 오후 시간 13층까지 걸어 오르기는 쉽지 않다.

저녁시간 낮에 있었던 일을 식구들에게 이야기했다. 벌써부터 손자는 계단을 걸어서 올라온다고 식구들은 이구동성이다. 나만 몰랐다. 그날 이후 손자는 나와 함께 엘리베이터를 타면 내기를 하자고 제안하고 계단을 뛰어오른다. 때로는 9층에 내려 엘리베이터보다 먼저 13층에 도착하여 나를 기다린다. 어릴 때 여행 중 '걷기 대장'이 이제 생활 속에서 '계단 오르기 선수'로 바뀌었다.

희망사항

아침에 일어나며 큰 손녀는 영어 테이프를 튼다. 하와이에서 친구들의 말을 조금 알아들었기에 계속해야 잊지 않는다며 두 동생을 앞혀 놓고 하루에 한 문장씩 소리 내어 외운다. 할아버지는 선생님 역할을 잘 하는 큰 손녀에게 월 만 원을, 작은 손녀와 외손자에게는 열심히 배우는 태도를 칭찬하며 2000원씩 주겠다고 약속을 했다. 학원에 가지 않고 공부하고 덤으로 돈을 벌었다며 제 엄마 아빠에게 자랑을 한다.

"하루 날을 잡아 변화와 발전을 자축하는 파티를 열면 어떨까?"

나는 할아버지에게서 받은 돈의 사용처를 제안했다. 셋의 돈을 모아 맛있는 것을 사서 가족들에게 대접함으로써 뿌듯함을 느끼게 해주고 싶었다.

"좋아요!"

셋은 합창을 한다. 온 식구가 한자리에 모였다. 아이들은 떡볶이, 순대, 과자, 음료수를 사 왔다. 제법 그럴듯한 파티 상 앞에서 모두 싱글벙글이다. 한 달에 한 번씩 기대된다는 말에 아이들 어깨가 들썩인다.

내 노년의 자아실현을 황혼육아에 둔다. 살아온 총체적 경험을 활용하여 가능한 재미있고 수월하게 아이들을 돌보며, 보람 있는 나날이 되도록 남은 여력을 모으려 한다. 이게 내 희망사항이다.

CHAPTER

04

여행과 교육

말을 물가로 끌고는 갈 수 있듯
공부 또한 앉혀 놓고 가르칠 수 있다.
하지만 억지로 말에게 물을 먹일 수는 없다.
공부의 효과 또한 학생의 몫이다.

01

―

쉽고 자연스러운 교육

여행에서 마주하는 자연 속에는 25평 교실의 배움이 들어있다. 자연뿐만이 아니다. 새로운 곳을 찾거나 뛰어난 문화재를 만나는 순간도 예외는 아니다. 딱딱한 걸상에 앉아 선생님의 가르침에 따르는 배움이 아닌 여행은 자기 힘으로 찾아가서 느낌과 감동을 통해 스스로 깨치는 폭넓은 적극적인 산교육이다. 나아가 심성도 살찌운다.

나는 때때로 손자가 보이는 행동의 원인은? 생각한다. 그리고 이 행동이 어떻게 습득되었으며 또 초등학교 생활에 미칠 영향을 예상한다. 여행 경험은 1+1= 2 라는 단순한 지식이 아닌 자발적인 학교생활의 바탕을 세우리라 믿는다.

여행은 찾아가는 과정을 거쳐야 새로운 관광지나 목적지에 도착한다. 그 과정이 힘들다고 피하거나 포기하면 결코 도달할 수 없다. 콜로라도 강물에 몸을 담그기 위해 하루 종일 그랜드캐니언 아래로 걸어야 한다. 도착하여 강가에 누워 석양에 붉게 물든 골짜기의 장관을 보고 감격한다. 이는 하루 수고의 결실이다. 반복된 이런 과정의 느낌과 감동은 저절로 몸에 배어 저력으로 나타난다.

학생으로 해야 하는 공부의 이치도 이와 같다. 학습목표에 도달하기 위해서는 예습과 복습, 반복의 노력이 따라야 한다. 이는 쉽지 않다. 힘은 들지만 차근차근 미루지 않고 앉아서 공부하는 과정이 있어야 앎으로 연결되어 지식으로 쌓인다. 그래야 성적이 오르고 자신감을 갖게 된다. 앎의 재미는 스스로 하는 힘을 발휘케 하여 정상에 올라 환호하듯 배우는 재미로 공부에 자신감을 갖게 된다.

학생이 된 손자는 공부를 해야 한다. 영유아기의 여행 경험이 자연스럽게 학습으로 연결되기를 바란다.
  *여행을 떠나길 좋아하듯 학교를 신나고 재미있는 곳으로 알고
  *하루 종일 힘들게 걸어도 칭얼거리지 않았듯 예습 복습을 놓치지 않고 끈기 있게   학생의 본분에 충실하며
  *여행 일정을 파악하고 앞장서 나아가 듯 학습 계획을 세워 자발적인 태도로 공부하고

＊쏟아지는 폭포를 보고 감탄하듯 선생님의 가르침에 귀를 쫑긋 바른 자세로 잘 듣고 앎의 재미로 '오늘은 무엇을 배우게 될까?' 설레는 마음으로 학교 가는 길이 즐겁기를 나는 바란다. 그래야 믿음직한 학생으로 자기 효능감을 키운다.

＊여행에서 돌아와 추억을 그리며 또 다음 여행지를 꿈꾸듯 자신의 재능을 찾아 목표를 향해 저력 있게 나아가길 나는 바란다.

지난날 교단 경험을 거울삼아 학생으로 살아가는 손자 손녀와 효과적인 상호작용을 하는 할미가 되고 싶다.

고무줄의 탄성 원리

나는 교직 초기 시험 점수가 낮은 아이를 남겨서 가르쳤다. 기초를 다잡으려 안간힘을 썼다. 어느 날 교실 문이 와락 열렸다.

"우리 손자가 아직 오지 않았는데...."

할머니 한 분이 교실로 들어섰다.

"당신이 선생이요?"

나를 훑어보시며 혀를 차셨다.

"지금이 몇 시인데..."

나는 시간 가는 줄 몰랐다. 당시 우리 반은 전교에서 가장 평균점수가 높았다. 나는 잘 가르치는 선생으로 인정을 받아 중심학교로 뽑혀 이동도 했다. 성적이 낮은 학생에게 나는 힘들게 가르치며 게으름을 피운다고 야단을 쳤다. 아이의 능력이나 재주를 무시하고 오직 성적인 학력만을 따졌다. 교사인 내 입장에서 책임 완수형이었다. 가르치는 교사와 배우 학생 모두 힘들고 지겨웠다. 이 시기의 내 역할을 아주 부끄러워한다.

지. 덕. 체 라 하면 마치 지적인 영역이 우선인 것처럼 들린다. 많은 교육학자들은 체→ 덕→ 지 순으로 교육될 때 바람직하다고 한다. 튼튼한 몸에 건전한 정신이 깃든다고 로크는 말했다. 이는 씩씩하게 친구와 잘 어울려 놀면서(체) 사회생활의 핵심인 협동과 양보, 배려를 배우고(덕) 더 재미있는 놀이 방법을 찾고 놀면서 자기의 생각을 피력하고 남의 말에 귀를 기울인다.(지)

놀이처럼 배운다는 말도 있다. 아이들 놀이는 체→ 덕→ 지 순으로 일어난다. 학교교육도 이 순서를 따를 때 쉽고 재미있게 공부를 하게 된다.

여행 또한 이 순서를 따른다. 여행의 기본 조건은 건강이고 타인과의 관계 속에서 이뤄지며, 풍부한 정보와 사전조사를 필요로 한다. 그리고 목적지를 찾아가는 과정의 경험과 도달했을 때 갖는 성취감 등은 인간행동양식의 덕목을 포함한다.

32개월 영유아기 손자를 데리고 여행을 떠난 이유가 이에 있었다. 여행을 통해 자연스럽게 습득된 다양한 경험들이 무의식에 쌓여 학교생활에 저력으로 발휘되리라 믿기 때문이다.

교직 중기 내 자식의 학부모가 되었다. 억지로 가르치는 것이 헛수고임을 알았다. 모든 교사나 부모는 스스로 공부하는 자세에 목표를 둔다. 기초를 잡아주면 스스로 할 것이라 생각하고 바른 공부습관을 잡아주려니 간섭을 하게 되고, 알아야 재미있고, 재미있어야 스스로 공부를 하게 되니 가르친다.

그러나 부모 뜻과 자식의 마음은 엇박자다.

'때를 놓치면...'

다급한 부모는 확인하고 지시한다.

'이건 아닌데...'

효과 없음을 알면서도 내 자식 장래를 생각하면 그만두지 못한다.

이미 세상을 살아본 부모는 때를 놓친 후회를 경험했다. 때 놓치지 않는 공부가 얼마나 좋은지 훤히 안다. 하지만, 인생을 살지 않은 아이들이다. 부모와 자식 간에 공부로 인한 갈등이 악순환으로 되풀이되면 끝내는 명령과 지시, 힐책이 따른다.

학년이 올라가면 엇박자는 행동으로 표출된다. 부모는 지쳐서 포기하고, 자력을 잃은 자식은 공부를 지겹게 생각하고 멀리한다. 공부를 왜 해야 하는지 그 필요성을 깨달아야 부모 뜻에 따라 스스로 한다.

부모가 앞장서 가르치는 공부는 고무줄의 탄성 원리와 같다. 힘들게 당긴 고무줄은 늘어나도 놓게 되면 도로 줄어든다. 이 과정 부모는 힘들고 자식은 공부를 지겹게 생각하고 멀리한다. 말을 물가로 끌고는 갈 수 있듯 공부 또한 앉혀 놓고 가르칠 수 있다. 하지만 억지로 말에게 물을 먹일 수는 없다. 공부의 효과 또한 학생의 몫이다.

나는 내 자식과 고무줄 당기기를 그만두고 여행을 시작했다. 당시 공무원의 해외 나들이를 제한했다. 방학을 이용하여 자비 해외연수로 허가를 받아 세상구경을 했다. 외국의 초등학교를 참관하고 연수물로 제출했다. 수업시간 내 여행이야기는 보쩜이 큰 선생님으로 학생들에게 감동을 줄 수 있었다.

철민이가 좋은 방학과제를 제출했다.

'나의 꿈은 여행가'라는 제목으로 세계지도를 그리고 자신이 가고 싶은 나라에 표시를 했다. 그리고 각 나라의 수도와 역사를 간단히 조사하고 국기를 그린 알찬 과제다.

"선생님, 제 꿈은 의사였는데 선생님 이야기를 듣고 여행가로 바뀌었어요."

철민이는 공부도 잘하고 친구들에게 인기 높은 아이다.

"나를 보렴. 너희들을 가르치면서 여행도 하지 않니?"

철민이는 고개를 끄덕이면 꿈이 두 개라며 좋아했다. 나는 알았다. 교사는 아이들에게 꿈을 주는 사람이 되어야 한다는 것을, 한 손에 분필, 또 한 손에 회초리를 들었던 고무의 탄성 원리의 가르침에 벗어났다.

교직 말기에 이르러 학생이 있음에 나는 가르치는 교사임을 알았다. 늦게 시작한 공부로 잠시 교단을 떠났을 때 내가 했던 일을 객관적으로 바라본 기회를 가졌다.

강사로 대학생을 가르치면서 내 재주는 초등학생을 가르치는 것임을 뒤늦게 깨달았다. 복직으로 다시 선 교단에서 나는 아이들에게 고맙다고 말했다. 성적이 낮고 공부를 싫어하는 학생도 답답하지 않았다.

"애들아, 어렵니? 괜찮아! 공부도 하나의 재주일 뿐이야."

수학이 어렵다는 성수는 달리기를 잘 했다. 하루는 옆에 앉아 말을 걸었다.

"나는 힘껏 달려도 4등 밖에 못해봤는데 너는 좋겠다."

진심에서 나온 부러움이다. 수학시간 성수가 뭘 어려워하는지 살폈다. 3학년이지만 1학년의 수 개념 이해가 부족하다. 그것부터 차근차근 쉽게 가르치니 성수는 재미있게 배운다.

우리 반 달리기 대표 선수가 된 날, 성수는 육상 선수가 꿈이라 한다. 수학 점수가 30점에서 70점으로 오르니, 싫어했던 수학이 재미있다며 학습태도를 바꾼다.

'이것이구나!'

성수의 수학 점수는 90점이나 100점까지 오르지는 못했다. 하지만, 알아가는 재미를 갖고 열심히 한다. 능력껏 최선을 다하면 그것이 바로 일등이라 했다.

못하는 것을 채우려 억지로 가르치면, 잘 하는 것까지 놓치게 된다. 장점을 인정하고 북돋을 때 지닌 능력을 발휘한다. 그리고 최선을 다한다. 내 마음을 열고 아이들을 바라보니 모두가 일등이었다.

지난날 성적 순위 일렬로 세울 때 일등은 한 명이지만, 개개인의 능력을 고려한 자세에 관점을 두니 뒤처지는 아이가 없었다.

학부모는 자식의 행동 변화를 교사인 내 덕이라 한다.

"선생님, 감사합니다."

나는 해 준 것이 없다. 아이들 마음을 읽고 무엇을 원하는지 눈높이를 같이 했을 뿐이다. 목 아프게 지난날처럼 힘들게 가르치지도 않았고, 답답하다고 가슴을 치지 않았다.

50을 넘긴 복직교사 눈에는 무한의 가능성을 지닌 아이들 모두가 한없이 부러웠다. 저마다 가능성을 자각하고 자신감으로 스스로 능력 껏 하도록 돕고 싶었다. 내 반 아이들 모두 제각기 일등임을 진심으로 인정했다.

이때 내 수업은 놀이처럼 여행을 하듯 이끌 수 있었다. 수학시간 떡 볶이 파티로 아이들 기분을 돋우고, 비가 오면 운동장에 나가 개미가 되어 물의 작용을, 뒷산에 올라 계절의 변화를 깨닫도록 도왔다. 쉽고 도 재미있는 공부 시간이었다. 공부는 가르침이 아닌 스스로 하는 재 미를 일깨워 주는 것임을 뒤 늦게 알았다.

교직 말년에 와서야 나는 학생들에게 감사하는 마음, 학부모에게는 봉사정신으로 교직에 임했다. 이때 가르침은 수월하고 재미있었다. 뒤늦게 교직의 보람을 안았다. 지난날 내 가르침의 그 많은 시행착오 에 가슴을 쳤다.

02

앎의 재미를 갖는 교육

참 공부

교직의 년 수에 따라 나는 초등학교 교사의 역할에 대한 생각을 달리했다. 초기에는 열심히 가르쳐야 한다고 생각했다. 70년대 가난했던 시절 계층 변화는 오직 공부뿐이라 강조하며 억지로라도 가르쳐서 공부를 잘하게 해야 한다는 생각이 지배적이었다. 그렇다 보니 힐책, 명령이 따랐다.

내 자식이 학생이 되자 부모 욕심이 발동했다. 내 학급에서 가장 학습태도가 바르고 우수한 아이와 비교하며 아들을 열심히 가르쳤다.

'왜 안 될까? 내가 선생인데....'

자식 키우기 힘들다는 말을 입에 달고 살았다. 그리고 학부모의 심정을 이해하며 학생 개개인의 특성을 살폈다. 초등학교 교사는 가르치는 사람이 아닌 도와주어야 했다. 공부는 학생의 노력으로 습득하는 것이다.

이미 어린이집과 유치원에서 세상을 살아가는데 필요한 덕목과 기술을 배우고 나름대로 익혔다. 단지 행동으로 실천하지 못할 뿐이다. 초등학교 교사는 이 미숙한 행동을 인내로 이끌어 수정, 보완, 확장시켜 지적인 앎의 재미로 연결시켜 깨닫게 해야 한다.

참 공부는 시험 점수가 아니다. 하나씩 알아가는 재미로 최선을 다한 노력의 결과에 갖는 만족감이다. 이 만족감은 자발적이고 지속적으로 공부를 하게 하는 원동력이다. 그리고 행동을 변화시킨다.

손자 손녀와 여행을 하는 목적 중의 하나는 참 공부 능력을 자연스럽게 습득하길 바라는 마음에서이다.

어떤 여행도 떠날 때의 기대만큼 흡족함을 얻기 어렵다. 집 떠나면 고생이다. 힘들게 걷고, 어려움을 참아야 곳곳을 구경한다. 하지만 돌아와 시간이 지나면서 그 과정의 고생이 있었기에 재미있는 여행이었음을 깨닫고 또 다시 떠나고 싶은 것이 여행이다.

나는 이런 여행을 통해 학교 공부도 같은 이치임을 아이들 스스로 깨닫게 되리라 믿는다. 세상사 노력 없이 얻어지는 것은 없다. 여행의 맛을 알기에 떠나고 싶은 마음처럼 공부 맛을 알게 되면 책상 앞에 앉아 책과 씨름하는 힘을 갖게 된다.

다양성의 조화, 가을 산

여행을 하는 과정 다양한 사람들을 만난다. 각자의 재능을 발휘하며 각 분야에서 열심히 살아가는 사람이 사회를 활력적으로 또 발전시킨다. 이는 다양성에 기초한 세상이 제대로 굴러가는 이치다. 나는 세계 여러 나라 여행지 곳곳에서 주어진 환경을 이용하고 적응하며 열심히 살아가는 사람들 모습에 감동하고, 자신의 재능을 발휘하며 노력하는 모습에 인류애를 느낀다.

교직 말년 복직하여 만난 산촌의 15명 아이들이 이와 같은 감동을 나에게 주었다. 성적이란 잣대로 잘 하고 못함의 이분법으로 바라보았을 때 발견하지 못했다. 내 마음을 열고 아이들을 바라보니 저마다 재능이 다르고 각자 꿈을 지녔다. 그리고 실현하겠다는 의지를 보인다. 지금은 내 앞에 앉은 어린 학생이지만 멀지 않아 여행지에서 만나 감동을 준 사회의 일원으로 그려볼 수 있었다.

인간의 삶은 자연의 조화와 우주의 섭리에 따라 저마다의 다른 능력과 재능을 갖고 태어나기에 영위된다. 그런데 부모들은 자식의 장래를 걱정하며 공부로 성공하기를 바란다. 모두가 부모의 바람에 따라 전문직인 의사, 판사 등만 된다면 이 세상은 어떻게 될까? 새벽에 도로를 청소하는 아저씨, 냄새가 진동하는 아파트 쓰레기를 치워 주는 사람, 농부와 어부, 기술자 등 제 역할을 하지 않는다면 사회는 마비된다.

멀리서 바라보는 가을 산은 아름답다. 울긋불긋 물든 풍경에 감탄한다. 정작 숲속 가까이 다가서면 크고 작은 다양한 나무들이 섞여 있다. 종류에 따라 그 잎 또한 모양과 색이 다르다. 벌레 먹고 메마른 잎들이다. 그 속에 간간이 아기 손바닥 모양의 빨간 단풍잎과 노란 은행잎이 있어 가을 산을 꾸민다. 예쁜 빨간 단풍잎만이 산 전체를 덮는다면 과연 아름답다고 감탄하게 될까? 볼품없는 나뭇잎 하나하나가 있어 단풍잎도 은행잎도 돋보인다. 서로 조화롭게 어울려야 한다.

공부도 하나의 재능이다. 똑같을 수 없다. 공부가 뒤처져도 학생 개개인은 제 몫을 할 아이들이다. 세상에 존재하는 모든 것은 존재가치가 있다고 한 철학자의 말을 빌리지 않아도 쉽게 이해된다. 나는 교직 말년 학생을 바라보는 눈을 떴다. 그리고 지난 삶을 되돌아보니 나 자신을 알려고 하지 않고 그저 살아온 세월임을 깊이 깨달았다.

나는 어려운 가정형편에서 안정된 직업이라 교직을 택했다. 적성과 재능을 생각지 못했다. 때문에 주어진 책임 완수에 급급했다. 한 손에는 분필 한 손에는 회초리를 들고 당위성으로 학생을 가르친 젊은 시절이 있다. 당시 나는 학교 담장 밖을 넘보며 더 재미있고 내가 잘 할 수 있는 일이 있는데 나는 말뚝에 묶인 망아지 신세 같다고 한탄을 했다.

아동학 공부로 교직을 떠나 내가 했던 일들을 객관적으로 바라보았다. 수많은 시행착오와 아집으로 휘두른 얄팍한 교사의 권위, 일방적인 가르침으로 아이들을 멍들게 한 일, 게을러서 놓친 것들로 그 잘못은 셀 수 없이 많았다.

"오! 하느님! 이 무거운 죄를 어찌하오리까? 다시 한 번 기회를 주신다면 면죄부를 받는 심정으로 학생의 입장에선 교사가 되고 싶습니다."

간절한 기도 덕분에 충청도 산골학교에 복직을 했다. 나는 그곳에서 계절에 따라 바뀌는 자연의 질서와 조화 속에서 그간의 여행 경험을 바탕으로 나를 돌아보았다. 나는 초등학교 학생을 가르치는 재주를 지녔음을 뒤늦게 알았다. 내 재능을 인정하니 당위성의 가르침이 아닌 보람으로 학생을 가르치게 되었다. 내가 하는 일이 재미있고 신이 났다. 그 많은 세월 내 일의 가치나 재주를 고려하지 않고 막연히 더 좋은 직업을 선호하지 않았나? 그로 인해 인생을 어렵게 살아왔음을 반성했다.

산골 자연은 본연의 나를 일깨워 사물의 이치를 발견케 했다. 내 사고는 비약한다. 예수님도 광야에서 깨침을 얻고, 부처님도 보리수나무 밑에서 득도를 했다. 성현들은 자연에서 우주의 진리를 발견하고 그 이치를 인간사에 적용시켜 말씀으로 주신 것이 아닐까? 성경과 불경의 내용이 바로 삶의 방법이라 생각한다. 내 짧은 식견으로 나름 이해하며 뒤늦게 찾은 내 재능에 감사했다.

나는 어린 손자녀를 데리고 여행을 하며 곳곳에서 열심히 살아가는 사람들의 모습과 다른 문화를 접하는 기회를 주려 한다. 그 속에서 자신의 재능이 무엇인지? 어떤 분야에 관심이 있는지 자연스럽게 생각하고 또 다른 사람들을 인정하며 어울려 살아가는 마음과 태도로 각자 다양성의 조화에 일조하며 세상을 살아가길 바란다.

가르침의 고수, 배움의 달인

복직 교사인 나는 아침마다 아이들을 만나는 기대에 설레었다. 무거운 가방을 메고 교문에 들어서는 아이들은 하나같이 공부를 배우러 학교에 온다고 말한다.

'저 아이들에게 어떤 공부를 어떻게 가르쳐 주어야 하나?'

조잘거리며 교실로 향하는 아이들의 뒷모습에서 나는 답을 얻었다.

'오늘 하루를 신나고 재미있게!'

공부를 왜 하는지 일깨우고 재미있게 가르쳐야 한다. 성적이 아니다. 각자의 재능이 무엇인지 깨닫게 도와야 한다. 나는 아이들에게 부탁했다. 지난날 많은 학생들을 잘못 가르쳤기에 이대로 끝날 수는 없다고 했다. 지금의 너희들이 재미있게 공부를 잘하면 염라대왕이 나를 용서해 줄 것이라 말했다. 아이들은 눈을 반짝이면 대답 소리가 크다. 내 청을 들어주겠다며 자세를 바로 한다. 귀엽고 든든한 지원군이다. 나는 가슴이 뭉클했다.

학교는 그들의 생활의 장이다. 재미있고 신나는 곳이어야 한다. 교사로서 내가 하는 일이 얼마나 중요한가를 실감했다. 하루의 일과를 생각하면 무엇을? 어떻게? 신기하게도 교사용 지침서에도 없는 학습지도와 생활지도 방법이 떠올랐다.

2학년 15명을 데리고 뒷산에 올랐다. 마을을 내려다보고 고장 지도를 그렸다. 인수는 고추밭과 큰 집을, 갑수는 꼬불꼬불 산길 대신 넓을 도로 옆에 옹기종기 마을을, 영희는 뒷산에 아파트를 그렸다. 나를 중심으로 둘러앉아 발표를 했다. 인수는 어른이 되면 지금 할아버지 밭보다 더 넓은 밭을 일구어 고추농사로 돈을 벌어서 큰 집을 지을 것이라 하고, 갑수는 불편한 도로를 넓게 만들어 마을을 발전시키겠다고 했다. 영희는 도시에 살고 있는 이모 집처럼 편리한 아파트를 우리 고장에 짓겠다고 한다. 도식이는 6학년 졸업을 하면 제천으로 이사를 나간다면 자동차가 많은 도시를 그렸다. 15명의 아이들은 모두 제 생각을 담았다. 참 재미있는 사회 공부다.

길섶 풀밭에 누웠다. 아이들도 나란히 따라 눕는다. 싱그러운 바람, 파란 하늘, 따뜻한 햇살과 신록들이 내 마음을 저절로 열리게 했다. 내 옆에 바짝 붙어 누운 순이가 살그머니 내 손을 잡는다.

파란 하늘
구름은 조각배
나는야 노를 젓는 뱃사공
어기여차! 어기여차!
우리 엄마 찾아 떠나 볼까나.

제천에서 장사하는 엄마 아빠와 떨어져 할머니와 살고 있는 순이다. 맞잡은 따뜻한 순이의 체온을 느끼면 즉흥시를 지었다. 우리 선생님, 최고! 아이들은 박수를 보낸다.

"나도 할 수 있어요."

씩씩한 용이가 벌떡 일어났다.

"구름은 ─"

운을 떼니 너도 나도 서로 하겠다며 야단이다. 아이들은 누운 차례로 보이고 느낀 대로 동시를 읊었다. 어느 누구도 못 하겠다고 머뭇거리지 않는다. 자연이 아이들을 감싸주니 모두가 시인이다. 시심이 놀라워 나는 일어나 누워 있는 아이들을 내려다보았다. 하나같이 해맑고 예쁘다.

'자연 속에 풀어 놓으니 이렇게 잘 하는데...'

교실에 앉아 학습장에 동시 짓기를 어렵다고 한다. 산 정상 부근에 작은 암자가 있다. 다 함께 절 구경을 가자는 내 말이 떨어지기도 전에 아이들은 달려 나간다. 암자 마당의 대나무 수통에 흐르는 약수를 받아먹고 땀을 식혔다. 그리고 주변을 둘러보며 가슴을 젖히고 심호흡을 하며 상쾌하다고 야단이다. 더러는 단청이 아름답다며 감탄하고, 먼 산을 바라보며 등산을 가자고 조른다. 순이는 불상을 향해 두 손을 모아 기도를 한다.

"선생님, 우리 다음에 또 와요."

아이들은 나를 조른다.

내려오는 길 주변에 흩어진 돌덩이가 많다. 3조로 나누어 돌탑을 만들었다. 각자가 주워온 돌을 세며 쌓아보라 했다. 성질 급한 용이가 마구 갖다 놓는다.

"크고 넓은 돌을 밑에 놓아야 무너지지 않잖아!"

침착한 진영이의 지적에 그래! 맞다! 맞장구를 치며 다시 고쳐 쌓는다. 자연 공부가 저절로 된다.

다 완성했다며 아이들은 손을 털고 돌탑을 비교한다. 서로 자기 팀의 탑이 더 좋다면 열을 올린다. 모양과 크기, 안정감을 고려한 선희의 말에 아이들은 박수를 친다. 멋진 감상이고 정확한 평가다. 미술 공부 참 잘했다.

"용이는 돌 몇 개를 가져왔니?"

내 물음에 머뭇거리더니

"12개쯤 될걸요." 머리를 긁적인다.

같은 팀 순이가 용이의 게으름을 지적하며 자신은 19개를 가져왔다고 말한다.

"그럼, 둘이서 모은 돈은 몇 개?"

내 물음에 셈이 빠른 아이는 암산으로, 또 손가락을 꼽으며 31이라 답한다. 빠르고 정확하다. 놀이처럼 공부하는 수학시간이다.

"선생님, 용이는 장난을 치며 놀아서 적게 가져왔어요. 나는 20개 넘게 가져왔는걸요." 덩치 큰 인수가 젊잖게 말한다. 옆에 있던 선희가 거든다.

"그럼 용이보다 네가 8개나 더 많이 가져왔니?"

셈이 빠르고 따지기를 좋아하는 선희답다.

시키지도 않았는데 짝을 이뤄 "나는 너보다 몇 개 더 많다 적다" 셈을 한다. 아이들은 적다고 타박하지 않고, 더 많아도 뽐내지 않는다. 함께 하는 그 자체를 즐긴다. 공부는 재미있어야 하는 이유를 보았다.

한적한 산길이라 오가는 차가 없다. 서로서로 손을 잡고 내려오며 노래를 부른다. 신이 난 용이가 앞서 나가더니 가요를 부르며 엉덩이를 흔든다. 아이들이 우르르 따라하며 재미있다고 소리친다. 즐거운 음악시간이 따로 없다.

사회, 체육, 과학, 미술, 음악 5시간 공부를 재미있게 다 했다. 자연 속에서 저절로 열린 교육이 되었다. 돌아와 먹는 점심은 꿀맛이었다.

그 다음날 산에서 읊었던 자작 동시를 A4 용지에 쓰면서 다듬었다. 그리고 그림을 그려 시화전을 꾸몄다. 고장의 그림과 함께 교실은 화사하다.

수학책 덧셈 뺄셈 단원을 펼쳤다. 나는 칠판에 용이 12개, 순이 19개 그리고 12+ 19 = 식을 크게 썼다. 그리고 인수가 옮긴 돌 20개, 용이의 돌 12개 20 - 12= 받아 올림과 내림이 있는 덧셈과 뺄셈의 개념을 정리했다. 아이들은 쉽다고 한다.

"한자리씩 높여 볼까?"

서로 숫자를 부른다. 나는 그대로 칠판에 받아썼다. 312 + 219 = 쉽게 답이 나온다. 교실은 살아 움직인다. 용이가 큰 소리로 마구 숫자를 부른다. 5312 + 4219 = 받아썼더니 아이들은 3-4학년 공부라 소리친다.

모아둔 동전으로 자릿값을 설명하니 금방 알아듣고 흥겨운 소리는 계속된다.

"선생님, 3학년 공부도 어렵지 않아요."

누군가 앞 자리 값의 숫자를 부른다. 85321+64219= 끝이 없다.

"얘들아, 너희들 수학 박사다! 놀랍다."

고조된 분위기를 가라앉혔다. 그리고 공부는 결코 어려운 것이 아님을 알려주었다. 아이들은 돌탑 놀이가 교과서에 그대로 있다며 고개를 끄덕이고 알고 나니 아주 재미있다고 한다.

"오늘 숙제는 자신이 있어요!"

얼마든지 문제를 만들어 할 수 있단다. 그 순간 교사인 나는 가르침의 고수이고, 아이들은 배움의 달인이었다.

03

복직한 교단에서의 보람

아이들은 필요와 흥미에 따라 행동하며 동기의 정도에 따라 자발성을 발휘한다. 강압과 지시의 반대 개념이다. 이 나이가 된 나도 누가 시키면 하기 싫고, 아무리 좋은 물건도 내게 필요치 않은 것에 관심이 없다.

더구나 원하지 않은 것을 억지로 해야 하는 것은 고역이다. 그런데 지난날 교사였던 나는 학생의 본분은 열심히 공부하는 것이라며 전 교과목에 좋은 성적을 기대하고 다그쳤다.

산촌 2학년 아이들은 장래 꿈이 뚜렷하다. 어떻게 해야 이룰 수 있는지도 안다. 많은 재적, 복잡한 업무에 치였던 지난날, 아이들 말에 귀를 기울이지 못했다. 마음을 열고 아이들을 바라보니 하나같이 선하고 귀한 존재로 자기완성의 의지를 지녔다. 내가 할 일은 저마다 꿈을 향해 자신의 능력을 발휘하도록 돕는 것이다.

이곳에서 태어나 자라면서 늘 보아온 산촌의 자연도 선생님과 친구들이 함께 하니 새롭게 보고 감동한다. 아이들의 표정은 내 역할을 일깨웠다.

루소의 이론을 적용한 가르침

루소는 뛰어난 교육사상가이다. 그의 저서 '에밀' 은 가상의 인물 에밀을 주인공으로 쓴 교육서다. 시골의 순박하고 건강한 부모가 낳은 갓난 에밀을 20살까지 교육시켜 여행을 떠나보내며 그의 이야기는 막을 내린다.

세상은 혼자서 살 수 없다. 타협과 경쟁, 투쟁과 양보 등 이질적인 요소와 질서와 조화, 판단과 선택, 배려 등의 덕목을 생활 속에서 제대로 실천하고 적용하며 활용하는 기회를 여행이라 루소는 생각하지 않았을까? 에밀의 여행은 20년 공부의 실험인 동시 결정판이다. 필생의 업적인 그의 저서 에밀에는 자연주의 교육 방법뿐만 아니라 루소 자신의 사상을 총체적으로 쏟았다.

내가 이 책에 심취한 데는 이유가 있다. 30년 가까이 교단에서 아이들은 가르치면서도 보람보다는 힘들다는 생각을 더 많이 했다. 교직을 천직으로 택한 직업이 아니라서? 저개발 국가였던 시절 교직은 안정적이라 그만두지도 못했다. 서당 개 3년이면 풍월을 읊는다는데... 나름 열심히 했지만 내 가르침은 물과 기름처럼 겉돈다는 생각을 떨쳐버릴 수 없었다. 힘든 일에 재미가 있을 리 없다. 재미없는 일에 신이 나지 않는다. 나는 맡은 바 책임에 급급했음을 반성한다.

무엇보다 내 자식 셋을 키우며 그 많은 학부모에게서 들었던 '자식 키우기 어렵다!' 는 하소연을 내 입에 달고 있었다. 자식 키우는 일에 최선을 다함에도 결과는 엇나가는 답답함을 무엇에 비유할까? 나는 그 원인을 알고 싶었다. 하고 싶은 공부는 미술사였지만 내가 교사이며 부모로서 힘들어 했던 이유를 알고 싶어 아동학을 선택했다.

교직에서 물러나 공부를 하며 17C의 루소를 만났다. 교사로서 보람을 갖지 못하고 부모로서 자식을 어렵게 키운 근본적인 문제를 어렴풋이 알았다. 석. 박사 과정 동안 내가 겪은 교직 경험에 빗대어 여러 사상가의 이론을 접했다. 그리고 알았다. 자식의 성장과정에 맞는 상호작용을 나는 놓쳤다. 교사로서 학생들의 개개인의 능력을 고려하지 않았다. 이에 방법적 미숙과 내 기질까지 더한 복합적인 요인이었음을 깨달았다.

루소는 강요와 지시 없이 에밀을 가르쳤다. 실제 생활 속에서 원리와 개념을 스스로 터득하게 이끈다. 과학적 탐구심을 일깨우려 장터를 이용했다. 에밀의 관심과 흥미를 고려한 게임장으로 인도한다. 그리고 관찰하게 만든다. 많은 사람들이 도박심으로 물방개의 움직에 돈을 걸고, 건 돈에 비해 값진 물건이 걸리며 횡재요 본전보다 못하면 애석해하고 잃은 본전 되찾으려 덤비는 사람의 모습, 장사의 속임수의 동작 등 에밀은 신기하고 재미있다. 돌아와 에밀은 의문점을 물어도 스승인 루소는 직접 답을 가르쳐 주지 않는다. 에밀은 다시 장터 구경을 간청한다. 그리고 자석 N극과 S극 힘의 작용을 이해하고 직접 제작해 본다. 루소는 단박에 알도록 서둘지 않았다. 무르익은 과일이 제 맛을 낼 때 수확하는 농부처럼 제자 에밀이 스스로 원리를 발견할 때까지 기다리며 탐구하는 태도를 길러주었다. 나는 복직하여 루소의 자연주의 교육방법에 따라 가르침을 펼치려 노력했다.

우리는 개미

물의 작용을 배우는 단원이다. 우산을 쓰고 운동장에 나갔다.
"우리는 개미다!"
아이들은 몸을 최대한 작게 조여 개미가 되었다며 야단이다. 넓은 운동장의 흙탕물을 홍수 사태라며 고함친다. 작은 고랑을 내고 흐르는 물길을 큰 강이라며 쪼그리고 앉아 폴짝 뛰어넘는다. 흐름이 느린 곳에 쌓인 모래를 평야라며 손가락으로 걷는 흉내를 내고, 이리저리 굽어 흐르는 물길 앞에 앉아 나를 부른다.

"선생님, 여기 와 보세요. 흙이 파였어요."

아이들은 우산을 쓰고 아장아장 다니며 빗물에 흙이 휩쓸려 떠내려 갔다고 야단이다. 신이 난 아이들은 아예 우산을 접고 넓은 운동장을 교과서로 삼아 무엇을 배워야 하는지 알아간다. 각 교실에서 내다보면 빗속에 무슨 짓? 특히 교장선생님 눈에 어떻게 비칠까 내심 걱정은 되지만 주룩주룩 내리는 비가 아니기에 나도 아이들과 함께 했다.

며칠간 비가 내렸다. 여름 장마다. 아침 운동으로 오른 뒷산에 산사태가 났다. 언덕이 무너져 내려 나무가 뿌리째 뽑혔다.

'옳지! 오늘 야외 수업이다!'

전 시간의 학습내용을 심화할 수 있는 좋은 현장이다.

교실을 나서 줄지어 마트 앞을 지났다. 나는 큰 사탕 봉지를 사서 반장에게 맡겼다. 안전이 최우선이라 질서를 잘 지키는 사람에게 줄 상이라 했다. 교실을 벗어난 아이들은 홀가분함에 시키지도 않은 노래를 메들리로 부른다. 장마철에 반짝 나온 쨍쨍한 햇빛은 아이들의 흥을 돋우는데 한몫을 한다.

학습 현장에 도착하니 난생처음 본 것처럼 아이들은 앞다투어 뛰어간다. 주위에서 흔히 보는 현상이 아닌가? 더 놀라운 것은 교실에서 말이 없는 숙희가 내 손을 잡고 이끈다.

"선생님, 이리 와 보세요. 나무가 뿌리째 뽑혔어요. 빗물 때문이지요?"

대단한 것이라도 발견한 듯 밝은 얼굴로 소리친다. 숙희의 활달함을 나는 처음 보았다. 평소 교실에서 볼 수 없는 숙희의 다른 행동이다. 자연은 사람의 내면을 드러내게 한다. 본연의 숙희 모습에 깜짝 놀라 이끄는 대로 따랐다.

신이 난 아이들은 삼삼오오 모여 관찰기록장을 정리한다. 자신의 생각을 말하고 친구의 의견을 듣는 탐구활동이다. 이 모든 것을 내 간섭 없이도 잘 한다. 나는 싱그러운 숲속에서 아이들을 지켜보았다. 목청 높여 가르치지 않아도 수업목표에 무난히 도달한다.

학교로 돌아오는 길에 다리를 지난다.

"모래밭이 생겼다!"

누군가의 소리에 아이들은 큰 퇴적작용이 일어났다고 입을 모은다. 냇가에 제법 넓게 쌓인 모래밭은 씨름하기에 딱 좋다.

"얘들아, 저기서 씨름 한 판 어떠니?"

물으나 마나 한 우문이다. 아이들은 와르르 냇가로 뛰어 내려갔다. 자기들이 팀을 짤 테니 나더러 심판을 맡아라한다. 남학생들은 웃통을 벗고 제법 씨름판을 벌인다. 여학생은 닭싸움이다. 남녀 같은 편을 짜서 열띤 응원전이 벌어졌다. 조용하던 냇가가 살아났다.

"선생님, 냇물에 사는 생물도 여기 와서 공부해요."

인철이가 내 팔에 매달려 조른다. 아이들이 나를 가르친다. 학교로 돌아오니 맛있는 급식이 준비되어 있었다.

몇 주 뒤 우리는 채집통을 들고 냇가로 갔다. 바지를 걷고 냇물에 들어가 송사리, 물매암 등을 잡고 돌을 들춰가며 서로 큰 다슬기를 찾았다고 좋아한다. 개구쟁이 인철이가 얕은 물 위에 벌렁 눕는다. 아이들도 줄줄이 따라 누워 물장구를 친다. 말릴 사이도 없었다.

"선생님도 해 보세요. 신나요."

나더러 동참하란다. 이 때다 싶어 물속에 풍덩 앉았더니 아이들이 박수를 친다. 웃고 떠들며 좋아하는 아이들 모습에서 나는 동심을 보았다.

겉옷을 벗어 나뭇가지에 걸쳐놓고 모여앉아 노래를 부르고 모래성을 쌓고 두껍아! 두껍아! 노래를 부르며 모래집도 짓는다. 시키지 않고 간섭 없이도 척척 무엇을 해야 하는지 잘 아는 아이들이다. 컴퓨터 게임에 빠져서 정서가 메마르다고 걱정하지만, 이 또한 어른들의 기우이며 오판이다. 단지 그런 환경을 제공받지 못하고 기회를 박탈당했을 뿐이다.

〈편지 1〉

당신의 고백서를 읽고 한 동안 멍했습니다. 기구한 인생살이로 수많은 역경을 헤쳐 나왔음에도 어찌 그리 순수하신지요. 나는 그 순수함에 이끌려 시간 가는 줄 몰랐습니다. '이제 잠을 자야지!' 고개를 드니 창문이 훤히 밝아옵니다. 당신의 삶과 말씀에 공감하고 많은 느낌으로 큰 배움을 얻었습니다.

숙희가 보인 행동은 놀라움으로 당신의 사상을 음미하게 만듭니다. 현장학습에서 눈빛을 반짝이며 밝은 소리로 힘 있게 내 팔을 이끈 행동은 바로 숙희의 본연이라 생각했습니다. 내면 깊이 잠재된 본성이 자연 앞에서 저절로 분출한 것이 아닐까요? 내가 만약 좋은 교사였다면 이런 숙희를 알아보고 이끌어 주었을 텐데.... 겉으로 드러난 소극성을 숙희 성품으로 알았습니다.

전 학년의 담임이 쓴 학적부의 평가란에도 '얌전하고 수용적이며 발표하기를 꺼려함'이라고 기록되어 있었습니다. 본연의 숙희는 활달하고 적극적이며 자신의 의사를 분명히 표현하고자 하는 의욕적인

아이입니다. 나도 모르게

"얌전하고 조용한 네가 왜 이러니?"

지적한 적이 없는지 곰곰이 생각해 봅니다. 만약 있었다면 숙희는 얼마나 답답하고 섭섭했을까요. 나는 오늘 숙희 어깨를 두드리며

"선생님은 너를 믿는다. 파이팅!!!'

했습니다. 무엇을 믿는다? 언뜻 나온 말에 나 자신이 의아했지만 본연의 너를 알고 있다는 내 마음을 전해주고 싶었습니다.

나도 내면과 다르게 평가받고 지적당할 때 억울하고 답답해 가슴을 칩니다. 비쳐진 모습은 진정 내가 아님을 설명해도 통하지 않았을 때의 심정을 떠올리며 숙희의 마음을 짚어 생각했습니다.

냇가 모래밭에서 벌어진 씨름판에서 울러 퍼진 소리는 아이들 본연의 외침이었습니다. 물 위에 벌렁 누운 인철이는 교실에서 자신의 생각을 제대로 표현하기 어려웠으리라 생각됩니다.

새싹이 돋는 지난 3월, 아이들을 데리고 뒷산에 올라 겨울이 물러간 봄을 느끼고 왔습니다. 연약한 새싹을 손바닥에 올려놓고 만지던 아이들은 소리 높여 말합니다.

"선생님, 헬렌 켈러도 이렇게 계절을 알았겠지요?"

눈을 감고 부드러운 새싹의 감각을 신기하다 했습니다. 크게 둘러앉아 수건돌리기도 했습니다. 벌칙으로 노래를 부르며 어찌나 재미있

어 하던지 저도 덩달아 즐거웠습니다.

여름, 가을, 겨울 같은 장소를 찾을 계획입니다. 친구들과 선생님이 함께하면 계절의 변화를 달리 느낄 수 있으리라 믿어집니다. 자연은 교사인 내 가르침의 한계를 넘어 폭넓은 사고와 내면을 발산케 합니다. 당신이 말한 아이들의 잠재 능력을 조금은 건드릴 수 있을 것 같아 나는 교사로서 그런 환경을 제공하고 싶습니다.

오늘 야외 학습에서 배웠습니다. 아이들의 드러난 행동보다 내면의 욕구를 읽는 선생님이 되어야겠다고 다짐했습니다. 이 또한 당신의 가르침이라 감사합니다.

떡볶이 파티

출근길에 마트에 들러 새알 초콜릿을 샀다. 수학시간 일회용 작은 쟁반과 초코렛을 한 봉지씩 나눠주면 '15의 1/3을 알아보자고 했다. 아이들은 15개의 초콜릿을 왼손에 움켜지고 하나씩 3등분으로 나누어 놓았다. 답이 5라며 소리친다.

"맞힌 사람을 초콜릿 먹기!"

아이들은 재미있다며 또 문제를 내라고 한다.

"선생님, 전체 15개를 3으로 나누면 쉬워요"

영철이가 아이들에게 팁을 준다. 몇 명이 고개를 끄떡이며 알았다는 신호를 보낸다. 목청 높여 가르치지 않아도 아이들은 분수의 개념을 알아간다.

"선생님 쉽고 재미있어요!"

아이들 반응이 뜨겁다. 칠판에 그림을 그리거나 바둑돌로 몇 시간에 걸쳐 가르쳐야 할 내용을 아이들은 쉽게 깨친다. 맛있는 초콜릿과 놀이 같은 공부에 흥미가 최고조에 달했다.

"얘들아, 너희들 수학 박사다! 정말 놀랍다"

내 칭찬을 누군가 이어받는다.

"선생님, 상을 주세요."

오색 풍선이 둥둥 떠다니는 교실 속에 내가 있는 기분이다. 지난날 자세를 바르게 앉아 설명을 잘 들어야 한다고 지적하고 왜 틀렸니? 야단치던 무거운 교실의 분위기가 아니다. 나는 신나고 아이들은 재미있다.

"어디 보자. 어떤 상을 줄까?"

숙제를 내지 말라, 청소 없는 날로 하자. 발야구를 하도록 해 달라 등 주문도 많다. "모두 OK!"

아이들은 환호성이다. 장난기 있는 민혁이가 손을 들고 말한다.

"선생님, 떡볶이 사 주세요."

아이들이 와! 웃는다. 말도 아닌 지나친 요구지만 재미있다고 싱글벙글이다.

나는 얼른 지갑을 챙겨 들었다.

"떡볶이를 사 올테니, 조용히 문제를 풀고 있겠니?"

아이들이 놀랍다는 듯 왕방울 눈을 반짝이며 "예!" 합창소리에 교실이 들썩인다. "공부 시간에 선생님이 교문 밖으로 나간 사실을 교장선생님이 아시면...."

내 말이 채 끝나기도 전에 또 합창이다.

"염려 마세요. 우리 조용히 공부하고 있을게요."

재미가 가득한 교실이다.

학교 근처 분식가게 아줌마는 장사 시작 준비 중이다. 한꺼번에 많은 양의 주문이라

"선생님 가서 수업하세요. 만들어서 갖다 드리겠어요."

이른 시간이라 나는 거들었다. 혹 사고가 나지 않을까? 내 귀와 발은 교실 쪽으로 향한다.

큰 그릇에 떡볶이를 받아 들고 살금살금 복도에 들어서서 창문으로 교실 안을 살폈다. 조용하다. 어쩌다 뒤돌아보고 말을 거는 친구에게 손짓으로 바로 앉으라며 서로 일러준다.

'이렇게 잘 하는 아이들인데.... 간섭하고 다그치며 벌을 주고...'

나는 가슴이 뭉클했다. 그 순간 뜨거운 떡볶이 그릇을 머리 위에 얹었다. 그리고 "짠!"

큰 소리로 교실 문을 열었다. 아이들이 내 모습을 보더니 박수를 치

며 좋아한다.

책상을 모아 파티 상을 만들고 큰 접시에 떡볶이를 담아 책상 위에 올려놓으니 누구 하나 큰 소리 없이 웃으며 둘러앉아 맛있게 먹는다. 수업 중이라 옆 교실을 생각한다. 몇 개가 남자 서로 먹으라며 양보도 한다. 그리고 신속하게 책걸상을 정리했다.

선생님에 대한 배려다. 즐겁게 해주 보답을 해야 한다는 것을 아이들은 안다. 서로 더 먹겠다고 아우성을 치다가 국물을 쏟을까 걱정했는데 내 예상을 깬 아이들 행동에 감탄했다.

아이들은 파티로 놓친 공부를 한꺼번에 하자고 한다. 사회와 국어 책을 차례로 올려놓고 한 시간에 두 과목을 거뜬히 알차게 했다. 그 상으로 오후에는 발야구 시간을 주겠다고 하니 신나는 공부가 계속된다며 아우성이다.

오후 체육복으로 갈아입고 나서니 나더러 교실에서 쉬란다. 나를 봐주는 아이들이 어른같이 미덥고 고맙다. 교실에 앉아 내다보니 두 팀으로 나누어 룰에 따라 질서 있게 게임을 한다. 어느 누구도 소외됨이 없이 모두 재미있다. 한 번씩 내 쪽을 바라보고 손을 흔든다. 교사가 아니고는 맛볼 수 없는 보람이고 즐거움이다.

'이처럼 재미있는 일이 세상에 또 있을까?'

흘러버린 긴 세월이 아까워 원통하고 부끄럽다.

아이들이 교실에 들어올 때쯤 후문으로 나가 아이스 바를 샀다. 책상 위에 하나씩 올려놓았더니 들어온 아이들이 "어!" 상기된 얼굴에 놀람이 겹친다. 공부를 잘하고 못하는 아이도 없다. 소극적이라 기죽는 아이도 없다. 하나같이 예쁘고 씩씩하다. 예전에 왜 보지 못했지? 내 마음을 닫고 베푼 것이 없으니 눈을 뜨고도 볼 수 없었다.

나는 오랫동안 기우와 오판으로 아이들을 대했다. 그리고 베풂에 인색했다. 그러니 물과 기름처럼 내 가르침은 겉돌 수밖에…. 떡볶이 파티는 내 교직 발달을 한꺼번에 몇 단계 업그레이드시켰다.

〈편지 2〉
당신의 말 때로 아이들은 자기완성의 의지를 지니고 태어난다는 것을 수업시간 보았습니다. 어른의 축소판이 아닌 아이들은 믿고 기다리며 지켜보니 당신의 이론대로 더 나은 방향으로 나가려는 의지를 보여줍니다.

떡볶이 장사를 도우면서도 사실 많이 불안했습니다. 혹 내가 없는 틈에 몇몇의 장난꾸러기들이 교실에서 사고로 다치지나 않을까? 2교시 수업 중이었기에 내가 교실을 비운 소란함으로 옆 교실에 방해를 주지 않나? 노심초사했습니다. 그러나 나는 당신의 이론대로 아이들을 믿어보자고 결심했지요.

떡볶이를 양손에 들고 교실 안을 들여다본 순간

'아! 이런 것이구나!'

가슴이 뜨거웠습니다. 교육은 쉽고 재미있으며 자연스럽게 이뤄져야 하는 것임을 실감했습니다. 아이들은 나를 놀라게 만들었습니다. 저마다 지닌 능력을 발휘하여 파티로 놓친 두 시간 교과목을 한 시간에 충실히 마쳤습니다. 30년 넘게 수업을 해 왔지만 오늘처럼 활발하고 적극적인 발표와 주위 집중으로 재미있는 수업을 한 적은 없는 듯합니다. 짧은 시간에 두 과목을 거뜬히 마치니 나도 아이들도 아주 흡족하고 그 성취감으로 가슴을 활짝 폈습니다.

무엇보다 나는 아이들을 능력과 그 마음을 믿게 되고 학생들은

'나도 할 수 있어!'

자신감을 갖게 되었습니다. 앞으로 당신의 말처럼 내 앞에 앉은 아이들은 무한의 능력을 지닌 존재임을 잊지 않고 겸손한 교사로 내 남은 교직생활을 당신의 이론에 따라 가르침을 베풀며 지난날 잘못을 조금이나마 만회토록 노력하겠습니다.

내 인생에 가장 화려하고 신나는 시절

복직하여 15명의 학생들을 내 품에 안았다. 심야전기의 난방, 풍족

한 학습준비물, 점심은 전교생이 급식실에서 했다. 어느 하나 불편함 없는 충청도 산골학교에서 가르치는 재미에 빠져 지냈다. 재적 40명 선이었던 서울에 비하면 누워 떡 먹기이다.

학교 앞에는 냇물이 흐르고 뒷산에 올라 바라보면 겹겹이 월악산 줄기다. 새벽에 일어나 뒷산으로 운동을 가면 그 상쾌함을 이루 말할 수 없었다. 이슬방울에 옷자락을 적시며, 온통 초록의 천지 속에 내가 있음이 꿈인가 싶었다. 주말에는 서울 집에 와서 일주일 준비를 해 두면 주중은 허가 받은 외출로 학교 내 사택 원룸에서 홀가분한 생활이다.

나는 박사과정 공부를 막 시작할 즈음 복직의 기회가 왔다. 두 가지 중 하나를 선택해야 하는 행복한 고민에 빠졌다. 공부는 꿈을 이루는 것이고, 복직은 현실적인 수입과 산골 생활을 즐길 수 있는 기회였다. 사실, 어느 하나 놓치고 싶지 않았다. 교장선생님께서 주 2회 자비 연수로 출장을 허락했다. 나는 두 마리 토끼를 한꺼번에 잡았다.

아이들을 하교 시킨 후 차를 몰아 3개의 고속도로를 바꿔 서울로 달려 강의를 들었다. 개설된 강좌에 선택할 과목이 없으면 교환 학점 제로 서울의 여러 대학 캠퍼스를 찾아 공부를 하니 이 또한 즐거움이다. 젊은 친구들이 힘들어하면 나를 보고 힘내라 격려했다. 좋아서 하는 공부라 피곤하지 않았다. 아동학은 내가 하고 있는 일이다. 내 경험을 발표하면 교수님들도 재미있다면 용기를 주었다.

돌아오는 늦은 시간은 여행길이다. 갈 때와 달리 여유를 즐긴다. 충주호를 낀 산길은 낭만의 극치다. 달빛이 산속에 가득한 길을 달렸다. 정적이 감도는 산길에 차를 멈추고 산속 밤의 적막을 즐겼다. 상쾌한 숲 공기는 나는 행복하게 만들었다.

시설 좋은 원룸에서 늦도록 책을 읽어도 불 끄고 자라 채근하는 사람이 없다. 시간 맞춰 식사 준비를 하지 않으니 온통 나를 위한 시간이다. 한밤중 운동장에 나서면 은하수가 쏟아지는 산골의 한 밤 고요함은 황홀하다. 자연이 내 마음을 감싸주니 가슴에 쌓인 회한이 옅어지는 듯했다.

15명을 데리고 자연 속에서 하는 공부는 아이들도 나도 재미있었다. 화단의 잡초를 뽑으며 나무와 흙으로 역할을 나누어 즉흥 연극을 했다. 상상의 나래를 펼친 아이들은 재미있는 이야기로 흙과 뿌리처럼 서로 돕는 친구가 되겠다고 말한다. 이 얼마나 재미있는 교육활동인가.

복직한 교직 말년의 짧은 기간은 내 인생에 가장 화려하고 신나는 시절이었다. 많은 시행착오와 후회를 안고 있는 나다. 뒤늦게 접한 이론을 바탕으로 내 마음을 열고 학생들을 바라보니 저절로 열린 교육을 하게 되었다. 개개인의 눈높이에서 그들이 지닌 능력을 이끌어 주며 학생이 있어 '선생님'이란 역할을 할 수 있음에 감사했다. 저절로 감사하다는 말을 아이들에게 하게 된다. 내 인사에 아이들 또한 잘 가르쳐 주어 고맙다며 자세를 가다듬는다.

자식의 변화 발전에 신나지 않는 학부모 없다. 학부모는 찾아와 교사인 내 수고란다. 나는 힘들지 않고 가르치는 재미를 얻고 있는데...

'옳지! 내가 가장 잘 할 수 있는 일로 봉사해야지!'

학생에게는 감사, 학부모에게는 봉사정신으로 교직에 임했다. 가르치는 재미를 넘어 내가 놓친 교직의 보람을 뒤늦게 알고 얻었다. 부끄럽지만 나는 50을 넘긴 나이에 내 재주를 찾았다. 초등학생을 가르지는 일이 중요하며 보람된 것인지 깨닫고 가슴을 쳤다. 그러나 흐른 세월을 되돌릴 수 없었다.

서울로 다니기 힘들어 읍 소재지 조금 큰 학교로 옮겼다. 교장선생님 사택을 통째로 사용할 수 있었다. 200평이 넘는 텃밭에 꽃길을 만들고 갖가지 채소를 심어 가꾸는 재미까지 누렸다.

여름 방학이 되어 가을 상추 씨앗을 뿌려두고 서울 집으로 왔다. 풍성한 상추 밭을 기대하고 돌아오니 텃밭은 비었다.

'장마에 씨앗이 떠내려갔구나.'

생각을 흘러버렸다. 처서가 지나 선선한 바람이 불자 비어 있던 텃밭에 상추 싹들이 쏙쏙 올라왔다. 놀랍고도 신기한 생각 끝에 가슴이 무겁다.

'다 때가 있는 것을...'

2학년에 놓친 구구셈을 3. 4학년이 되면 할 수 있고, 1. 2학년 받아쓰기 못해도 4. 5학년 되면 글을 아는데..... 연애 할 나이되면 씻지 말라 말려도 제 몸 간주 잘 할 것을, 왜 그렇게 서둘고 앞장서서 두부모를 자르듯 한 잣대로 가르치며 아이들에게 멍을 주었는지...

상추 싹을 바라보며 지난날을 떠올렸다. 텃밭은 지난 나의 시행착오를 명확히 짚어준다.

방울토마토 모종을 심어 제법 따 먹었다. 서늘한 가을 날씨에 토마토 줄기가 시들해졌다. 뽑아내고 김장 배추 모종을 심으려다 장학지도와 연구수업 등으로 텃밭을 돌아볼 겨를이 없었다. 지주 대를 넘게 자란 토마토 줄기가 이리저리 뻗어 어지럽다. 뽑으려고 벼루다 또 시간이 흘렀다.

어느 날 쌀쌀한 기운 속에 토마토의 노란 꽃이 피었다.

'이제 피어 언제 열매를 맺지?'

쓸모없는 꽃이라 그 후 눈길을 주지 않았다. 배추 모종을 옮길 시기를 놓쳐 텃밭에 관심을 두지 않았다. 어느 날 손톱만 한 파란 열매가 달렸다.

'먹지도 못할 열매...'

포기하듯 바라보았다. 매서운 바람이 부는 날 담장을 의지한 토마토 줄기에 빨간 열매가 보이지 않는가. 그 순간 묵묵히 제 역할을 해낸 토마토에게 미안한 생각이 들었다. 열매는 달다. 그날 나는 크게 깨달았다.

토마토 줄기를 뽑아 버리듯 가르쳐도 안 된다 포기하고, 때 지나 꽃 피고 열매 맺듯 저마다 능력껏 늦게 깨칠 수도 있는데, 한두 번 가르치고 못 따라온다고 채근하고 낮은 점수라 야단치며 학습 부진으로 일 년 간 나를 힘들게 했으니 올라간 학년에서 내 욕 먹이지 말고 열심히 공부하라 당부한 일 등 셀 수 없이 많은 잘못을 토마토 열매가 가르쳐 준다.

'늦었지만 맛있는 열매로 익어 가는데...'

나는 기다려 주지 못하고 닦달한 교사가 아니었나?

복직하여 생활한 사택의 텃밭에서 나는 루소의 이론을 눈으로 보았다.

〈편지 3〉

17C의 당신의 교육 방법이 지금의 교육현장에 그대로 적용해도 무

365

리가 없습니다. 그 효과에 감탄합니다. '사람은 저마다 자연성을 지닌 존재'라 하신 뜻을 좀 더 일찍 깨달았더라면 많은 시행착오를 줄일 수 있었을 것입니다. 애석합니다.

넝쿨로 자라는 호박을 곧게 키우려 지주 대를 받쳐 총총 메어도 그 지주 대를 벗어난 호박넝쿨은 끝내 제 속성대로 땅을 향해 뻗으며 자라지요. 내 반 아이들 개개인이 지닌 자연성을 제대로 살폈더라면.... 교사는 말로 수술하는 의사라는 생각이 듭니다. 한 사람의 삶의 방향을 바꿀 수 있다는 생각에 정신이 번쩍 들었습니다. 당신은 저마다 자기완성의 의지를 지니고 태어난다고 하셨지요? 믿고 기다리면 더 나은 방향으로 나아가니 억지로 가르치지 말라는 그 말 잊지 않겠습니다.

루소는 여행으로 에밀의 교육을 마감했는데, 나는 손자의 교육을 여행으로 시작했다. 손자가 에밀의 나이가 될 즈음 나는 살아있어도 내 몸 건사하기 어렵다. 조금이나마 힘이 남아 있는 이때, 할미로서 내가 좋아하는 여행으로 손자 손녀를 돌볼 수 있음을 축복이라 생각한다.

루소의 경고를 깊이 생각하며 손자의 영유아기를 보다 효과적으로 보내려 여행을 시작했다. 이것은 여행의 경제법칙에 따른 것이다. 두

손녀와의 여행 또한 생활습관과 학습태도를 재정립할 수 있는 절호의
찬스로 잡고 싶었다. 루소의 가르침을 명심하며 지금의 황혼육아를
후회 없이 해야지!

04
—

초등학교 6년간의 생활

　건강만 허락된다면 손자 손녀가 초등학교를 마치고 중학교에 올라갈 때까지 내가 돌봐주어야 하지 않을까 생각한다. 점점 떨어지는 기력을 감안하여 돌봄이 수월하고 재미있어야 이 또한 가능한 일이다. 아이들이 제 일과 공부를 알아서 척척하면 별 문제는 없을 것이다. 여행을 함께하고, 멘토로 깨우침을 준 것은 내 나름 이에 대비함이다.

　6학년과 2학년, 1학년이 된 아이들을 앞에 두고 나는 초등학교 6년간의 생활을 전체적으로 들려주었다. 각 학년에서 배워야 하는 공부와 태도를 알게 되면 지금의 자신을 가다듬게 된다.

　큰 달력 뒷면에 6개의 층계를 그렸다. 그리고 각 단계마다 학년을 표시했다. 학년의 특성을 고려하여 그 높이는 일률적이지 않다. 초등학교 6년간의 생활을 소개함으로써 현재 학년에서 무엇을? 어떻게? 점검하고, 지난 학년을 반성하며, 앞으로의 학년을 그려보라 했다.

교사 시절, 해마다 3월 2일 새 학년 담임으로 가장 먼저 하는 일이었다. 칠판에 그려서 학생들에게 들려 준 이야기를 이제는 황혼육아로 내 손자 손녀에게 이야기 한다.

〈1학년〉

유치원을 갓 졸업하고 학교생활의 시작이다. 공부를 놀이처럼 하는 시기다. 글씨가 아닌 그림으로 된 한 권의 책이 장난감을 대신한다. 선생님의 인솔 하에 화장실 사용부터 배운다. 안전에 유의하며 질서 있게 줄을 서서 학교의 여러 시설을 살펴보고 학교와 유치원의 차이점을 안다. 많은 형과 누나들이 공부하는 교실도 구경 한다. 이를 보며 학생 됨을 자각하는 것이 3월 한 달간의 공부다.

학교생활에서 지킬 규칙이나 친구관계는 이미 유치원에서 다 배웠다. 하지만 행동은 미숙하다. 교과서로 글자와 숫자를 익히면서 이러한 행동규칙을 다시 배운다.

이 첫 경험이 중요하다. 선생님 설명을 바른 자세로 잘 듣고, 똑똑하고 큰 소리로 발표하며, 준비물을 빠뜨리지 않고 잘 챙겨서 수업 결손이 없어야 한다. 친구와 사이좋게 지내며 배우는 즐거움을 갖는 것이 1학년 공부의 핵심이다. 이것은 학습의 기초다. 기초를 무시한 선행학습은 우선 앞선 것 같지만 결코 덕이 되지 않는다. 나는 1학년 공부를 잘하는 아이들의 특징을 보았다.

첫째, 우리 선생님 최고! 라고 생각한다. 이런 아이는 선생님 설명을 잘 듣고 따른다.

둘째, 등교 길이 즐겁다. 무엇을 배우게 될까? 알아가는 재미를 갖고 학교를 신나고 재미있는 곳으로 안다.

셋째, 스스로 일어나서 책가방을 챙기고 그날 준비물을 확인한다. 하루의 생활을 점검하는 것이다. 이런 자발적인 아이는 책임감도 있다. 학습태도가 바르고 의욕적이다. 혼자 알아서 공부를 하려한다.

이런 특징을 갖춘 아이는 멀리 뛰는 아이다. 학년이 올라갈수록 성적이 오르고 학교생활을 재미있게 한다. 부모는 힘들지 않게 자식을 키우며 그저 내 자식으로 자라주는 것만으로도 고마워한다. 아침에 책가방을 메고 학교로 향하는 자식에게서 기쁨을 맛본다. 받아쓰기 점수에 연연하지 않고 잘 할 것이라는 믿음을 갖고 있다. 부모 욕심을 절재 된 사랑으로 베푼다.

시작이 반이다. 초, 중, 고 12년간의 학교생활 기틀을 세우는 1학년이다. 사춘기와 청년이 된 자식의 모습을 그리며 스스로 하는 힘과 자세에 중점을 둔 부모 역할이 최고다.

〈2학년〉

학교생활에 익숙해졌다. 그렇다고 완전히 행동화된 것은 아니다. 때문에 교내 규칙과 질서를 몸에 익히는 공부가 첫째다. 이는 생활과 학습의 기본으로 선생님의 칭찬과 친구로부터 인정을 받는 핵심이다.

1학년 동생이 생겼으니 제법 의젓하다. 친구와 자신을 비교하며 보다 잘 하고 싶어 하는 마음이 가득하다. 아직 백지와 같은 마음 상태로 특히 사랑하는 엄마의 기뻐하는 모습을 그리며 공부를 열심히 잘 해야 한다고 생각한다. 단지 습관이 되지 않아 생각과 다르게 행동하고 속상해한다.

국어는 문장에다 꾸밈말까지 사용하고 평생 사용할 곱셈구구도 배운다. 2학년 공부는 결코 어렵지 않다. 선행학습으로 벅차면 공부를 어렵고 지겹다는 생각의 뿌리를 내린다. 2학년 공부를 잘하는 아이의 특징은

첫째, 학교 규칙을 잘 지키고 학습태도가 바르다. 이런 아이는 책임감이 있고 성실 하다.

둘째, 학습내용에 충실하다. 하나씩 알아가는 재미를 느끼고 스스로 공부하는 모습을 보인다.

셋째, 책 읽기를 즐겨 한다. 내용을 잘 이해하기에 책 읽기 재미에 빠진다. 이런 아이는 공부시간 학습이해가 빠르다.

초등학교 2학년의 참 공부는 '배우는 즐거움'을 아는 것이다. 기질과 능력을 고려하지 않고 부모 욕심으로 시키는 선행학습은 공부를 지겹게 생각하게 만든다. 이는 다리를 묶어놓고 달려 나가라 채근하는 것과 같다. 부모가 앞장서면 덕보다 실이 많은 시기다. 2학년 성적은 아무 곳에도 쓰임이 없다. 작은 변화와 발전에 부모의 큰 지지와 격려가 능력껏 노력하는 아이로 키운다.

〈3학년〉

1차 반항기다. 신체 활동이 왕성하고 자존감이 나타난다. 3학년에서 가장 중요한 것은 사회성이다. 부모의 그늘에서 벗어나 또래에게 관심을 갖는다. 공부보다 사회생활에 눈을 돌려 집단에 소속되기를 원한다. 책임감 있는 역할로 지도력을 발휘하고 싶어 한다. 조별 활동으로 돌아가면 맡은 조장의 역할을 잘 한다. 선생님의 칭찬에 감동하고 행동에 변화를 쉽게 보인다.

이 시기의 발달 특징에 따라 주의 집중에 어려운 점을 감안한 교육과정이다. 교재는 쉽다. 3학년에서 즐겁게 학교생활을 하는 아이들의 특징은

첫째, 인기가 높다. 친구에게 믿음을 주고 협동하며 배려할 줄 안다. 이런 아이는 심성이 곱고 유머 감각이 있다.

둘째, 솔선수범한다. 남의 눈을 의식하지 않고 맡은 일을 성실히 한

다. 부지런하며 남에게 인정을 받는다.

셋째, 지도력이 있다. 친구들을 포용할 줄 안다. 용기가 있고 마음이 넓어 친구들이 좋아한다.

부모와의 약속보다 친구와의 의리를 중시한다. 공부보다 친구 관계를 먼저 생각한다. 자신을 방어하기 위한 악의 없는 거짓말도 한다. 부모 눈에는 말을 듣지 않는 어거지로 보이지만 나름 이유있는 행동이다. 이 시기 성장 특징으로 정상적인 성숙이다. 공부하라 채근보다 친구를 폭넓게 사귀는 사회성 발달에 관심을 두고 살펴야 한다. 이것이 바탕이 되어야 4학년 공부에 힘을 발휘한다. 아이 말에 귀를 기울이고 공감하고 수용하는 것이 올바른 부모 역할이다.

〈4학년〉

앎의 재미로 공부전략을 세워가는 시기다. 학력과 친구관계에서 자신의 위치를 스스로 파악한다. 예습으로 배울 내용을 정리하고 복습으로 배운 공부를 다져야 한다. 3학년과 달리 모르는 내용들이 누적되면 벅차서 포기하기 쉽다.

공부는 자신의 노력으로 얻게 된다는 사실을 깨닫고 하기 싫은 순간을 이겨내겠다는 의지를 세워야 한다. 성향이 나타난다. 소극적인 아이와 적극적인 아이로 쉽게 구별된다. 4학년을 잘 보내는 학생의

특징은

첫째, 공부 맛을 알고 학습 전략을 지녔다. 이런 아이는 스스로 공부하며 앎의 재미를 느낀다. 시키지 않아도 예습 복습을 한다.

둘째, 학습태도가 바르다. 잘 듣는 것이 학습의 기본임을 알고 시간을 계획적으로 활용한다.

셋째, 단체 활동에서 제 역할을 한다. 상황 판단이 빠르고 적응력이 높으며 성실하게 제 몫을 해 낸다.

학원 공부는 아이의 필요와 요구에 따라야 한다. 학원에서 배우는 내용은 반드시 복습으로 다져야 학교 공부와 둘 다를 소화할 수 있다. 그래야 학원 공부의 효과를 얻는다. 그렇지 않으면 시간과 돈의 낭비보다 더 심각한 문제점에 노출된다.

학원을 부모 간섭의 피난처로 이용하고, 또래 형성의 기회로 삼는다. 공부는 부모가 대신해 줄 수 없다. 무엇을 어려워하고 도와주어야 하는지 관심을 갖고 지지를 보내는 것이 올바른 부모의 역할이다.

〈5학년〉

체력적으로 힘이 있고 정신적 판단력도 있다. 시키지 않아도 자신이 해야 할 것을 찾아서 한다. 배우는 지식의 량도 많다. 우리나라 역사를 비롯한 세계사, 일상생활과 직결된 과학실험과 수학풀이, 자신의 생각을 드러내고 주장하는 논설문과 문학적인 작품 등 초등학교 5학년 학습내용만 다 알아도 유식한 성인으로 대접받는다.

원리와 개념이 빠진 공부는 구멍이 숭숭한 콘크리트와 같아 언젠가는 무너진다. 단답식 문제지 공부보다 교과서로 차근차근 원리를 깨치는 공부 방법을 습득해야 한다. 초등학교 교육의 실제적인 종결판이다. 올바른 학습 습관과 자율적인 태도가 공부의 관건이다. 학습에 흥미를 잃게 되면 유혹에 휩쓸려 또래를 형성한다. 멋진 5학년 특징은

첫째, 긍정적이고 활발하다. 자신감이 있다. 실수를 두려워하지 않고 자신의 의사를 분명히 말한다.

둘째, 뽐내지 않고 친절하다. 힘 있는 자의 여유다. 친구들에게 인정받는다.

셋째, 놀 때 놀고 공부할 때 공부한다. 학습전략을 세워 공부하며 자신감으로 여유를 즐기며 체육을 좋아하고 잘 한다.

부모의 간섭은 금물이다. 아이의 말에 귀를 기울이고 좋아하는 것을 할 수 있게 배려하고 격려해 주는 것이 가장 좋은 부모의 역할이다. 감동을 통한 자각이 행동수정의 지름길이다. 믿고 격려하는 것이 가르치는 것보다 효과적이다.

〈6학년〉

초등학교의 맏형이다. 의젓하고 어른스럽다. 입학할 당시와 비교하면 놀라운 성장이다. 신체적 성숙은 물론이고 사고력과 감성 또한 청소년의 준비기다.

6학년 선생님은 가르치는 것이 아니라 함께 한다. 학습도 놀이도 일도 모두 같이 하며 생각을 주고받는 상담자이자 어려움의 해결사이다. 제법 철학적인 생각도 통한다. 공부! 공부! 잔소리는 백해무익이다. 초등학교 마무리를 잘 하는 6학년 특징으로

첫째, 누구에게나 친절하다. 더불어 살아가는 삶을 알고 실천한다. 이런 아이는 타인으로부터 인정받는다.

둘째, 융통성이 있다. 폭넓은 사고로 수용능력이 있다. 공부를 잘하고 못하는 친구를 구별하지 않고 모두에게 친절하며 친구들로부터 인정을 받는다.

셋째, 장래의 꿈을 갖고 있다. 미래의 자신을 그려보며 스스로 노력하고 준비한다.

성적을 떠나 인격적인 대우를 원한다. 부모는 믿고 격려하며 성장을 축복한다. 부모가 앞장서 중학교 선행학습에 열을 올리면 초등학교 마침과 중학교 시작 전환기에 갖는 자각의 기회를 빼앗는다. 부모로서 권위를 지니되 아이의 말에 경청한다. 무엇을 원하는지를 파악

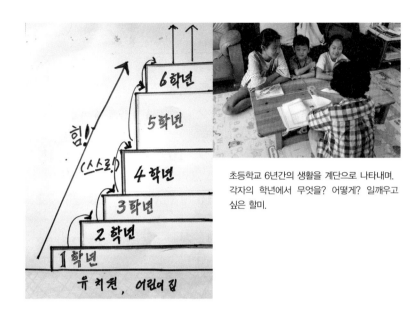

초등학교 6년간의 생활을 계단으로 나타내며. 각자의 학년에서 무엇을? 어떻게? 일깨우고 싶은 할미.

하고 타당한 것은 과감히 들어준다. 교육은 감동에서 이뤄진다. 감동 없는 깨침 없고, 깨침 없는 행동 변화 없다. 감동은 양방향이다

초등학교 마무리는 학생뿐만 아니라 학부모도 함께 해야 한다. 6년 간의 생활을 되돌아보며 굵직한 사건을 부모와 함께 음미한다. 엄마 와의 테이트 혹은 아빠와의 여행으로 단 둘의 졸업 이벤트는 평생 기 억하는 추억이다. 추억은 샘물처럼 영원히 마르지 않는다.

나는 아이 셋을 앉혀놓고 초등학교 6년간의 생활을 아이들 눈높이 에서 재미있게 스토리텔링을 풀었다. 그리고 거실에 세워둔 손자 손

녀의 아기 때의 사진을 각자 가져와 살펴보라 했다.

"참! 귀여웠다."

"엄마 아빠가 키워주어 고맙다," 등 새삼 처음 보는 것처럼 아이들은 감동한다. 그리고 성장한 지금의 자신을 대견하게 생각하며 저마다 열심히 하겠다는 각오를 다지는 듯하다.

"할머니, 이제 우리 힘으로 계단을 올라가야 하지요?"

큰 손녀의 말에 손자가 냉큼 일어나 엉금엉금 기어 계단을 오르는 모습을 연출한다. 그러자 작은 손녀가 "너는 기어서 오를 거니? 나는 이렇게 걸어서 오를 거야!" 폼을 잡고 다리를 높이 들고 성큼성큼 계단 오르기 흉내를 낸다.

아이 셋은 내 마음을 알고 말과 행동으로 보여준다. 교직 말년 가르침이 재미있었던 교실의 풍경을 우리 집 거실에서 손자 손녀가 펼친다. 더 이상의 설명이 필요 없다. 나는 믿는다는 말로 마무리를 지으려니 큰 손녀가 세 개의 계단을 더 그린다. 그리고 중학생이 되면 높아진 만큼 열심히 해야겠다고 말한다. 작은 손녀와 손자는 언니와 누나보다 낮아서 쉽게 오를 수 있다고 자신감을 보인다.

아래 계단이 튼튼해야 더 높게 쌓을 수 있고 차근차근 한 계단씩 오르면 얼마든지 높이 오를 수 있다고 나는 일러주었다. 아이들은 또 3개를 더 그려보라 한다. 그리고 고등학생이라며 "와!" 앞으로 학생으로 공부를 해야 할 세월을 생각한다. 나는 내친김에 4개를 더 그렸다. 아이들은 대학생이 되었다고 야단이다.

"높은 곳까지 잘 올라가려면 힘이 있어야 하지요?"

손자가 묻는다.

힘은 스스로 할 때 생기고 발휘된다고 일러주었다. 그리고 이 힘을 갖기 위해 여행을 다닌다고 말했다. 덧붙여 나는 '세 마디의 말'로 지켜보고 있다고 일침을 놓았다.

"할머니, 이번 여름방학에는 배를 타고 중국에 가서 백두산에 오를 것이지요?"

6학년 졸업 축하 여행으로 미리 다녀온 백두산 천지.

용정의 윤동주 기념관, 옛 국내성 지안의 광개토대왕 비, 백두산 장백폭포, 도문에서 바라보는 두만강 건너 북한 땅, 하얼빈의 안중근 기념관, 단동의 압록강 철교 등 역사의 현장을 찾아 떠난 배움의 여행.

북경의 이화원, 만리장성, 천안문 광장, 천단의 중국 여행.

"힘을 키우라고 가는 거지요?"

"참, 재미있겠다!"

아이 셋은 소잘거린다. 큰 손녀의 졸업축하 여행으로 고구려 유적과 백두산 등반을 작년부터 계획했다. 6년간의 학교생활을 계단으로 설명하고 여행과 힘이라는 말을 하자 아이들은 여름 방학의 여행을 기대한다. 더 높은 계단을 힘차게 오르기 위한 할미의 선물이라 했다. 우리는 2018년 7월 23일부터 8월 14일까지 23일간 중국 여행을 다녀왔다.

황혼육아의 양 날개

새는 한쪽 날개로 날 수 없다. 이 이치를 망각하고 살았던 적이 있다. 교사의 책무는 학생을 열심히 가르치는 일로만 알았던 젊은 시절 나는 교직을 힘들어 했다. 도와주는 사람 없이 집안일과 교직, 아이 셋을 키우며 항상 바쁜 생활에 쫓기 듯 살다보니 다람쥐 채 바퀴 돌 듯 한 삶이었다. 그 즈음 작은 동산이 있는 학교에 근무했다.

아침에 등교하면 출근부에 날인하고 곧장 동산에 올랐다. 넓지 않은 곳이지만 우거진 나무와 풀꽃들로 계절의 변화를 느꼈다. 잠시나마 그 곳에서 나를 가다듬는 틈을 가졌다.

첫 수업 시작 전 운동장은 조용하다. 교실의 열린 창문으로 아이들의 조잘거림이 새어 나온다. 가끔은 선생님들의 말씀이 섞여 들리면 학교는 살아 움직인다. 그 순간 허둥댄 주부로서의 아침 시간에서 벗어나 나는 학생을 가르치는 교사로서 교실을 바라보며 하루의 일과를 생각하고 다리에 힘을 세웠다. 내 생활에 쉼표 같은 순간이었다.

선생님들과 아침 인사를 나누는 티타임 대신 나의 이런 행동이 습관화되었다. 전근으로 학교를 옮긴 후 운동장 나무 밑을 배회하며 교실을 바라보았다. 때로는 하얀 체육복을 입은 아이들이 첫 시간 체육 수업으로 재잘거리며 현관에서 쏟아져 나올 때면 나는 정신이 번쩍 들었다. 그리고 잠시나마 내 일을 통찰하고 교실로 향했다. 이렇다 보니 여타의 교직원 친목 야유회나 회식에 소홀했다. 교직사회에서 갖는 여유와 즐거움을 포기한 채 한 쪽 날개를 접고 살았다.

뒤늦게 복직한 교직 말년 교사는 학생을 가르치는 일만큼, 선생님들과 친목을 다지고 교직사회의 일원으로 즐거움을 가질 때, 진정한 교사로서 보람과 역할을 수행 할 수 있음을 알았다.

복직으로 다시 교단에 섰을 때, 아이들을 만나는 설렘으로 출근하여 선생님들과 차 한 잔을 들며 나누는 가벼운 담소 또한 소중한 시간이었다. 선생님들과의 대화는 교사 연수다. 서로 정보를 주고받는다.

생활지도와 학습지도에 꿀과 같은 팁으로 가르침의 방법을 얻는다. 그리고 사소한 걱정거리를 위로 하고 위안 받으며 일상생활의 지혜를 얻기도 한다. 나는 그 긴 세월 교사로서 누려야 할 한 뼘의 여유도 내 스스로 놓쳤음을 깨달았다.

그렇게 회피하고 거부했던 업무 분담인 친목회장을 자청하여 맡았다. 지난 후회를 거울삼아 교직원 모두가 교사로서의 즐거움과 보람을 갖는 학교생활을 할 수 있는 분위기 조성에 일조하고 싶었다.

학예발표 행사를 앞두고 학생들을 위한 교사의 연극을 의논하고 참여했다. 선생님들의 만장일치로 각자 역할을 나누어 대사를 외우고 의상을 마련했다. 나는 오징어 역할을 맡았다. 선생님들은 코믹하고도 교육적으로 극본을 꾸며 밤늦게 강당에 모여 무대장치를 만들고 호흡을 맞춘 연극 연습은 재미있고도 즐거운 시간이었다.

'별주부전' 연극은 대 성공이었다. 학생들은 자기 담임의 연기가 최고라며 환호했다. 선생님들의 노력에 보답하려는 아이들은 자세를 달리했다. 열심히 수업에 참여하고 질서를 지키며 씩씩하게 행동했다. 이에 감동한 선생님들의 가르침 또한 아이들의 눈높이에서 소통하게 되니 자연히 학교생활 전반은 활기차고 원활하게 움직였다.

교사의 연극은 아이들을 즐겁게 해 주자는 취지를 넘어 학교생활의 핵심인 수업과 생활지도로 연결되었다. 학생과 교사, 교사와 관리자의 손발이 척척 맞았다. 따라서 학부모의 신뢰와 호응도가 높아졌다. 교외 행사의 성적과 실적도 쑥쑥 올랐다.

그 해 겨울 방학식을 마치고 강릉으로 교사 친목 야유회를 떠났다. 전원 참석한 수학여행이요 일 년 농사를 풍성하게 수확한 농부의 마음으로

"우리 이대로!" 외쳤다.

신학기 학교를 옮기려 계획했던 선생님 몇 분은 마음을 접고 어느 누구도 이동을 하지 않았다. 나는 그제야 두 날개를 활짝 펼치고 푸른 창공을 훨훨 날았다. 가르침과 교직사회의 일원이라는 양 날개의 균

각자의 배역에 최선을 다한 선생님들의 열연. 나는 오징어!

지난 그 때가 그리운 교실 풍경.

형을 잡으니 높고도 멀리 날 수 있었다. 나날이 신나고 재미있는 학교 생활이었다. 진정한 교사의 보람이고 올바른 성장이다. 젊은 시절을 다 놓치고 뒤늦게 깨달은 것이 원통하여 가슴을 쳤다.

황혼육아로 손자녀 셋을 돌보며 이때의 경험들이 뇌리에서 떠나지 않는다. 주어진 할미 역할에 파묻혀 떨어지는 체력과 정신력을 한탄 하고 당위성으로 손자와 손녀를 돌보며 살고 있지 않은가? 점검한다. 내 생활을 접고 아이들에게 매인 몸이 되어서는 안 된다.

해 질 녘 석양이 아름다움을 꾸미 듯 살아온 삶의 경험들로 현재의 삶을 보다 유익하게 연출해야 한다. 내 시간을 갖고 생활을 윤택하게 만들어야 한다. 평생교육원 강의에 열의를 갖고 살아온 내 경험을 공유하며 보람을 찾아야 한다. 그리고 30여년 넘게 친분을 쌓아 온 옛 교직동료와 친구, 친목을 다지며 인연을 맺어온 사람들과의 소중한 만남은 내 삶의 재산이다.

사그러드는 체력과 떨어지는 정신력은 자연의 섭리다. 나는 자연의 일부로 살고 싶다. 지난 후회와 회한에서 벗어나 '내 인생 가장 젊은 하루의 생활에 의미를 두어야지' 다짐한다. 그래야 황혼육아의 양 날개를 활짝 펼칠 수 있다. 그리고 훨훨 난다. 이런 나를 지켜보는 어린 손자와 손녀도 자신의 날개를 퍼득이며 힘차게 비상할 준비를 하지 않을까? 이게 바로 황혼육아의 올바른 자세다.

"황혼육아는 분명 내 생활의 활력이다"

"할머니 내 사진도 나와요"

책을 쓰겠다고 광고를 했더니 큰 손녀가 살그머니 다가와 묻는다. 큰 손녀는 어릴 때 지방에서 살았다. 때문에 매달 한 번 정도 만났다. 서울로 이사를 온 다음부터 매주 수요일 내가 찾아가 학교생활에 대한 이야기를 나누는 것이 고작이었다.

큰 손녀와는 달리 외손자는 처음부터 가까이 살았다. 태어나자마자 내가 돌보며 영유아기의 중요성을 생각하고 32개월 즈음 함께 여행도 다녀왔다. 그 이야기를 책으로 만들어 여러 컷의 사진을 넣었다. 이 책을 본 손녀의 말이다. 사정이야 어찌 되었건 어린 것이 '내심 부러웠구나' 미안했다.

"지금의 하와이 여행 이야기에 사진을 넣자!"

내 말에 큰 손녀는 환한 얼굴로 좋아라한다. 그리고 가끔씩 "얼마나 썼나요?" 확인하며 자신의 생활을 가다듬는다. 아침에 스스로 일어나고, 두 동생들을 돌보며, 책도 읽고, 교과서로 지난 학년의 미진한 공부를 정리한다. 무엇보다 여행 중 짧은 외국초등학교 경험을 값지게 보내려 적극적이다. 손녀는 이 기회를 잘 활용하여 보다 나은 자신이 되겠다며 하루의 생활에 의미를 둔다.

변화를 보이는 큰 손녀의 행동은 내 글쓰기에 힘을 준다. 새 학기 6학년이 되는 손녀. 초등학교 마무리를 생각하고 집 떠난 여행지에서 자신을 돌아본다. 그동안 놓쳤던 부분을 메우고 바른 생활습관을 갖겠다는 의지를 보인다. 기특하고 흐뭇하다. '나는 이 아이에게 힘이 되는 할미가 되어야 한다' 큰 손녀는 나로 하여금 내 역할을 돌아보게 만든다.

황혼육아는 지금의 내 일이다. 새봄, 텃밭에 올라오는 새싹은 힘이 있다. 또한 희망을 준다. 나는 텃밭을 가꾸는 농부다. 새싹 같은 손자 손녀를 돌보는 내 일에 최선을 다하는 할미가 되고자 다짐하며 그간 손자 손녀와 함께 생활하고 여행을 한 이야기를 정리하여 서툰 글로 표현했다. 담백하고 진솔하게 쓰고 싶었다. 하지만 부족하고 어설프

할머니 생일을 축하하는 손자 손녀.

다. 그러나 하고 싶은 말을 분명 있다.

　나처럼 황혼육아를 해야 하는 할머니들에게 조금이나마 도움이 되었으면…. 또 자식 교육으로 걱정을 안고 있는 젊은 부모들에게 쉽고 자연스럽게 자식을 키우는 것이 가장 바른 방법임을 일러주고 싶다. 지금의 자식 모습에서 훗날을 그려보며 때 놓치지 않는 역할 즉, 아이의 눈높이에서 공감하고, 아이의 행동을 수용하며, 격려로 감동 주는 즉각적인 반응의 상호작용이 최선의 양육이고 가르침이다. 쉽고도 어렵다. 나는 이를 놓친 지난 후회로 가슴을 아파한다. 나와 같은 전철을 밟지 않길 간절히 바라는 마음으로 이 글을 썼다.

　사회변화와 개인의 가정 사정에 따라 양육과 교육방법은 같은 수는 없다. 하지만 인간의 상정에 비춰본다면 시대를 불문하고 큰 맥은 면면히 흐른다. 성경과 불경 말씀은 시대를 초월하고 고전 속에 진리가 담겨있다

　대 교육사상가 루소도 자식 키움에 과오를 범했다. 포주 같은 장모와 셈도 모르는 순박한 아내 밑에서의 자식 성장을 걱정했다. 루소는 자신이 처한 가정보다 시설기관이 자식에게 더 나은 환경이라 판단했다. 5명 모두 낳는 즉시 시설에 맡겼다. 뒤 늦게 찾을 길은 없었고, 자식을 버린 아비라는 큰 비난을 받았다. 그 회한이 에밀에 담겼으리라. 그는 어떤 경우이든 부모가 되어 제 자식을 제 때 제대로 양육하지 않

으면 훗날 피눈물을 흘릴 것이라 경고했다. 그리고 아이의 본성은 흥미와 필요에 따라 행동하니 억지로가 아닌 자발성에 기초하라 했다. 또한 자연성을 주장하고 저마다 지닌 재능을 발휘하며 자기완성의 의지로 나아가니 믿어라 했다.

나는 뒤 늦게 그의 주장에 따른 가르침을 펼치며 양육과 교육은 성장 단계에 맞는 상호작용을 놓치지 않고, 쉽고 자연스럽게 이뤄져야 한다는 것을 절감했다. '중이 제 머리를 깎지 못한다' 는 속담이 그에게도 적용되었다고 생각하니 아둔한 나로써 갖는 아픔과 회한을 조금은 덜어낼 수 있었다. 그리고 '개구리 올챙이 시절' 을 생각하며 자식을 바라보라고 힘주어 말한다.

나는 여행을 예찬한다. 암울했던 중년기의 아픔을 여행으로 이겨냈다. 흔히 생각을 바꾸면 행동이 달라지고 그 행동은 삶을 변화시킨다고 사람들은 말한다. 쉽지 않는 일이다. 좋은 수상집을 읽고, 명 강의를 들어도 잠시 뿐, 머리와 가슴은 따로 논다. 나는 역으로 갔다. 여행은 체험이다. 체험은 느낌과 생각을 동반하고 자각으로 행동케 한다. 스스로 깨달아야 진정 생각이 바뀌어 행동을 변화 시킨다. 나는 오지 여행부터 했다. 그 곳에서 살아가는 사람들을 만나고 자연을 접하면서 본연의 나를 찾았다. 그리고 지난 삶을 돌아보며 나를 추서리고 일

가족들의 축하를 받으며.

어섰다. 시간은 되돌릴 수 없는 일회성이다. 주어진 매 순간이 내 인생의 단 한번 뿐인 기회라 생각하니 머뭇거릴 이유가 없었다. 뒤 늦게 공부를 시작했고 복직을 했다. 내 인생 가장 화려한 시절이 그 때였다.

지금은 내가 좋아하고 잘 할 수 있는 여행으로 황혼육아를 한다. 글을 끝맺고 보니 지나치게 여행을 강조한 것은 아닌지. 특히 외국여행 이야기라 다른 이들에게 거부감은 없을까? 염려된다. 하나의 방법일 뿐이다. 개인의 취향과 사정에 따라 그 방법은 달리할 수 있다. 동화 구연, 미술, 음악, 놀이, 박물관 탐방, 일상의 생활 속의 사소한 일 등 주제와 방법은 다양하다. 단지 손자 손녀를 돌보는 관점과 역할만은 대동소이하다. 나는 체험과 극기에 가까운 배낭여행을 택했을 뿐이다. 결코 돈이 많아서가 아니다. 사치스럽지도 않다. 경제적이고 효과적인 면을 강조한다. '부뚜막의 소금도 집어넣어야 짜다' 는 말은 어떤 일에서도 행위와 수고 없이는 맹물임을 뜻한다. 황혼육아도 분명 행위와 수고가 따라야 효과와 재미를 갖게 된다. 세상사 공짜 없는 이치다.

얼마 전 내 생일날 가족이 모여 한 마디씩 축하 말을 했다. 내 새끼 셋은 잘 돌봐주어 고맙다는 말과 함께 편지를 쥐어 준다.

큰 손녀는 나의 존재를 풀어서 설명했다. 어떨 때는 친구 같고, 때로는 선생님 같은 할머니, 힘들 때는 엄마 같고, 진짜 할머니 같은 할머니, 함께 있으면 항상 행복하다며 앞으로 좋은 추억들을 많이 쌓았 좋겠다는 손녀의 글에 나는 감동하고 울먹였다.

작은 손녀는 고마움에 보답하기 위해 최선을 다하겠다는 각오와 힘내라며 파이팅! 사랑한다며 하트 뿅뿅! 애교를 뜬다.

외손자는 체험학습 때 만든 한지에 생신을 축하한다는 정성을 가득 담았다.

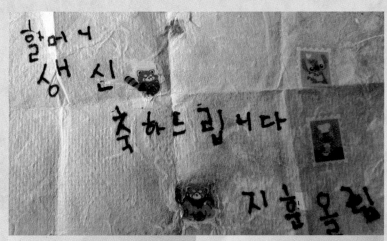

TO 할머니께

🔵 할머니 안녕하세요?
저 명선이예요.
일단 할머니 생신 축하
드립니다.
제가 가장 하고 싶은
말은 할머니 감사합니다.
할머니는 제에게 여러가지
존재로 나오시는 것 같아요.
어떤땐 친구 같은 할머니.
인생선같은 할머니, 엄마
같은 할머니. 그리고 진짜
할머니 같은 한머니로도
나오시죠. 🙂 그게 할머
니와 같이 있으면 항상
행복해요. 앞으로도 좋은
추억들이 많이 쌓였으면
좋겠어요ㅅㅅ 항상 건강하시고.
행복하시고. 감사드려요.
생신 축하드립니다.
from 손녀 명선 올림

할머니 께
🔵 안녕 하세요
지윤 이예요. 항상
저희를 챙겨 주셔서
감사합니다.
앞으로 더욱 최선을
다 하겠습니다.
이제 부터 안 힘
드시 게할게요.
할머니 화이팅
할머니는 최고예요.
할머니 항상건강하세요.
요. 할머니 여행을
대고 다녀주셔서
감사 합니다
하트 뿅뿅 사랑해
요.

손자 손녀들의 손 편지.

아이들은 내가 한 수고보다 더 큰 보람을 안겨주었다. 어깨는 가볍고 내 가슴은 풍선처럼 부풀었다. 그 어떤 선물보다 아이들의 마음이 값지다.

내 황혼육아는 분명 내 생활의 활력이다. 이게 내 인생이다.

"오늘은 생애 최고의 날!"

2018년 9월

저자 이점우